世界上所有的夜晚

迟子建

作家出版社

目录

世界上所有的夜晚 …………… 001

芳草在沼泽中 ………………… 066

草原 …………………………… 135

布基兰小站的腊八夜 ………… 188

世界上所有的夜晚

一　魔术师与跛足驴

我想把脸涂上厚厚的泥巴，不让人看到我的哀伤。

我的丈夫是个魔术师，两个多月前的一个深夜，他从逍遥里夜总会表演归来，途经芳洲苑路口时，被一辆闯红灯的摩托车撞倒在灯火阑珊的大街上。肇事者是个郊县的农民，那天因为菜摊生意好，就约了一个修鞋的、一个卖豆腐的，到小酒馆喝酒划拳去了。他们要了一碟盐水煮毛豆、三只酱猪蹄、一盘辣子炒腰花、一大盘烤毛蛋，当然，还有两斤烧酒。吃喝完毕，已是月上中天的时分了，修鞋的晃晃悠悠回他租住的小屋，卖豆腐的找炸油条的相好去了，只有这个菜农，惦着老婆，骑上他那辆破烂不堪的摩托车，赶着夜路。

这些细节，都是肇事后进了看守所的农民对我讲的。他说那天不怪酒，而是一泡尿惹的祸。吃喝完毕，他想撒尿，可是那样寒酸的小酒馆是没有洗手间的，出来后想去公厕，一想要穿过两条马路，且那公厕的灯在夜晚时十有八九是瞎的，他怕黑咕隆咚的一脚跌进粪坑，便想找个旮旯方便算了。菜农朝酒馆背后的僻静处走去。谁知僻静处不僻静，一男一女啧啧有声地搂抱在一起亲吻，他只好折回身上了摩托车，想着白天时走四十分钟的路，晚上车少人稀，二十多分钟也就到了，就憋着尿上路了。尿的催促和夜色的掩护，使他骑得飞快，早已把路口的红灯当作被撇出自家园田的烂萝卜，想都不去想了，灾难就是在这时如七月飞雪一样，让他在瞬间由温暖坠入彻骨的寒冷。

街上要是不安红绿灯就好了，人就会瞅着路走，你男人会望到我，他就会等我过去了再过。菜农说这话的时候，嘴角带着苦笑。

小酒馆要是不送那壶免费的茶就好了，那茶净他妈是梗子，可是不喝呢又觉得亏得慌。卖豆腐的不爱喝水，修鞋的只喝了半杯，那多半壶水都让我饮了！菜农说，哪知道茶里藏着鬼呢！

菜农没说，肇事之后，他尿湿了裤子，并且委屈地跪在地上拍着我丈夫的胸脯哭号着说，我这破摩托跟个瘸腿老驴一样，你难道是豆腐做的？老天啊！

这是一位下了夜班的印染厂的工人、一个目击者对我讲的。所以第一个哭我丈夫的并不是我，而是"瘸腿老驴"的主人。

我去看这个菜农，其实只是想知道我丈夫在最后一刻是怎样的情形。他是在瞬间就停止了呼吸，还是呻吟了一会儿？如果他不是立刻就死了的，弥留之际他说了什么没有？

当我这样问那个菜农的时候，他喋喋不休地跟我讲的却是小酒馆的茶水、烧酒、没让他寻成方便的那对拥吻的男女、红绿灯以及那辆破摩托。这些全成了他抱怨的对象。他责备自己不是个花心男人，如果乘着酒兴找个便宜女人，去小旅馆的地下室开个房间，就会躲过灾难了。他告诉我，自从出事后，他一看到红色，眼睛就疼，就跟一头被激怒的公牛一样，老想撞上去。

我那天穿着黑色的丧服，所以他看待我的目光是平静的。他告诉我，他奔向我丈夫时，他还能哼哼几声，等到急救车来了，他一声都不能哼了。

他其实没遭罪就上天享福去了，菜农说，哪像我，被圈在这样一个鬼地方！

我看你还年轻，模样又不差，再找一个算了！这是我离开看守所时，菜农对我说的最后一句话。他那口吻很像一个农民在牲口交易市场选母马，看中了一匹牙口好的，可这匹被人给提前预订了，他就奔向另一匹牙口也不错的马，叫着，它也行啊！

可我不是母马。

我从来不叫丈夫的名字，我就叫他魔术师，他可不就是魔术师吗！十几年前，我还在一所小学教语文，有一年六一儿童节，我带着孩子们去剧场看演出。第一个出场的就是魔术师，他又高又瘦，穿一套黑色燕尾服，戴着宽檐的上翘的黑礼帽、白手套，拄一支金色的拐杖，在大家的笑声中上场了。他一登台，就博得一阵掌声，他鞠了一个躬，拐杖突然掉在地上，等到他捡起它时，金色的拐杖已经成了翠绿色的了。他诧异地举着它左看右看时，拐杖又一次"失手"落在地上，等他又一次捡起时，它变为红色的了。让人觉得舞台是个大染缸，什么东西落在上面，都会改变颜色。谁都明白魔术师手中的物件暗藏机关，但是身临其境时，你只觉得那根手杖真的是根魔杖，蕴藏着无限风云。

我大约就是在那一时刻爱上魔术师的，能让孩子们绽开笑容的身影，在我眼中就是奇迹。

奇迹是七年前降临的。

由于我写的几篇关于儿童心理学方面的论文在国家级学刊上发表了，市妇女儿童研究所把我调过去，当助理研究员。刚去的时候我雄心勃勃地以为自己会干一番大事业，可是研究所的气氛很快让我产生了厌倦情绪。这个单位一共二十个人，只有四名男的。太多的做学问的女人聚集在一起绝不是什么好事情，大家互相客气又互相防范，那里虽然没有争吵，可也没有笑声，让人觉得一脚踩进了阴冷陈腐的墓穴。由于经费短缺，所有的课题研究几乎很难开展和深入，我开始后悔离开了学校，我怀念孩子们那一张张葵花似的笑脸。研究所订阅了市晨报和晚报，报纸一来，人们就像一群饥饿的狗望见了骨头，争相传阅。我就是在浏览晚报的文体新闻时，看到一篇关于魔术师的访问，知道他的生活发生了变故的。原来他妻子一年前病故了，他和妻子感情深厚，整整一年，他没有参加任何演出。现在，他准备重返舞台了。我还记得在采访结束时，魔术师对记者所讲的那句话：生活不能没有魔术。

我开始留意魔术师的演出，无论是在大剧院还是小剧场的演出，我都场场不落。我乐此不疲地看他怎样从拳头中抽出一方手帕，而这手帕倏忽间就变为一只扑棱棱飞起的白鸽；看他如何把一根绳子剪断，在他双手抖动的瞬间，这绳子又神奇地连接到了一起。我像个孩子一样看得津津有味，发出笑声。魔术师那张瘦削的脸已经深深地雕刻在我心间，不可磨灭。

有一天演出结束，当观众渐渐散去，他终于向台下的我走来。他显然注意到了我常来看他的表演，而且总是买最贵的票坐在首排。他对我说的第一句话是，你想学魔术？

我没有学成魔术，我做了魔术师的妻子。

我们结婚的时候，他所在的剧团的演出已经江河日下，进剧场的人越来越少了。魔术师开始频繁随剧团去农村演出。最近几年，他又迫不得已到一些夜总会去。那些看厌了艳舞、唱腻了卡拉OK情歌的男人，喜欢在夜晚与小姐们厮混得透出乏味时，看一段魔术。有时看到兴头上，他们就把钞票扬到他的脸上，吆喝他把钞票变成金砖，变成女人的绣花胸衣。所以魔术师这几年的面容越来越清癯，神情越来越忧郁。他多次跟剧团的领导商量，他不想去夜总会了，领导总是带着祈求的口吻说，你是个男人，没有性骚扰的问题，他们看魔术，无非就是寻个乐子，你又不伤筋动骨的；唱歌的那些女的，有时在接受献花时还得遭受客人的"揩油"呢，人家顺手在胸脯和屁股上摸一把，她们也得受着。为了剧团的生存，你就把清高当成破鞋，给撇了吧！

魔术师只得忍着。他在夜总会的演出，都是剧团联系的。演出报酬是四六开，他得的是"四"，剧团是"六"。他常用得来的"四"，为我买一束白百合花、一串炸豆腐干或者是一瓶红酒。

月亮很好的夜晚，我和魔术师是不拉窗帘的，让月光温柔地在房间点起无数的小蜡烛。偶尔从梦中醒来，看着月光下他那张轮廓分明的脸庞，我会有一种特别的感动。我喜欢他凸起的眉骨，那时会情不自禁抚摸他的眉骨，感觉就像触摸着家里的墙壁一样，亲切而踏实。

可这样的日子却像动人的风笛声飘散在山谷一样，当我追忆它时，听到的只是弥漫着的苍凉的风声。

魔术师被推进火化炉的那一瞬间，我让推着他尸体的人停一下，他们以为我要最后再看他一眼，就主动从那辆冰凉的跟担架一样的运尸车旁闪开。我用手抚摸了一下他的眉骨，对他说，你走了，以后还会有谁陪我躺在床上看月亮呢！你不是魔术师吗，求求你别离开我，把自己变活了吧！

迎接我的，不是他复活的气息，而是送葬者像涨潮的海水一样涌起的哭声。

奇迹没有出现，一头瘸腿老驴，驮走了我的魔术师。

我觉得分外委屈，感觉自己无意间偷了一件对我而言是人世间最珍贵的礼物，如今它又物归原主了。

我决定来三山湖旅行。

三山湖有著名的火山喷发后形成的温泉，有一座温泉叫"红泥泉"，据说淤积在湖底的红泥可以治疗很多疾病，所以泡在红泥泉边的人，脸上身上都涂着泥巴，如一尊尊泥塑。当初我和魔术师在电视中看到有关三山湖的专题片时，就曾说要找某一个夏季的空闲时光，来这里度假。那时我还跟他开玩笑，说是湖畔坐满了涂了泥巴的人，他肯定会把老婆认错了。魔术师温情地说，只要人的眼睛不涂上泥巴，我就会认出你来，你的眼睛实在太清澈了。我曾为他的话感动得湿了眼睛。

如今独自去三山湖，我只想把脸涂上厚厚的泥巴，不让人看到我的哀伤。我还想在三山湖附近的村镇走一走，做一些民俗学的调查，收集民歌和鬼故事。如果能见到巫师就更好了。我希望自己能在民歌声中燃起生存的火焰，希望在鬼故事中找到已逝人灵魂的居所。当然，如果有一个巫师真的会施招魂术，我愿意与魔术师的灵魂相遇一刻——哪怕只是闪电的刹那间。

二　蒋百嫂闹酒馆

我在乌塘下车了。不是我不想去三山湖，而是前方突降暴雨，一段山体滑坡，掩埋了近五百米长的路基，火车不得不就近停靠在乌塘。铁路部门说，抢修最快要两天时间。旅客们怨气冲天，一会儿找车长要求赔偿，一会儿又骂滑坡的山体是老妓女，人家路基并没想搂抱你，你往它身上扑什么呀。没人下车，好像这列车是救生艇，下了就没了安全保障似的。

在旅行中不能如期到达目的地，在我已不是第一次了，这里既有不可抗拒的天气因素，也有人为的因素。有一次去绿田，长途客车就在一个叫黑水堡的寨子停了整整十个小时。茶农因不满茶园被当地的高尔夫球场项目征用，聚集在交通要道上，阻断交通，要向当地政府讨一个"说法"。茶农们席地而坐的样子，简直就是一幅乡野的夜宴图。他们有的吃着凉糕，有的就着花生米喝烧酒，有的啃着萝卜，还有的嚼着甘蔗。最后政府部门不得不出面，先口头答应他们的请求，他们这才离开公路。记得当地的交警呵斥他们撤离公路，说他们这样做违法的时候，茶农理直气壮地说，霸占了我们茶园就不算违法了？领导先违法，我们后违法，要是抓人，也得先抓他们!

乌塘是煤炭的产地,煤窑很多,空气污浊。滞留在列车上的旅客开始向服务员大喊大叫,他们要免费的晚餐,那已是黄昏时分了。车窗外已经聚集了一些招揽生意的乌塘妇女,她们个个穿着质地低廉的艳俗的衣裳,不是花衣红裙粉鞋子,就是紫衣黄裤配着五彩的塑料项链,看上去像是一群火鸡。她们殷勤地召唤列车上的人下车,都说自己的旅店的床又干净又舒服,一日三餐有稀有干、荤素搭配,有几个男人禁不住热汤热水和床的诱惑,率先下车了。我正在犹豫着,邻座的一位奶孩子的妇女撇着嘴对她身旁的一个呆头呆脑的男人说,这火车也真不会找地方坏,坏在乌塘这个烂地方!人家说这里下煤窑的男人死得多,乌塘的寡妇最多。还真是啊,瞧瞧站台上那些个女的,一个个八辈子没见过男人的样子!她鄙夷地扫了一眼那些女人,然后垂头把奶头从孩子的嘴里拔出来,怨气冲冲地说,我这对奶子摊上你们爷儿俩算是倒霉,白天奶小的,黑天喂大的,没个闲着的时候!今晚有没有饭还两说着呢,小东西可不能把我给抽干了!她怀中的婴儿因为丢了奶头,哇哇哭闹着。妇女没办法,只得又把那颗黑莓似的奶头摁回婴儿的嘴里。婴儿立刻就止了哭声,咂着奶。女人骂,小东西长大了肯定不是个好东西,一个有奶就是娘的主儿!

乌塘寡妇多,而我也是寡妇了,妇女的话让我做了下车的决定。我将茶桌上的水杯收进旅行箱,走下火车。

脚刚一落到站台的水泥青砖上,就感觉黄昏像一条金色的皮鞭,狠狠地抽了我一下。在列车上,因为有车体的掩护,夕照从小小的窗口漫进车厢,已被削弱了很多的光芒,所以感受不到它的强度。可一来到空旷之地，夕阳涌流而来，那么的强烈，那么的有韧性。光与光密集地聚合与纠集，就有了一股鞭打人的力量。

七八条女人的胳膊上来撕扯我，企图把我拉到她们的店里去。我选中了独自站在油漆斑驳的栏杆前袖着手的一个妇女。她与其他女人一样打扮得很花哨，一条绿地紫花的裤子，一件粉地黄花的短袖上衣。她的头发烫过，由于侍弄得不好，乱蓬蓬的，上面落了一层棉花绒子，看来她先前在家做棉活儿来着。她脸庞黑红，皮肤粗糙，厚眼皮，塌鼻子，两只眼睛的间距较常人宽一些，嘴唇红润。她的那种红润不刺目，一看就不是唇膏的作用，而是从体内散发出的天然色泽。我拨开众人朝她走去的时候，她冲我笑笑，说，你愿意住我家的店吗？我说是。她上下左右地仔细打量了我一番，说，我家的店不高级，不过干净。我说这就足够了。妇女又说，我没有发票开给你。我说我不需要。她这才接过我的旅行箱，引领我走出站台。

乌塘的站前广场是我见过的世界上交通工具最复杂的了。它既有发向下辖乡镇的长途客车，还有清一色的夏利牌出租车，以及农用三轮车和脚踏人力车。最出乎意料的，几挂马车和驴车也堂而皇之地停泊在那里。不同的是机械车排出的是尾气，而马车驴车排出的则是粪球。

妇女擤了一把鼻涕，把我领向西北角的一辆驴车。车上坐着一个仰头望天的瘦小男孩，也就八九岁左右的光景。妇女吆喝一声，三生，有客人了，咱回去吧！那个叫三生的男孩就低下头来，怯生生地看着我。他穿一条膝盖露肉的皱巴巴的蓝布裤子、一件黄白条相间的背心，青黄的脸颊，矮矮的鼻梁，一双豆荚似的细长眼睛透着某种与他年龄不相称的忧郁。妇女把箱子放在驴车上，把一张叠起的白毡子展开，唤我坐上去，而三生则拍了一下驴的屁股，说，草包，走了！看来"草包"是驴的名字。

草包拉着三个人和一只旅行箱，朝城西缓缓走去。我问妇女要走多久？她说驴要是偷懒的话，得走二十分钟；要是它顺心意，十分八分也就到了。看草包那不慌不忙的样子，我知道十分八分抵达的可能性是不存在了。不过，草包倒不像头要偷懒的驴，它并不东张西望，只是步态有些踉跄。它不是年纪大了，就是在此之前干了其他的活儿而累着了。在一个陌生的地方，我喜欢这种慢条斯理的前行节奏，这样我能够更细致地打量它的风貌。所以我觉得雄鹰对一座小镇的了解肯定不如一只蚂蚁，雄鹰展翅高飞掠过小镇，看到的不过是一个轮廓；而一只蚂蚁在它千万次的爬行中，却把一座小镇了解得细致入微，它能知道斜阳何时照耀青灰的水泥石墙，知道桥下的流水在什么时令会有飘零的落叶，知道哪种花爱招哪一类蝴蝶，知道哪个男人喜欢喝酒，哪个女人又喜欢歌唱。我羡慕蚂蚁。当人类的脚没有加害于它时，它就是一个逍遥神。而我想做这样一只蚂蚁。

乌塘的色调是灰黄色的。所有楼房的外墙都漆成土黄色，而平房则是灰色的。夕阳在这土黄色与灰色之间爬上爬下的，让灰色变得温暖，使土黄色显得亮丽。街巷中没有大树，看来这一带人注意绿化是近些年的事情，所以那树一律矮矮瘦瘦的，与富有沧桑感的房屋形成了鲜明对照。正值下班高峰，街上行人很多。有的妇女挎着一篮青菜急急地赶路，而有的老头则一手牵着放学的孩子，一手擎着半导体慢吞吞地走着。一家录像厅张贴的海报是一对男女激情拥吻的画面，从音像店传出流行歌曲的节拍。酒馆的幌子高高挑起，发廊门前的台阶上站着叉着腰的招揽生意的染着黄头发的女孩子。这情景与大城市的生活相差无二，不同的是它被微缩了，质地也就更粗粝些、强悍些。所以有家旅馆的招牌上公然写着"有小姐陪，价格面议"的字样，不似大城市的宾馆，上门服务是靠入住房间的电话联络，交易进行得静悄悄的。

草包穿城而过，渐渐地车少人稀，斜阳也凋零了，收回了纤细的触角。腕上的手表已丢失了二十分钟，驴车却依然有板有眼地走着。我知道妇女撒了谎，驴无论如何地疾走，十分八分抵达也是天方夜谭。妇女见我不惊不诧，倒不好意思了。她说，草包起大早拉了两小时的磨，累着了，走得实在是太慢了。我便问她驴拉磨是做豆腐还是摊煎饼？妇女说做豆腐呀！接着她告诉我住她家的基本是熟客，老客人喜欢闻豆子的气味。我明白她家既开豆腐房又开旅店，便称赞她生意做得大。妇女说，大什么大呀，不过一座小房子，前面当旅店，后面做豆腐房，赚个吃喝钱呗！我指着男孩问妇女，这是你儿子？妇女说，他是蒋百嫂的儿子，我家和他家是邻居。我儿子可比他大多了，我十八岁就偷着结婚了，我儿子都在沈阳读大学了！她说这话时，带着一种自得的语气，我的心为之一沉。我和魔术师没有孩子，如果有，也许会从孩子身上寻到他的影子。就像一棵树被砍断了，你能从它根部重新生出的枝叶中，寻觅到老树的风骨。

驴车终于停在一条灰黄的土路上，天色已经暗淡了。那是一座矮矮的青砖房，门前有个极小的庭院，栽种着一些杂乱无章的花草。路畔竖着一块界碑似的牌匾，蓝地红字，写着"豆腐旅店"四个字。

妇女让男孩卸下驴，饮它些水，而她则提着旅行箱，引我进屋。

这屋子阴凉阴凉的，想必是老房子吧。空气中确实洋溢着一股浓浓的豆香气，房间比我想象的要好，虽然七八平方米的空间小了些，但床铺整洁，窗前还有一桌一椅。床下放着拖鞋和痰盂，由于没有盥洗室，门后放置着脸盆架。墙壁雪白雪白的，除了一个月份牌，没有其他的装饰，简洁而朴素。窗帘也不是常见的粉色或绿色，而是紫罗兰色的。没有想到这个女人在打扮屋子上比打扮自己有眼力。

妇女说，这是单间，一天三十块钱，厕所在街对面，晚上小解就用痰盂。饭可以在这里吃，也可以到街上的小饭馆。附近有五六个饭馆，各有各的风味。她向我推荐一个叫"暖肠"的酒馆，说是这家的鱼头豆腐烧得好。我答应着，她和颜悦色地为我打来一盆洗脸水。简单地梳洗了一番，我就出门去寻暖肠酒馆了。

天色越来越暗淡，这座小城就像被泼了一杯隔夜茶，透出一种陈旧感。酒馆的幌子都是红色的，它们一律是一只，要么低低地挂在门楣上，要么高高地挂在木杆上。一辆满载煤炭的卡车灰头土脸地驶过，接着一辆破烂不堪的面包车像个乞丐一样尘垢满面地与我擦肩而过。跟着，一个推着架子车的老女人走了过来，车上装着瓜果梨桃，看来是摆水果摊的小贩。我向她打听暖肠酒馆，她反问我买不买水果。我说不买。她就一撇嘴说，那你自己去找吧。我便知趣地买了两斤白皮梨，她这才告诉我，暖肠酒馆就在前方二百米处，与杂货店相挨着，不过"暖肠"的"肠"字如今被燕子窝占了半边，看上去成了"暖月"酒馆。

当我提着梨寻暖肠酒馆的时候，遇见了一条无精打采的狗。它瘦得皮包骨，像是一条流浪的狗。我摸出一只梨撇给它，它吃力地用前爪捉住，嗅了嗅，将梨叼在嘴中，到路边去了。它趴下来吃梨，而不是站着，看上去气息恹恹的。

一对老人路过这里，看见这狗，一齐叹了口气。老头说，它这又是去汽矿站迎蒋百去了，主人不回来，它就不进家门！老太太则感慨地说，一年多了，它就这么找啊找的，我看蒋百不回来，它也就熬干油了。哪像蒋百嫂，这一年多，跟了这个又跟那个，听说她前两天又把张大勺领回家了！你说张大勺撂起来没有三块豆腐高，她也看得上！蒋百要是回来，还不得休了她！看来还是狗忠诚啊！

未见蒋百嫂，却先见了她的儿子和她家的狗，这使我对蒋百嫂充满了好奇。

暖肠酒馆的"肠"字的右边果然被燕子窝占领了。窝里有雏燕，燕妈妈正在喂它们。雏燕从窝里探出光秃秃的脑袋，张着嘴等食儿。

未进酒馆，先被一股炒尖椒的辣味呛出了一个喷嚏，接着听得一个女人大声吆喝，再烫一壶酒来！我掀开门帘，进得门去。

酒馆的店面不大，只有六张桌子，两个大圆桌，四个小方桌。店里只有三个酒客，两男一女。两个男人年岁都不小了，守着几碟小菜对饮着。而坐在窗前方桌旁的女人则有好几盘菜伺候着。见我进来，她扬起一条胳膊召唤我，说，姐们儿，过来陪我喝两盅！她看上去三十来岁，穿一件黑色短袖衫，长脸，小眼睛，眼角上挑，厚嘴唇，梳着发髻，胳膊浑圆浑圆的，看上去很健硕。她已喝得面颊潮红，目光飘摇。我以为碰到了酒疯子，没有理睬她，拣了一张干净的方桌坐下。这女人就被激怒了，她先是将酒盅摔在地上，然后又将一盘土豆丝拂下桌子。那地是青石砖的，它天生就是瓷器的招魂牌，酒盅和盘子立刻魂飞魄散。这时店主闻声出来说，蒋百嫂，你又闹了；你再闹，以后我就不让你来店里吃酒了！蒋百嫂咯咯笑了，她用手指弹了一下桌子，说，我要是陪你睡一夜，你就不这么说话了！店主看上去是个忠厚的人，他讪笑着摇头，说，公安局这帮人也真是饭桶，你家蒋百丢了一年多了，活不见人，死不见尸，他们至今也没个交代！蒋百嫂本来已经安静了，店主的话使她的手又不安分了，她干脆站了起来，抡起坐过的椅子，哐嚓哐嚓地朝桌上的菜肴砸去。辣子鸡丁和花生米四处飞溅，细颈长腰的白瓷酒壶也一命呜呼了。蒋百嫂边砸边说，我损了东西我赔，赔得起！那两位酒客侧过身子望了望蒋百嫂，一个低声说，可惜了那桌菜；另一个则叹息着说，女人没了男人就是不行！他们并不劝阻她，接着吃喝了，看来习以为常了。

蒋百嫂发泄够了，拉过一把干净的椅子，气喘吁吁地坐上去，像是刚逃离了一群恶狗的围攻，看上去惊魂未定的。店主拿着笤帚和撮子收拾残局，蒋百嫂则把目光放到了窗外。暮色浓重，有灯火萦绕的屋里与屋外已是两个世界了。蒋百嫂忽然很凄凉地自语着，天又黑了，这世上的夜晚啊！

三　说鬼的集市

旅店的女主人让我叫她周二嫂，因为她男人叫周二。我们研究所的萧一姝，是个女权主义者。她在一篇文章中说，中国妇女地位的低下，从称呼中就可以看出端倪。女人结婚生子后，虽然还有着自己的老名字，但是那名字逐渐被世俗的泥沙和强大的男权力量给淘洗干净了。她们虽然最终没有随丈夫姓，但称谓已发生了变化，体现出依附和屈服于男权的意味。她认为这是一种愚昧，是女性的一种耻辱。萧一姝原来叫萧玉姝，只因她丈夫的名字中也有一个"玉"字，便更名为"萧一姝"，她说女人接受由自己丈夫的姓氏得来的名字，就是一种奴性的体现。可我愿意做相爱人的奴隶。可惜没谁把我的名字依附在魔术师的名字上。

周二原先是矿工，一次瓦斯爆炸，他成了七人中唯一的幸存者，面部被严重烧伤，落了一脸的疤瘌。死里逃生的周二再也不肯下井，用工伤赔偿金和老婆开了豆腐店和旅店。周二做豆腐，挑到集市去卖，周二嫂则开旅店。周二每天凌晨三四点钟就要起来赶着驴拉磨，做上几板豆腐。周二卖豆腐，一卖就是一天。即使中午前他的豆腐担子空了，他也不回家，仍混在集市中。跟掌鞋的聊家常啦，和修自行车的忙里偷闲地下盘象棋啦，等等。周二嫂听说我要搜集鬼故事，就对我说，你不用挨门挨户地寻，你跟着我家周二去集市，一天可以听上好几个鬼故事，那些出摊的小贩子最喜欢讲鬼故事了。周二眨巴着眼对周二嫂说，邢老婆子要在就好了，她说鬼说得好，可惜她也成了鬼了！史三婆也爱说鬼，不过比起邢老婆子那可差远了，不过是《聊斋》中狐仙鬼怪的翻版！

我跟着周二去集市了。

周二个子不高，虽然他有力气，但挑着一担豆腐还是晃晃悠悠的。我跟在他身后，不断地听见别人跟他打招呼，周二，卖豆腐去啊？周二总是回一句，卖豆腐去！也有人跟他开玩笑，说，周二你行啊，白天吃自己的豆腐，晚上吃老婆的豆腐，有福气啊！周二就啐一口痰，理直气壮地说，我白天黑天吃的都是自家的豆腐，又不犯法，你说三道四个啥？！

太阳已经出来了，但它看上去面目混沌，裹在乌突突的云彩中，好像一只刚剥好的金黄的橙子落入了灰堆中。空气中悬浮着煤尘，呛得人直咳嗽。周二对我说，乌塘一年之中极少有几天能看见蓝天白云，天空就像一件永远洗不干净的衣裳晾晒在那里。乌塘人没人敢穿白衬衫，而且，很多人的气管和肺子都不好。我问这附近有几座煤矿。周二龇着牙说，大大小小总有二十几个吧。我说政府不是加大力度清理小煤窑吗。周二一撇嘴说，电视和报纸上是那么说的，实际上呢，只要不出事，小煤窑是消灭不了的！开小煤窑的哪个不是头头脑脑的亲朋好友？那等于给自己家设着个小金库！矿工的命太贱了，前些年出事故死在井下的，矿长给个万把的就把事儿给平了；现在呢，赔得多了些，也不过两万三万的，比起命来，那算什么！人死了，只要给了钱，没人追究责任，照样还有人下井，他们也照样赚钱！

听说周二在井下挖了六年煤，我便问他下井是什么感觉。

周二说，啥感觉？每天早晨离开家，都要多看老婆孩子几眼，下了井就等于踏进了鬼门关，谁能料到自己是不是有去无回？阎王爷想勾你的名字，大笔一挥，你就得留在地下了！妈的！

周二边骂边撂下担子，一家小饭店的女主人吆喝住了他，要五块豆腐。女主人显然没有睡足，头发没梳理，趿拉着拖鞋，穿一件宽大的黄地蓝花的棉布睡袍，呵欠连天的。周二麻利地将豆腐撮进女人递过来的白铝盆中。豆腐肌肤润泽，它们"噗噗"地投入盆中，使盆底漫出一圈乳黄的水。女人忽然哈哈笑了起来，她对周二说，周二哥，你说蒋百嫂像不像这个盆子？它能装土豆又能盛豆腐，能泡海带也能搁萝卜丝，真是软的硬的、黑的白的全不吝！我听说她昨晚又闹了酒馆，把王葫芦叫到家里睡去了！你说王葫芦都满六十的人了，脸比驴还黑，天天捡破烂，一年到头洗不上一回澡，跟他睡，不是睡在厕所里又是什么！

周二听女人这样讲蒋百嫂，有些恼了，他说，你也不要把自己说得那么干净，你家刘争一跑长途，朱铁子不就老来你店里吃酒吗，一吃就是一夜，谁不知道？！你们这些女人啊，就跟蚯蚓一样，不能让你们见天光，埋在土里你们安分守己；一挖出来，就学会勾引人了！

蚯蚓勾引的是鱼！那女人大声地辩驳。她受了奚落倒也不恼，只是不再呵欠连天了。她对周二说，我知道你对蒋百嫂好，都说你是蒋三生的干爹，一家人哪有不向着一家人的？！

周二挑起担子，冲女人撇撇嘴，走了。跟着他走的，有被汽车挟起的尘土、陈旧的阳光和我。也许还有匍匐的蚂蚁也跟着，只不过没有被我们注意到罢了。

乌塘有三个集市，周二说我来的集市规模居中，另两个集市，一个比它大，一个比它小。比它大的集市有服装和日用小百货卖，比它小的只卖些肉蛋禽类、蔬菜瓜果。

周二进了集市，就像一只鸟进了森林，自由而快活。他和老熟人一一打招呼，将担子卸在他的摊位上。已经有很多小商贩出现在集市上了，卖糖酥饼和绿豆稀饭，以及油条和豆浆的摊位前人头攒动，生意红火。怪不得我要在旅店吃早饭时，周二对周二嫂说，她不是要跟着我去集市听鬼故事吗，还不如在那儿吃呢！想吃枣泥饼有枣泥饼，想喝豆腐脑有豆腐脑，想吃水煎包有水煎包！当时周二嫂白了周二一眼，说，你吃惯了集市的早饭，嫌弃我的手艺了！周二连忙赔着笑脸说，哪能呢，你做的饭我这辈子吃不够，下辈子还想吃呢！周二嫂笑了，她拧了一把周二的脸，说，就你这一脸的疤癞，也只能可着我的饭来吃了，别人谁得意你？他们满怀爱意的斗嘴使我想起魔术师，以往我们也常这样甜蜜地斗嘴，可那样的话语如今就像镌刻在碑上的墓志铭一样，成为了永恒。

我到小食摊前吃了碗黑米粥和一个馅饼。有一个食客对着免费的咸菜大嚼大咽着，瘦削的摊主用眼睛白着他，说，不怕齁着啊？食客说，齁着就喝水！摊主说，水也得花钱啊。食客说，喝水便宜。摊主又说，喝多了水找公厕撒尿也得花钱啊。食客被激怒了，他把咸菜罐摔在地上，骂，免费的咸菜你不叫吃，干脆收费得了，别死要面子硬撑着，还叫男人吗？！摊主看着碎了的咸菜罐，居然委屈得落泪了。他穿件蓝背心，戴一条油渍斑斑的绿围裙，黑红的脸庞，看上去像是一只被做成了酱菜的细长的青萝卜，颜色暗淡，散发着一股陈腐的气息。他这一哭，食客倒了胃口，他放下筷子，将一张十元钱拍在桌子上，说，不用找了。就头也不回地走了。与他相邻的卖豆腐脑的说那摊主，你合适啊，这一顿早饭也就三块两块的，你一家伙得了十块，顶三个人吃的了，昨晚一定梦见金鲤鱼了吧？摊主抽搐着脸说，除了金秀，我还能梦见谁？卖豆腐脑的说，金秀又跑你的梦里去了？我看你赶快再找一个算了，她没了三年了，你天天睡凉炕，她当然记挂着你了！要是你娶了新的，她也就过她的阴日子去了，人家在那里也可以再找一个，你不找，也耽误人家啊!

听他们这一番话,我知道这个面容凄苦的男人死了老婆,而且他与老婆感情笃深。我便胆怯地问他,死了的人进了活人的梦中,会是什么样子?魔术师在时,我倒时常梦见他;可他永别我后,我的脑子一片混沌,没有什么具体的影像,他把我的梦想也带走了。

摊主泪眼蒙眬地望了我一眼,嘴唇哆嗦了几下,说,死了的人回到活人的梦中,当然是活着时的样子了!她会嘱咐你风大时别忘了关窗,下雪了别忘了给孩子戴上棉帽子。唉,她也真是命苦,死了还得跟我操心!

来了两个身上挂满了石灰点的民工,摊主擦干眼泪,招呼他的生意去了。我回到周二那里,他正在吸烟。我问那个摊主的老婆是怎么死的。周二喷出一口青烟说,他老婆得了痢疾,就到家跟前的个体诊所打点滴。你说青霉素这东西也真是邪性,点了不出两小时,人就没气了!人家说,诊所的老周没给她做过敏试验,人才死了。我看这女人也是命薄,拉肚子本不是大毛病,拉不死人,非要去诊所,这下好,因小失大,把命都搭上了!

诊所的那个姓周的呢?我问。

他呀,原先是个兽医,这些年得病的人比得病的牲畜要多,他就换下蓝袍子,穿上白大褂,挂上听诊器,开起了诊所!他也有点能耐,治好过一个偏头疼的女人,还治好过几个人的胃病,所以他没出事时,生意还挺红火的!

他一个当兽医的,怎么会拿到为人看病的行医执照呢?我问。

嗨,这世道的黑白你还看不清哇,有钱能使鬼推磨呗!周二吐了口唾沫,说,老周的连襟在卫生局当局长,拿个行医执照,就跟从自家的树上摘个果子一样轻而易举，有什么难的？出了事后，人家花了两万块，就把事平了！就说人不是点滴死的，是心脏病发作死的！

这男人也就同意了？我瞟了那摊主一眼。

不认又怎么着？打官司他打得起吗？反正他老婆已进了鬼门关，还不如弄俩钱，将来留着给孩子用！周二叹了口气，指着那摊主说，他原来是个挺乐和的人，老婆没了，就变得跟女人一样爱计较了，动不动还哭，哪还有点男人的样子！

老周呢？我心灰意冷地问。

他呀，在这儿混不下去了，早就走了。听说去了芜湖的亲戚家，不干这行了，养虾去了，谁知道呢？周二又叹了一口气，说，在这个集市上，辛酸的人海着去了，你要听鬼故事，随便逛逛就能听到。

我与周二闲谈的时候，已经有两个人买了豆腐走了。但凡做小本生意的，都是些眼疾手快的人，他们能心、手、口并用，嘴上抽着香烟并且与你讲着故事，手上麻利地打理着生意，什么也不耽误。

集市越来越热闹了。推着架子车、挑着货担的生意人越聚越多，先前还空着的摊床也就没有闲着的了。由于这集市有个长条形的顶棚，集市边缘的摊床点染着阳光，而中心地带则相对暗淡些，阳光未爬到那里就断了气。周二把我引向集市中央阴凉处的一个摊床，对一位坐着的袖着手的穿黑衣的老女人说，史三婆，这是我家客人，想搜集鬼故事，你给她讲几个吧！你知道那么多的鬼故事，不讲不就全烂肚子里了吗？史三婆呸了周二一口，说，我的故事值钱，讲一个得给我十元！周二说，明天我给你炸包豆腐泡吃，顶了讲故事的钱了！史三婆上上下下地打量了我一番，说，你给哪里搜集鬼故事？我说为自己。史三婆就打了一个嗝对我说，你又不是从阴间来的，搜集那故事做啥？我想与她有个轻松的谈话氛围，就开玩笑说，谁说我不是从阴间来的？我这话没吓着史三婆，倒把与她相邻的卖笤帚的女孩给吓着了，她惊叫着说，史三婆，我一看她的样子就像个鬼，一身的黑衣服，瘦得全是骨头，脸上没血色，你可别让她靠近咱们呀！史三婆笑了，她从容不迫地说，鬼就是鬼，哪能让你看得着呢！你不用怕。史三婆让我到摊床里面去坐，不然我像根柱子似的戳在她面前，影响她的生意。我笑了笑，从通道旁的小便道走到摊床里面。也许是久已不笑了，我的笑不但使自己起了寒意，也让那个女孩打了个哆嗦。史三婆的摊床上，摆着形形色色的灭害剂，有毒鼠强、灭蝇水、驱蚊油、除蟑灵、敌杀死等等。史三婆的鬼故事，就以毒鼠强为背景开始了。

　　有个年轻的寡妇，她男人死于矿难的"冒顶"事件。她摊上个好吃懒做又心狠手毒的婆婆，一日伺候不周，婆婆就趁她熟睡时用针扎她的额头。寡妇受够了婆婆的气，就买了两包毒鼠强，炖了一锅肉，打算与婆婆同归于尽。那天下着大雨，电闪雷鸣的，寡妇早把孩子打发到姐姐家去了。她盛了肉，放在桌子上，又取了两个酒杯和两双筷子，唤婆婆喝酒吃肉。婆婆那时正站在窗前把一杯陈茶往窗外泼，听见儿媳唤她，她回身便骂，我知道你有二心了，想今晚把我灌醉，好在我儿子睡过的炕上"养汉"！寡妇忍着，没有和婆婆顶嘴，想引诱她把肉吃了。这时外面的雷声越来越响，窗棂被震得跟敲锣似的，咣咣响，寡妇突然看见她丈夫从窗口飘了进来，就像一朵乌云。她刚叫了一声丈夫的名字，这朵云就化作一道金色的闪电，像一条绳子一样，勒住了她婆婆的脖子。婆婆倒地身亡，被雷电取走了性命。寡妇明白这是丈夫在帮助她，如果她也死了，孩子谁来管呢？从那以后，这寡妇就守着孩子过日子，没有再嫁。而她的孩子也争气，几年后考上了一所名牌大学。

史三婆的话使我联想到魔术师，他也会化作一道闪电吗？看来以后的雷雨天气我得敞开窗口了，也许我的魔术师会挟着一束光焰来照亮我晦暗的眼睛。

卖笤帚的女孩发现我对鬼故事确实有着与人一样的着迷，她不再怀疑我是鬼了，她接着史三婆，讲了另一个鬼故事。

我表哥在乌塘自来水公司当司机，他有一个朋友叫贾固，在法院工作，是法警。有一年冬天，贾固的车掉进雪窝里，唤我表哥帮他拖出来。我表哥和贾固怕耽误上班，凌晨三点就上路了。那辆车陷在一片坟地里，天落着雪，四周白茫茫的。表哥拖着拖着车，忽然见雪野中闪出一个人影，是个女人，她戴着白围巾、白帽子，脸盘素净，面容秀丽，说要搭我表哥的车进城。在那样一个荒僻的地方，突然出现这么一个女人，我表哥觉得蹊跷，就问她怎么这么早就来到野外。那女人只是笑，并不出声。再问她是人是鬼时，她摆摆手就消失了。表哥吓得腿直哆嗦，他们把车拖出来，再也不敢回头看一眼坟场。表哥跟贾固说，他当法警，一定是枪毙错了人，冤魂才会从坟地飘出来。贾固便把由他亲手毙掉的死刑犯一一过筛子，最后真的找到了那个面容如坟地上出现的女人的照片，她在七年前就被处决了。存档的卷宗说她红杏出墙，杀害了丈夫。贾固认为这案子判得肯定有不公之处，就暗中复查旧案。从此他寝食不安，衣冠不整，渐渐地精神不太正常了，常指着妻子叫老娘，指着馒头叫灵芝。前年冬天，他被一辆运煤的卡车撞死了。表哥说在贾固的葬礼上，他又看见了那个在坟地遇见的女人，她还是那么年轻，戴着白帽子、白围巾，一言不发。表哥想跟她说几句话，可她一转眼就在贾固的灵前消失了。直到今年春天，派出所抓到了一个盗窃犯，他交代出自己几年前因抢劫未果，杀了一个人，而那个人就是那个女人的丈夫。看来她确实是被屈打成招，含冤而死的。贾固杀了本不该被杀的人，她也就取走了他的性命。你说以后谁还敢当法警啊？

女孩讲故事的能力十分了得，而这个鬼故事则让我起了寒意。我夸赞她口才好，史三婆咳嗽了一声，说，她考上了大学，口才自然差不了！我便问她既然考上了大学，为什么不去上？女孩别过脸去，脸上现出凄凉的神色。史三婆说，还不是因为穷？她妈是个药篓子，他爸呢，常年下矿井，落了一身的病，如今风湿病重得连路都走不了，只能躺在炕上。一家两个病号，哪有钱供她上学呢？

那为什么不向社会寻求救助呢？我问。

像她这样上不起大学的孩子又不是一个，救助得过来吗？史三婆说，这丫头出来做小买卖，说挣了钱供自己上大学。我看靠她卖笤帚，卖到人老珠黄了也上不起！还不如学那些来乌塘"嫁死"的女人，熬它个三年五载的，"嘭——"的一声，矿井一爆炸，男人一死，钱也就像流水一样哗哗来了！要说什么是鬼，这才是鬼呢！史三婆气咻咻地拈起一瓶灭蚊剂，漫无目的地喷了一下，好像我是只吸人血的毒蚊似的。

女孩泪眼蒙眬地对史三婆说，我才不"嫁死"呢！

我问什么叫"嫁死"。

史三婆擤了把鼻涕,突然指着从不远处走来的一个染着棕红头发的穿花衣的女人说,这媳妇就是来乌塘"嫁死"的。可她嫁来三年了,她男人还活灵活现着!听人说她一个白天都在外面打麻将,晚上回家一看到她男人从井下平安回来了,她就叹气,连饭也不做给他吃。

我大惑不解,问这是为什么?

史三婆鄙夷地看着那个走得愈来愈近的女人,说,你是外地人,当然就不知道"嫁死"是怎么回事了。乌塘不是矿井多,事故多吗,这些年下井死了的矿工,家属得到的赔偿金多,一些穷地方的女人觉得这是发财的好门路,就跑到乌塘来,嫁给那些矿工。她们给自家男人买上好几份保险,不为他们生养孩子,单等着他们死。我们私里里就管这样的女人叫"嫁死的"。前年井下出事故时,你看吧,那些与丈夫真心实意过日子的女人哭得死去活来的,而外乡来的那些"嫁死"的呢,她们也哭几嗓子,可那是干号,眼里没有泪,这样的女人真是鬼呀!

那个遭史三婆贬损的女人走到摊床前了,她拿起一瓶敌杀死,问多少钱。史三婆说九块。那女人嘟囔道,不是六块吗?史三婆抿了一下额前的头发,说,卖给你就是九块,爱买不买!女人撇下瓶子,说,又不是你一家卖敌杀死!她瞪了史三婆一眼,离开了摊床。我望着她的背影,看着她袅娜的腰肢和裸露着的性感的胳膊,有一种分外寒冷的感觉。

史三婆的生意在九点以后开始兴旺了。看来乌塘夏季的蚊蝇很多。买灭害药的百分之九十都是女人。史三婆没忘了见缝插针地给我讲故事，什么女人死后变成了狐狸，迷死了猎人；什么大姑娘睡在花树下，无缘无故地怀上了鬼胎，这孩子出生后是个混世魔王，无恶不作。可我对这些传说的鬼故事已经不感兴趣了。集市上人影憧憧，谁能想到有一些又是鬼影呢？！炸油糕与麻花的甜香气，与炸臭豆腐干的气息混合在一起；卖瓜果蔬菜的与卖粮油副食的争先恐后地吆喝着。地面渐渐地积了瓜子皮、纸屑、烟蒂、菜叶等遗弃物，当然还有人们随口吐出的痰。

蒋百嫂也出现在集市上了。史三婆告诉我，她男人蒋百失踪后，她就来集市卖油茶面了。她是集市中来得最晚的生意人，因为她夜晚老是喝酒后带男人回家鬼混，所以起得迟。她说蒋百嫂的油茶面生意还不错，男人们很喜欢猴在她的摊床前。蒋百嫂仍是一袭黑衣，绾着发髻，嘴里嚼着什么，胳膊上挎着一个木桶，木桶里装着油茶面。她看人时的目光是迷茫的、懒散的，步态微微踉跄，似乎还没醒酒的样子。她穿行在集市中，就像一股凛冽的风掠过湖面，泛起寒波点点，很多人都抬着眼望她，就像看戏中人似的。

四 失传的民歌

乌塘的雨是我见过的世界上最肮脏的雨了，可称为"黑雨"。雨由天庭洒向大地的时候，裹挟了悬浮于半空的煤尘，雨便改变了清纯的本色。乌塘人因而喜欢打黑伞。众多的打黑伞的人行走在纵横交错的街巷中，让人以为乌塘落了一群庞大的乌鸦。即便如此，雨过天晴，乌塘还是显得清亮了许多。

周二听说我想搜集民歌，就让我到回阳巷的深井画店去。他说画店的主人陈绍纯，最喜欢唱民歌了。不过他唱的歌有点悲，人们都说那是"丧曲"。他老婆不允许他在家唱，他就在画店唱。回阳巷的商贩，最不喜欢与他为邻了。你这边生意刚开张，那边就传来了他唱丧曲的声音，谁不忌讳呢。所以毗邻画店的商铺，从烧饼铺到狗肉店再到理发店，已经几易其主。如今与它相挨的，是家寿衣店。

周二嫂套上驴车，和蒋三生到火车站招揽生意去了。三生骑在家里的房檐上，周二嫂喊他的时候，他激灵了一下，差点一个跟头从屋顶跌下来。周二嫂对我说，自从蒋百失踪后，这孩子就不爱待在屋里，他除了喜欢到旅店玩，还爱坐在自家的屋顶望天。有的时候他在屋顶一坐就是一下午，似乎在张望他父亲归来。

蒋百是如何失踪的呢？听周二说，蒋百在小鹰岭矿采煤，是个性情温顺的人。下矿归来，他爱喝上几盅酒，蒋百嫂因而练就了一手做下酒菜的好手艺。小鹰岭是个大矿，一共有六个作业点，每个作业点都要有一两个班次在作业，而每班次是十人。矿井出事那天，蒋百早晨时离开家去矿上了，可他傍晚没再回来。从蒋百所在的班次的事故工作面上找到了九具尸体，唯独没有蒋百的。矿长说，蒋百那天根本没有到小鹰岭，下井的是九个人。这么说，蒋百那天是去别的地方了。他虽然幸免于难，但是行迹杳然，没人知道他去哪儿了。大家对蒋百的失踪有多种猜测，有人说他抛弃了蒋百嫂，寻他中学时的相好去了；有人说蒋百被人害了，行凶者早已将他焚尸灭迹。还有更荒唐的说法，说蒋百厌倦了井下生活，到深山古刹做和尚去了。蒋百嫂原先是个羞涩的人，蒋百失踪后，她变了一个人似的，三天两头就去酒馆买醉，花钱大手大脚的，人也变得浪荡了，隔三岔五就领男人回家去住。乌塘的许多女人因而敌视蒋百嫂，怕自家男人被她勾引了去。蒋百嫂原来受雇于一家托儿所，给人看小孩子，蒋百失踪后，她就到集市卖油茶面去了。

周二告诉我，派出所曾对蒋百失踪的事，调查过一些人，问他们在矿难的那天是否见过蒋百。结果有两个人见过他，一个是粮库的退休工人老周头，一个是邮局的顾小栓，他们都说蒋百那天早晨穿着蓝色的工作服，戴着矿帽，去汽矿站搭乘矿车。蒋百身后，还跟着他家的狗。它每天早晨忠心耿耿地把蒋百送上矿车，黄昏时再跑到矿车停靠地，欢天喜地地把主人迎回来。所以蒋百失踪后，这狗就不入家门，依然在傍晚时去接主人。矿车一停下，它就凑上前，但下车的人总是让它失望。它以前威风凛凛的，如今却憔悴不堪。乌塘人因而喜爱这条忠实于主人的狗，一些饭馆的老板见它从街巷中走来，常撇一些香肠和牛肉给它。

回阳巷是一条幽长的巷子，深井画店就在这巷子的尽头，果然与一家寿衣店相邻着。画店很小，有一扇西窗，西北角的棚顶打着一个菱形木方，木方下垂下来几条铁链，钩着几幅画。我见过的画店，画都是悬挂在墙壁或者是倚在墙角的，没有像深井画店这样把画吊在棚顶下的，这做派倒有些像肉铺和洗染店了。画店的东北角，是个一丈见方的柜台，一个面容清癯的老人正俯在那儿画着什么。听见门响，他皱了一下眉，但并未抬头。我问他，您就是陈绍纯先生吗？他仍未抬头，而是抽了一下嘴角，微微点了点头。我凑到柜台前，见他正在画荷。那荷花没有一枝是盛开着的，它们都是半开不开的模样，娇弱而清瘦。我只能讪讪地自我介绍，说我想做点民俗学的调查,搜集民歌,听周二介绍他民歌唱得好,特来拜访。我说话的时候,他始终没有望我一眼,所以我觉得是隔着竹帘与他讲话。见他态度如此傲慢,我正想走掉,他突然放下画笔,没容我有任何心理准备,他一歪脖子,歌声就如倏忽而至的漫天大雪一样飘扬而起。我头一回听人唱没有歌词的歌,它有的只是旋律。那歌声听起来是那么的悲,那么的寒冷,又那么的纯净,太不像从大地升起的歌声了。

他的歌声起来得突然,走得也突然。当我还为着歌声的那种无法言说的美而陶醉时,它却戛然而止了。他低声问了句,这样的悲调你也想搜集吗?如今悲曲上不了台面,你没见电视中唱民歌的个个都是欢天喜地的?

我说,我喜欢这悲调。我的话音刚落,一个穿着肥大裤衩、着一件油渍渍蓝背心的壮汉满面流汗地推门而入。他胖得两腮的肉直往下坠。他的腋下夹着一幅玻璃风景山水画。他一进来就嚷嚷,陈老爷,我娘嫌这牡丹不鲜艳,你再给上上色,多涂点红啊粉啊的!

陈绍纯抬起头,对来人说,牛枕,你回去告诉你娘,牡丹涂红涂得重了,那不成了猴子的屁股了吗?我深井画店就是这么个画法,她又不是不知道!她要是不稀罕,我将画收回,钱一分不少还给她,你看行不行?

牛枕将画摆在柜台上,撩起背心一角,揩脸上的汗。他粗声大气地说,哎哟,陈老爷,我娘就认你的画,别人画的她还不得意呢!她瘫了三年了,整天看的是墙,我早就说要给墙挂上几张画让她看,可她嫌碍眼、累赘,今年她是头一回提出要看画,点着名要看你画的牡丹。她年岁大了,眼神哪比年轻人,常把猫看成老鼠,把人看成鸡毛掸子。你画的红牡丹,她看成了粉的;粉的呢,又看成白了!我又没那两把刷子,不然我就给牡丹上色了。陈老爷,求您了,改天我割一块好肉来孝敬您!

陈绍纯叹了口气,说,再上色,可不就是糟践了那些牡丹吗!你留下画吧,明天上午来取。

牛枕像小孩子一样兴高采烈地拍着手,说,谢谢陈老爷!我娘看的牡丹,就得是歌厅中那些坐台的小姐,脸上得擦上二两粉,头发抹上二两油,嘴唇涂上二两口红,浓浓的,艳艳的,不然她是不看的!

陈绍纯说,我看你在集市卖了两年肉,嘴皮子也练出来了。

牛枕说,我不学会吆喝,卖的就是天鹅肉,也得烂在摊床上,如今这世道,叫唤的鸟儿才有食儿吃呢。

陈绍纯对牛枕说,明天来取画,顺便为他在集市买两斤蒋百嫂卖的油茶面。

一提蒋百嫂,牛枕就眉飞色舞地诉说刚刚发生在集市的一件事,蒋百嫂把一个小媳妇的门牙打掉了,这是个来乌塘"嫁死"的外乡女人。那女人买油茶面,蒋百嫂不卖给她,说她的油茶面不能给黑心烂肺的人吃。小媳妇很厉害,她朝蒋百嫂身上吐了口唾沫,说乌塘有一个烂货,她男人失踪后,她熬不住了,连捡破烂的老头都能和她睡上一觉,这个烂货怎配指责别人?蒋百嫂便大打出手,咣咣几拳,将"嫁死"的打得鼻青脸肿,口吐鲜血,掉了颗门牙。小媳妇哭号着,打电话报了警。派出所的民警赶到集市后,见是蒋百嫂在惹是生非,就说她,你看乌塘哪个女人像你?闹了酒馆又闹集市,还有一点做女人的样子吗?!蒋百嫂一生气,就把一碗刚冲好的油茶面泼到民警脸上，烫得民警跟挨宰的猪一样嗷嗷叫。

牛枕说完，哈哈笑了起来。

陈绍纯说，蒋百嫂这回可闯了大祸了，那"嫁死"的小媳妇丢了颗门牙，还不得讹她个千头八百的？

牛枕说，蒋百嫂有那么多男人供着，赔她个万八的也不在话下！再说了，派出所这帮吃闲饭的找不到蒋百，愧对蒋百嫂，也不敢把她怎么着！

看来在乌塘，蒋百嫂因为蒋百的失踪而成了新闻人物，你走到任何角落，都能听到她的消息。

牛枕走了，陈绍纯依然画他的荷花。他垂着头，凝神贯注。也许在他眼中，我就是这画店的静物。我想也许他画完荷花，就有与我谈天的兴致了。

我走出深井画店时，觉得带着一身的雪花，是陈绍纯歌声中的音符附着在我身上了。太阳在厚薄不一的云中徘徊，遇到云薄的地方，它就浅浅微笑着，而到了云厚之处，它就像一个蒙面的修女，一脸的肃穆。大地也因此忽明忽暗着。我不知道我的魔术师是否在云层的后面，他仍如过去一样在温柔地注视着我吗？太阳与月亮之所以永远光华满面，是不是容纳了太多太多往生者的目光？有一缕云，轻飘疏朗得特别像一片鹅毛，它令我想起婚姻生活中那些美好的日子。每当假日时我垂着窗帘放纵地睡懒觉时，已经把早饭热了不知几遍的魔术师就会捏着一片雪白的鹅毛，轻轻地撩拨我的脸，把我叫醒。那片鹅毛是他做魔术的道具，他在舞台上，能用它变出手帕和棒棒糖。我被扰醒后，总是捏着他的鼻子不许他喘气，嗔怪他断送了我的美梦。魔术师就会旋转着鹅毛，大张着嘴吃力地对我说,你睡了一夜,睫毛都是眵目糊,我为你扫一扫还不应该啊?他是把鹅毛当成了笤帚,而把我的睫毛当成了庭院前的栅栏。他去世后,那片鹅毛被我插在他的指缝间,随他一起火化了,因为再也不会有其他男人用这片鹅毛叫我苏醒了。

我在异乡的街头流泪了。只要想起魔术师,心就开始作痛了。一个伤痛着的人置身一个陌生的环境是幸福的,因为你不必在熟悉的人和风景面前故作坚强,你完全可以放纵地流泪。

我哭泣着,漫无目的地走着。一些行人发现我满面泪痕的样子,现出怪异的神色。有两个人还关切地询问我,一个问我是不是丢了东西?一个问我是不是得了绝症?我回答他们的不是话语,而是绵绵不绝的泪水。我边走边看天,直到那片鹅毛般的云荡然无存了,才注意看脚下的路。过了回阳巷,是紫云街。我很喜欢乌塘街巷的名字,它没有那么大众的名字,比如很多城市都有的"前进路""中山路""胜利街""光芒巷""卫东巷"等等,乌塘街巷的名字,很像一个坐在夕阳底下饱经风霜又不乏浪漫之气的老学究给起的,如青泥街、落霞巷、月树街等。除了紫云街外,我还喜欢月树街的名字。月树街上有几家歌厅,我踅进两间,问这里可有唱民歌的。经营者便问我,你想点民歌?他们盛情地从KTV包房中取出点歌本,向我推荐《山丹丹花开红艳艳》《走西口》《小放牛》《十送红军》《兰花花》《赶牲灵》等歌,我说我想听那种没有被流传下来的民歌。他们就像打量怪物一样对我说,那你走错地方了。

我确实走错地方了。虽然歌厅的营业高潮还未到来,但偶尔飘来的丝丝缕缕歌声,都是那些滥俗怪诞的流行歌曲。流行歌曲有两类最走红,一种是声嘶力竭地如排泄不畅地沙哑着嗓子吼,一种是嗲声嗲气地软着舌头跟蚊子一样地哼哼。这样的歌声在我听来就是人间的噪音。最后在一家名为"星星"的歌厅，总算听到一首三十年代的老歌《陋巷之春》，才让我获得了某种慰藉。唱它的是一个二十上下的女孩，虽然她模仿周璇的那种清纯甜美有些夸张，但那旋律本身的美好却像一条奔涌而来的清流一般，难以抵挡。我很喜欢它的歌词：

  人间有天堂，天堂在陋巷。
  春光无偏私，布满了温暖网。
  树上有小鸟，小鸟在歌唱。
  唱出赞美诗，赞美着春浩荡。

  邻家有少女，当窗晒衣裳，
  喜气上眉梢，不久要做新娘。
  春色在陋巷，春天的花朵处处香。
  我们要鼓掌，欢迎这好春光。

  我坐下来，在光怪陆离的灯影下要了一杯奶茶，听完了这首歌。之后，又回到月树街。

  月树街上的行人多了，黄昏已近，人们都在归家，街市比先前嘈杂了。我到一家面馆要了碗炸酱面，吃过后又进了一家茶馆，喝了杯绿茶。茶杯油渍渍的，让人觉得店主是开肉食店的而不是开茶馆的。等我再回到月树街时，天色已昏，歌厅的霓虹灯开始闪烁了，流动的商贩也出现了。他们卖的货色品种繁杂，有卖烧饼和牛肉的，也有卖棉花糖、头饰、背心短裤、果品以及二手手机和盗版书籍的。我买了一摞烧饼、一块酱牛肉，又到一家超市买了一瓶二锅头，朝回阳巷走去。我还想在这样的日落时分聆听几首民歌，再沾染一身雪花的清芬之气。

快到画店的时候，我见与它相邻的寿衣店走出来两个臂戴黑纱的人，他们抬出一只大花圈。那些紫白红黄的花朵被晚风吹得窸窸窣窣响，使我想起魔术师的葬礼。也有很多人送了花圈给他，可我知道他最不喜欢纸花了。我差人将他灵堂所有的花圈都清理出去。我知道有我为他守灵就足够了。我是他唯一的花朵，而他是这花朵唯一的观赏者。

我推开画店的门，见陈绍纯正坐在西窗下打盹，柜台上空空荡荡的，看来他已画完了荷花。店里光线虚弱，可他没有开灯。从他蹙眉的举止中，可看出他知道有人进来了，可他并未抬头，仍旧眯着眼。我轻轻走过去，将酒菜摆在他脚畔，说，该吃晚饭了。

他睁开眼，微微抬了抬头，看了看我，又看了看酒菜，叹了一口气，说，你就真想听我唱的那些悲曲？我点了点头。他再次沉重地叹了口气，说，你搜集这样的民歌，是没有出头之日的，谁听这样的民歌啊。

陈绍纯启开酒，唤我坐在他对面的小方凳上，直接对着瓶嘴饮起酒来。他对我说，他年轻的时候曾经历过一次死亡，有一天他被一挂受惊的马车掠倒，送到医院后，昏迷了二十多天。他说自己苏醒后，耳畔萦绕的就是凄婉的歌声，那种歌声特别容易催发人的泪水，从此之后，他就痴迷于这种旋律。那时他是一名中学语文老师，寒暑假一到，他就去乡村搜集民歌，整理了很多，还投过稿，但是没有一首能够发表。因为那词和曲洋溢的气息都太悲凉了。陈绍纯有一个朋友在文化馆工作，他曾把民歌拿给他看，他大加赞赏。两个人聚会时，常常悄悄吟唱那些民歌。"文革"中，这位朋友揭发了他，说陈绍纯专唱资产阶级的伤感小调，对社会主义充满了悲观情绪，陈绍纯开始了挨批生涯。他被打折过腿和肋骨，他们还把他整理的民歌撕成碎屑，勒令他吃下去，让这颓废的资产阶级的东西变成屎。他就得像一头忍辱负重的牛一样，把那些纸屑当草料一样嚼掉。陈绍纯说很奇怪，以前他并不能记住所有的旋律，可它们消亡在他体内后，他却奇迹般地恢复了对民歌的记忆。那些歌在他心底生根发芽、郁郁葱葱，他的内心有如埋藏着一片芳草地，他常在心底歌唱着。只是那些歌词就像蝴蝶蜕下的羽翼一样，再也寻觅不到了，所以他的歌是没有词的。而那样的词在那个年代，就像插在围墙顶端的碎玻璃屏障一样，虽然阳光把它们照得五彩斑斓的，但你如果真想贴近它、跨越它，就会被扎得遍体鳞伤。

陈绍纯说如果没有这些歌，他恐怕就熬不到今天了。"文革"结束后，他又回到学校当教师去了，退休后，就开了深井画店。他之所以开画店，就是为了唱歌方便。家人不允许他在家唱，有一回他唱歌，家里的花猫跟着流泪。还有一回他唱歌，小孙子正在喝奶，他撇下奶瓶，从那以后就不碰牛奶了，他只得在外面唱歌。

天色越来越暗了，陈绍纯的面容在我面前已经模糊了。他对我说，在乌塘，最爱听他歌的就是蒋百嫂。蒋百失踪后，蒋百嫂特别爱听他的歌声。她从不进店里听，而是像狗一样蹲伏在画店外，贴着门缝听。她来听歌，都是在晚上酒醉之后。有两回他夜晚唱完了推门，想出去看看月亮，结果发现蒋百嫂依偎在水泥台阶前流泪。

陈绍纯的歌声就是在谈话间突然响起来的。他的歌声一起来，我觉得画店仿佛升起了一轮月亮，刹那间充满了光明。那温柔的悲凉之音如投射到晚秋水面上的月光，丝丝缕缕都洋溢着深情。在这苍凉而又青春的旋律中，我看见了我的魔术师，他倚门而立，像一棵树，悄然望着我。没有巫师作法，可我却在歌声中牵住了他的手，这让我热泪盈眶。

我回到旅店时，天已经很黑很黑了。周二和周二嫂在吵嘴，原来周二嫂用驴车带回了一个断腿人。此人是外地的民工，因向老板讨要工钱，被老板差来的人打折了腿。他没钱医治腿，又没钱乘车，就一路爬着回他的老家去。周二嫂在站前广场遇见了这个衣衫褴褛、爬行乞讨着的人。她就把他抱上驴车，想让他来旅店睡宿好觉，喝碗热汤。不料周二对她的义举大为不满，说这个人病得快成灰了，万一死在他的店里，他的家人找来讹上他们，岂不是好心当成了驴肝肺？周二嫂觉得委屈，她说周二，我领回的要是个女人，你就不这么吹胡子瞪眼睛的了。周二气急了，他跺着脚说，你就是领回个天仙，我也只和你睡！

我回到房间，洗了把脸，关了灯，躺在床上。我的枕畔放着一个电动剃须刀盒，这是魔术师的。他在时，我常常在清晨睡意蒙眬时，听到他刮胡子的声音。那声音很像一个农民在开着收割机收割他的麦子。他永别我后，我将他遗落在枕畔的几根头发拾捡起来，珍藏在他变魔术用的手帕中；而这个剃须刀槽盖中，还存着他没来得及清理的被碾成了齑粉的胡须。我觉得那里仍然流淌着他的血液，所以也把它珍藏起来。我带着它出来，就是想让它跟我一起完成三山湖的旅行。对我而言，它就是一个月光宝盒。我抚摸着它，想着第二天仍然可以到深井画店倾听陈绍纯的歌声，便有一种伤感的幸福弥漫在周身。然而就在那个夜晚，陈绍纯永别了这世界沉沉的暗夜，他把那些歌也无声无息地带走了。

五　沉默的冰山

我是在凌晨跟周二寻找断腿人时，得知陈绍纯的死讯的。

周二如以往一样早起，套上驴来拉磨。他正往磨眼中填泡好的黄豆的时候，为客人烧洗脸水的周二嫂慌慌张张地闯进磨坊，对周二说，不好了，那个腿坏了的人不见了！住店的大都是周二嫂的老客人，譬如运煤的司机、拉脚的小贩或是收购药材的商人。周二嫂就把大家都吆喝起来，帮助她寻找那个失踪的人。

周二嫂带着一行人朝西南方向寻找，而我和周二则奔向东北方向。天虽然亮了，但不是那种透彻的亮。街巷中几乎不见行人，它们灰暗、陈旧得像一堆烂布条。空气比白天要清爽一些。周二边寻找边和我嘟囔，说周二嫂就是这么个爱管闲事的女人，她要做的事，你若是不依，她倒不和你频繁地吵闹，她治理周二的办法就是在每日的餐桌上只摆上两碟咸菜和一盘馒头。周二在集市混了一天，最惦记的就是晚餐的烧酒和可口小菜，所以他轻易不敢拗着周二嫂行事。他说如果找不回那个人，周二嫂肯定会把酱缸中长了白醭的咸菜捞出来对付他。我宽慰周二，一个爬行着的病人，他又能跑多远呢？谅他是不会出城的。

然而这个人确实消失得无影无踪了。凡是他能去的地方，比如公交车站、火车站、桥洞、居民区的自行车棚、垃圾箱、公园甚至公厕，我们都找过了。我对周二说，也许周二嫂他们已找回他了，正喝着热汤呢，于是就折回旅店。岂料周二嫂一行也是失望而归，这一大早晨撒出去的两片网均一无所获，周二嫂泪眼蒙眬的。她责备周二，一定是昨晚她和丈夫吵嘴的话被那人听到了，他一想到男主人不欢迎他，就知趣地在夜半无人注意时悄悄离开。万一他死在半路上，周二就是杀人凶手。

周二不敢插言，唯唯诺诺听着。最后他说，他走不远，我再去找。

我和周二又回到街上。周二说，驴白白拉了磨，今早的豆腐做不成了，这一天的生意算是白搭了，我也去不成集市了。昨天我和谢老铁下的半盘棋还撂在那儿，想着今天下完，下一步棋该怎么走我昨晚都想好了，咳！

我宽慰他，没准一会儿就能找到那人。周二忍不住埋怨道，你说一个大男人，脸皮怎么就那么薄啊，听了两句难听的就开溜了，还趁着夜色，真是属老鼠的，这不是成心要我和老婆闹别扭嘛，妈的！

街巷中渐渐有了行人，天也亮了。在主干街道中，已出现了穿着橘黄背心扫街的环卫工人。我们向她们打听是否见着一个爬行着的人，她们都摇头说没见过。我们走过百货商场，走过医院，走过粮油店，从辉来街进入宽成街，又从宽成街插入月树街。灰蒙蒙的太阳升起来了，向阳的建筑物忍饥受冻了一夜，如今它们吮吸着阳光，看上去光洁而滋润。车声起来了，人语也起来了，街市也就有了街市的样子。我们顺着月树街自然而然来到回阳巷，远远地，就见深井画店不断有人进进出出。周二对我说，画店一定出事了，陈老先生从来不这么早开张，画店也不会在一大早来这么多人的。

我们加快了步伐，快接近画店时，周二碰到一个歪嘴的熟人，他说话有些含混不清，他告诉周二，陈老爷子死了，是让一幅画给砸死的，如今正给他穿寿衣呢。周二拍了一下腿，说，陈老爷子怎么这么倒霉！歪嘴人说，听说他是让牛枕家的画给砸死的，砸到脑壳上了！可能人老了，脑壳跟鸡蛋壳一样酥了，不经砸！歪嘴人说完，擤了一把鼻涕。

没有阳光跟着我们走进画店，因为深井画店在回阳巷的阴面。有四个人正抻着一块白布站在柜台里，从里面传来窸窸窣窣的声音。其中一个人低沉地对周二说，别过来，正穿着衣服呢。周二和我就像两根柱子似的无言地立在那里了。过了一刻，有一个人直起腰来，是一张老女人的脸。她吩咐那四个撑着白布的人，把白布蒙在陈老爷子身上，看来死者衣裳已经穿好了。几个人纷纷走出柜台，蹲到窗前的一个脸盆里洗手，仿佛他们刚刚做完一件不洁净的事似的。洗完手，几个人直起身来吸烟。周二问那个老女人，顾婆婆，陈老爷子是几时没的？顾婆婆深深吸了一口烟，说，今儿一大早我出门泼洗脸水，听见他家的店门被风吹得哗哗响，像是没闩的样子，我就过来看看。那门真的没闩，我进去一看，陈老爷子躺在地上，人早就凉了，他的脑袋旁横着个画框，框没散，玻璃碎了，镶在里面的画也好好的。我认出了那是牛枕他娘要的牡丹。他这是要把画挂在钩子上，失手了，把自己给砸死了。顾婆婆又深深地吸了口烟,说,俗话说得真对呀,该着井里死的,河里死不了!一个镜框,要是砸只蚂蚁,未见砸得死;砸个大活人竟这么轻巧,只能说明他该着这么死吗!

顾婆婆话音才落,牛枕一脸丧气地进来了。大家见了他都不说话,他也只是反复说着"这可怎么好"一句话。顾婆婆吸完那支烟,将烟头扔掉,进了柜台里面,很快把那张肇事的牡丹图取了出来。她就像公安人员让罪犯认证一件血衣一样,将它摊在地上,对牛枕说,这是不是给你娘画的?

牛枕抽泣了一下,点了点头,眼里泪光点点。

那牡丹图果然比昨日看上去要鲜艳多了,红色的红到了极致,粉色的粉得彻底,看来陈绍纯老人已经重新修饰过了这张牡丹图。顾婆婆又点了一颗烟,对牛枕说,你说镶着这画的玻璃碎了不知多少块,可这张牡丹图呢,连个划痕都没有,真是奇了!

周二见牛枕看着画的那种哀愁欲绝的表情,就劝慰他说,如果陈老爷子不将画悬在房梁下,而是像布店摆放布匹那样一匹匹地竖在柜台上,就不会出这样的事了。顾婆婆也说,陈老爷子也是怪,画又不是鱼干肉干,非要吊起来做什么,这下好,等于自己捉来个吊死鬼,被小鬼索了性命!

想到那些至纯至美的悲凉之音随着陈绍纯离开了这个世界,我流泪了。这张艳俗而轻飘的牡丹图使我联想起撞死魔术师的破旧摩托车,它们都在不经意间充当了杀手的角色,劫走了人间最光华的生命。有的时候,生命竟比一张纸还要脆弱。

顾婆婆就是与画店比邻的寿衣店的店主。她絮絮叨叨地对大家说,陈老爷子昨夜又唱他的丧曲了,唱了大半宿。她为了给张顺强家扎一对还愿用的纸牛纸马，闭店时快到午夜了，可陈老爷子还在唱歌。顾婆婆还说，她去陈老爷子家报丧时，陈老太婆好似睡着，被叫醒后听说她男人没了，一声都没哭，反倒打了一个呵欠，说，唱那种歌的，有几个好命的？她的儿孙们闻讯后也不显得特别悲戚，他们相跟着来到画店后，还争论这画店将来该做什么。大儿子说要开玩具店，小儿子说要开音像店，没谁掉眼泪。看他们那架势，用不上三天，他们就会把陈老爷子推进火葬场。

画店又拥进来几个人，他们拿着黑布、挽幛和几刀烧纸。其中一人的面容酷似陈绍纯，看来是他的儿子。顾婆婆问，你们就在画店布置灵堂啊？那个像陈老爷子的男子说，唔，我妈说了，不往家拉了，我爸喜欢画店，就让他从这儿上路。说完，他从兜里摸出五十元钱给顾婆婆，说这是赏给她的穿衣钱。顾婆婆显然对这个钱数不满，她谢也没谢，微微撇了一下嘴，将钱掖到裤兜里，说她店里没人照应，如果有事再去叫她，就出了画店。

我和周二也走出画店。周二走在前，我在后。我们出门时，牛枕还在哀愁地垂立着，看着那张牡丹图。周二回头对我说，看来牛枕今天跟他一样倒霉，他卖不成豆腐了，牛枕也别想着去集市卖肉了。

由于街巷的宽窄和深度不同，阳光投射下来的影子是不一样的。有的街道宽阔平坦，街两侧的建筑物又低矮，阳光的进入就活泼、流畅，街面上的光影就是明媚而柔和的。但如果是幽长而逼仄的小巷的话，再赶上巷子旁的房屋密集而挺拔，阳光的到来就颇为吃力，落在巷子中的光影就显得单薄而阴冷，回阳巷的阳光就是这样的。走在这样的小巷中，我越发有一种凄凉的感觉。周二见我失神，就不再回头与我搭话，他仍然不断地向行人打听断腿人的下落，大家对他的回答总是说不知道。从周二疲沓的步态上，能明显感受到他的沮丧。

我们回到旅店，周二嫂已经心平气和地忙着早饭了。原来她碰见了一个运煤的跑长途的司机，他在离乌塘有五六里路的金平庄碰见了一个断腿的人。他爬了一身的泥水，金平庄的一个养鸡户正张罗着给他搭便车，让他回家。周二嫂明白这个倒霉蛋碰上了好心人，心中也就安宁了，对周二的态度也和悦了，问他早餐想吃什么咸菜。周二一见周二嫂云开日朗，连忙回磨坊做他的豆腐去了。赶不上上午的集市，他下午去也来得及。

周二嫂告诉我，通往三山湖的火车已经通了，问我什么时候离开乌塘。我对她说不急。她问我民歌和鬼故事搜集得怎么样了，我便把陈绍纯的死讯告诉她。她听了一惊，说，这老爷子身子骨挺硬朗的，竟然死在一张画上，这就是命啊。她说她儿子的名字还是陈绍纯给取的呢。"文革"结束后，陈绍纯还给上头写了信，建议恢复老街巷的名字，回阳巷和月树街这些一度被废弃的名字，又重新回到街市中。按周二嫂的说法，陈绍纯是乌塘最有文化的人，她说就冲陈绍纯给她儿子取了名字的情分上，她一会儿也要买上几丈白布去吊孝。她还说蒋百嫂要是知道陈老爷子死了，一定会难过的，她喜欢他的歌。

周二嫂感受到了我的抑郁，她说我做的事跟采山货一样，山货的出现是分年份和气候的，搜集民歌和鬼故事也是。赶上这个年月听民歌的人少了，采集起来当然就困难，她劝我不要太难过。她说这两年蒋百嫂没少听陈绍纯的歌，她在夜晚酒醉回家后，也常哼上几曲，估计都是从深井画店学来的，这样我完全可以从蒋百嫂那里挖掘陈绍纯掌握的民歌。她的话使我死寂的心又燃起一簇希望之火。不过周二嫂对我讲，去蒋百嫂家里不那么容易，她早晨起得晚，没人敢这时敲她的门，她也不喜欢客人去；白天呢，她在集市卖油茶面；晚上她倒是回家的，但没个定时，或早或晚，而且如果赶上她喝醉了，带回家的就不仅是一身酒气，可能还会有一个男人，这时候更不便打扰她了。

我说没关系，我可以慢慢等待机会。

周二嫂笑着说，我可不是要拖你的腿，想让你在我的旅店多住几天啊。

我哪会那么想你呢，我说，你对那个没钱的断腿人都那么好。

一提起断腿人，周二嫂又叹气了。她说那个人实在可怜，一夜能爬到金平庄，幸亏夜里没下雨。不过晚上寒气大，天又黑，他不知遭了多少罪！说着说着，她的眼睛湿了。她告诉我，乌塘还有一个爱唱歌的人，她专唱婚礼上的歌，叫肖开媚，在城东开了家婚介所。她劝我不妨去见见她，也许她唱的歌对我也有用。

吃过早饭，我就步行到城东去找那家婚介所，还真的好打听，一找就找到了。不过肖开媚不在，只有一个嗑着瓜子的肥胖女人守在那里。她对我说，肖开媚今天有活儿，开鞋店的老杨的儿子结婚，她主持婚礼去了。我问肖开媚是否会在婚礼上唱歌，那女人竟然操着一口港台腔对我说，当然啦，她是去唱喜歌去的啦。乌塘的新媳妇，肖开媚要是不去给唱上几首喜歌，她们是不会入洞房的啦。她问我是不是也来预约婚礼的，我摇了摇头。她就兴高采烈地说，那你一定是登记找男友的啦，你喜欢医生吗？医生握着手术刀,又挣工资又拿红包,还不显山不露水的,安全!我这里刚刚登记了一个,他老婆得癌了,他让我先帮他物色着,他老婆是晚期癌症,挺不上几个月了。你喜欢警察吗?有个刚离婚的警察,带着个八岁的男孩,想找一个容貌说得过去的,我看你够标准啊!她一边喋喋不休地说着,一边取来一个花名册,哗啦哗啦地翻着,为我物色着人选。那一刻我觉得她就是拿着生死簿子的专门勾人魂魄的阎王爷,而我正不知不觉地踏入了地狱之门。从这样的环境中飞出来的喜歌,肯定透露着铜臭之气,不会让人的内心产生真正的喜悦。在我看来,真正的喜悦是透露着悲凉的,而我要寻找的,正是如梨花枝头的露珠一样晶莹的——喜悦尽头的那一缕悲凉!

我失望地离开婚介所,漫无目的地回到街巷中。见到街角有人卖金鱼,就凑上去看两眼;见到一个乞丐从垃圾箱中往出翻腾东西,也凑上去看两眼。天色有些昏黄,丝丝缕缕的云彩看上去就像是一片荒草。我进了一家录像厅,厅里光线微弱,汗腥味很浓,像是误闯了鱼虾市场。录像是循环放映,画面上是一个女人酥胸半露、同时与两个男人调情的镜头。我看了两眼,就乏味了,歪在破烂不堪的椅子上睡着了。这一觉竟然睡得比在旅店还要沉迷。等我醒来,电影已转为枪战片,一队穿迷彩服的士兵与一队穿便服的人在丛林中激战正酣,嗒嗒嗒的枪声和火光交替出现。我觉得肚子饿了,晃晃悠悠地步出录像厅,一看手表,已是午后一时了,便就近蹅进一家小吃店,要了一碗米饭、一盘地三鲜。在等菜的时候,听见两个面色黧黑的食客在议论刚刚发生的一件事情。说是那个唱喜歌的肖开媚今天上午主持鞋店老杨的儿子的婚礼时,被矿工刘井发给打了。肖开媚介绍了一个外乡来的女子给这矿工,谁也不知道她是来乌塘"嫁死"的。刘井发和她过了两年,总不见她怀孕,让她去看病吧,这小媳妇反而污蔑刘井发,说他的种子不好使。刘井发起了疑心,砸开了小媳妇终日上着锁的箱子,结果发现了好几张关于他的人身意外伤害保险单。刘井发将她暴打一顿,要休了她。小媳妇倒也不在乎,她说自己结婚前就戴了环,根本就没想给他生个一男半女的。刘井发认为婚介所的肖开媚一定是和小媳妇串通好了,介绍了这么个毒蝎女人给他,就揣上一把斧头,闹了老杨儿子的婚礼,把肖开媚的背砍了十几斧子。如今肖开媚被拉进医院急救,刘井发被警车带走,搅得婚礼没点喜庆的气氛,老杨哀叹自己卖鞋招来了"邪气",连新媳妇敬的喜酒都不吃了。

咳,你说这新媳妇戴着个环和人家结婚,等于往肚子里放了一张网,那刘井发撒下的鱼苗再好,也是个被擒的命!其中那个长着一对招风耳的食客说。

另一个吃东西时发出响亮吧唧声的食客说,我要是娶了这样的媳妇,就把她捆上,让她天天跪在门槛上,每隔五分钟喊我一声"爷爷",不喊就揍,我就不信弄不服帖她!他进而分析煤矿事故多的原因,那是由于地下是阎王爷居住的地方,活人天天下去采煤,等于掘阎王爷的房子,让他不得安生,他当然要大笔一挥,取出生死簿子,把那些本不该壮年死去的人的名字一一勾上,提早带走他们。所以死在井下的矿工,总是三五成群。

招风耳说,现在行了,下井的一班是九个人,上头不是有文件吗,超过十人以上的死亡事故才上报,死九个人,等于是白死!

王书记也真是命好,小鹰岭煤矿那次事故,要是蒋百也在井下,刚好是十个人,一上报他就得倒霉,还不得来个行政记大过处分？哪有日后被提拔的份儿！妈的，蒋百也真是甜和他！你说蒋百究竟去哪儿了，我估摸着他那天还是下井了，只不过没找到尸首罢了。不然他家的狗怎么天天还是去汽矿站迎他？狗从哪儿把人送走，自然是在哪儿等主人回来的！

他们接着慨叹被不明不白抛弃了的蒋百嫂，慨叹糊里糊涂没了爹的蒋三生，慨叹采煤不是人干的活儿。本来他们的饭已吃完了，慨叹来慨叹去，他们觉得世事难料，就说不如趁着休班，一醉方休，明天下了井，能不能回来，还两说着呢。我这才明白，他们也是矿工，难怪他们的脸那么黑呢，好像每一道皱纹里都淤积着煤渣。他们要了一斤烧酒、两个小菜，开始了新一轮的吃喝。在这种时刻，我也特别想喝上一点酒。我吆喝来店主，要他为我拿一壶酒，添上一碟五香花生米和一碟咸鱼。店主吃惊地看着我，半晌没有反应过来，他大约没有见过一个女人会来这里要酒喝，所以当他朝灶房走去的时候，不由自主地嘟囔道：又一个蒋百嫂——

两个矿工无所顾忌地聊着天，他们一会儿讲邻里间的事儿，一会儿又讲亲戚间的事儿和夫妻间床上的事儿，非常地放纵，又非常地快乐。我呢，对着几碟小菜独斟独酌着。小吃店的卫生状况很差，苍蝇络绎不绝地在杯盘碗盏间飞起落下，赶都赶不及，只好对它们听之任之，也算有生灵陪着我这孤独的酒客。

时光在饮酒的过程中悄然流逝了。裹挟在酒中的时光，有如断了线的珠子，一粒粒走得飞快。不知不觉间，天色已暗淡了，那两个矿工是什么时候走的我竟一无所知。我飘摇着向外走的时候，店主吆喝住了我，说，哎，你还没付账呢！看来我把这小吃店当成了自己的家。我掏钱买单的时候，店主问我，你不是乌塘人吧？我点了点头。店主把零钱找还我的时候,说,世上没有蹚不过去的河,遇事想开点!

我觉得自己轻飘得就像一片云。如果我真是一片云就好了,我能飞到天上,看看我的魔术师是否在云层背后、手持魔杖对我微笑。我叫了一辆人力三轮车回旅店。路过暖肠酒馆时,我看见了蒋百嫂的背影,她一定又去吃酒了。而她家的狗,正在路边有气无力地啃着一簇野草。

我回到房间倒头便睡,一条波光荡漾的大河出现在梦中。我站在此岸,望着对岸的青山,忽然看见一只鹰从青山中飞起。我的目光追随着这只鹰,它突然就幻化为一朵莲花形态的彩云。当我对着这云的娴雅之美而惊叹不已时,彩云又变为一只鹿,让人觉得天上也有丛林,不然这鹿缘何而生?正当我想要仔细察看鹿身后的天空是否有丛林时,它却变幻为一条摇头摆尾的鱼。而天空下面的青山,却依然是青山。我对着青山冥想之时,一阵哭闹声撕裂了我的梦境。睁眼一看,天已黑了,去拉灯,灯却依然黑着脸,像是与什么人生了气,不肯绽放笑容。我摸黑走出房间,见走廊尽头有一支蜡烛坐在花盆架上,它勃勃燃烧着,投下一带颤动的乳黄的光影。这光影于我来讲仿佛是一片片凋零的落叶,我小心翼翼地踩着它走过,踩出了一脚的苍凉。

正当我要走出屋子,想看看外面究竟发生了什么事时,背后传来了脚步声,回头一望,原来是周二擎着一盏油灯从磨坊走了过来,他大概刚泡完豆子。黄豆不被泡软,是上不了磨盘、做不成豆腐的。

我问周二是谁在外面哭闹,听上去撕心裂肺的,怪瘆人的。周二叹了一口气，说，能是谁啊？是蒋百嫂！她醉了，又赶上停电，她就闹，非说要用炸药包把供电局给崩了！

周二对我说，蒋百失踪后，蒋百嫂似乎特别怕黑暗，逢到停电的时刻，她就跟疯了似的四处奔走呼号，绝不肯在家里待一刻。周二嫂为此买了很多包蜡烛送她，可是她并不喜欢烛光，嫌它身上不带电。给她送油灯呢，她非说油灯睁的是鬼眼，不怀好意地看她。周二嫂就买来一盏电瓶灯送她。按理说电瓶灯发出的光与电没什么区别，可蒋百嫂仍是嫌弃它，说它把电藏在自己的肚子中，不能传输给别的电器，是个废物。邻居们都知道蒋百嫂受不了没电的时光，所以一遇停电，周二嫂不管手上忙着什么紧要活儿，都要立马放下，去安慰蒋百嫂。蒋百嫂在停电时刻暴躁不安，而一旦室内电灯复明，她就奇迹般地安静下来了。

周二把油灯摆在门口的鞋柜上，陪我出去看蒋百嫂。街面上没有车辆驶过，也没有行人。路灯一律黑着脸，只有两束锐利的手电筒光在蒋百嫂身上闪来闪去，使她看上去像个站水银灯下拍夜景戏的演员。

周二嫂说，你回屋吧，蒋百嫂，夜里凉，你要是感冒了，谁心疼你啊？你回了屋，电也就来了。

蒋百嫂跺着脚哭叫着，我要电！我要电！这世道还有没有公平啊，让我一个女人待在黑暗中！我要电，我要电啊！这世上的夜晚怎么这么黑啊！！蒋百嫂悲痛欲绝，咒骂一个产煤的地方竟然还会经常停电，那些矿工出生入死掘出的煤为什么不让它们发光，送电的人还有没有良心啊。

我从未见过一个女人为了争取光明而如此激愤，而这光明又必须是由电而生的，这让我困惑不已。蒋百嫂哭叫着，周二嫂和另外两名妇女则好言劝解着，打算把她架回屋子，可她像头被激怒的公牛一样，没有回去的意思，不断地往前挣，声言要买两吨炸药，把供电局炸成一片废墟。正当大家一筹莫展之际，路灯就像长了腿似的跳了一下，电闪闪烁烁地来了。蒋百嫂打了个激灵，立刻安静下来了。

路灯亮了，居民区的灯也亮了。光明中蒋百嫂虽然也是一脸的悲凉，但她已恢复了理智。她对周二嫂等人说着对不起，然后领着一直在旁边打着哆嗦的蒋三生回家。

蒋百嫂走后，我随着周二和周二嫂回旅店。周二一进门就奔向油灯和烛台，忙不迭地"噗噗"将它们吹灭。周二嫂说，蒋百嫂确实怪，一停电就跟疯了似的，任谁也劝阻不了，除非是电回来了，她才恢复平静。我觉得这其中一定隐藏什么秘密。周二说，能有什么秘密呢，男人就是女人的电，缺不了的；离了这个电，再好的女人也干枯了！说着，十分自得地冲周二嫂挤着眼睛，似乎在提醒她，她身上的活力是他赋予的。周二嫂"呸"了周二一口，说，喂你的驴去吧，要不它明天早晨哪有力气拉磨！周二哼着小曲，乐陶陶地去磨坊了。

在这样一个夜凉如水的夜晚，我特别想和蒋百嫂聊聊天。我没有征求周二嫂的意见，独自出了旅店，走进一家食杂店，买了两瓶二锅头、一包花生米、一袋酱鸡爪以及几个松花蛋，敲蒋百嫂家的门去了。

蒋百嫂的家门外挂着一盏灯，还吊着一串风铃，所以轻轻敲几下门，风铃就会跟着鸣响。那风铃很别致，一只彩色的铁蝴蝶下吊着四串铃铛,它们发出的声音非常清脆,看来蒋百嫂把它当门铃来用了。

开门的不是蒋百嫂,而是蒋三生。他见了我有些躲躲闪闪的。我问他,你妈在家吗?他先是说在,接着又说没在。他好像刚哭过,脸上的泪痕隐约可见。他立在那里,像个小门神,没有让我进屋的意思。

我认定蒋百嫂就在屋里,就说要进屋等她。蒋三生毕竟是个不谙世事的孩子,他噔噔地跑到一扇屋门前,说,是在周妈妈家住店的人,我说了你不在,可她还要进来等你!

我已经不请自进地跨进门槛了。一股香气扑鼻而来,是幽微的檀香气味,看来蒋百嫂在焚香。屋子素朴而整洁,陈设看上去规矩、得体,与我事先想象的零乱情景大不相同。有一点让我觉得奇怪,明明有两扇屋门,进门的小厅里却摆着一张小床,一看就是蒋三生的,蒋百嫂为什么不让他住在屋子里呢?

我把酒菜放在小厅的圆桌上。蒋百嫂推开一扇蓝漆门,提着一把黑沉沉的大锁头,赤红着脸走出来,反身把门锁上。她再次转过身来时连打了几个寒战,好像她刚从冰窖中出来。也许是刚才这一场哭闹消耗了她太多气力的缘故,她看上去有些疲惫,发髻也松垂了,几绺发丝像树杈那样斜伸出来,而她的唇角,漾着一点红,想必先前她暴怒之时不慎咬破了它。她有些木然地面对着我,久久无话,只是不断地伸出舌头舔舐唇角,微蹙着眉。那血迹被吸干后,慢慢地又洇了出来,好像她的唇角是个火山喷发口,金红的熔岩要不断涌现。

你找我有事吗?蒋百嫂哀哀地看着我。

那天我来乌塘，在暖肠酒馆，你邀我喝酒，我不识相，今天特地带了酒来，想和你喝上几盅，说说话，也算赔罪了。我看着她背后那扇上了锁头的门说。我从没见过一个人在自家屋内还得上锁，那里一定隐藏着秘密。

我听周二嫂说，你是来搜集鬼故事和民歌的。蒋百嫂吁了一口气对我说，我不会说鬼，更不会唱民歌。

今晚我不想听鬼故事，更不想听民歌，我说，我只想跟你喝酒。我盯着她满怀哀愁的眼睛，说，今天晚上太冷太冷了。说完这话，我确实觉得寒冷，忍不住打了一个哆嗦。

那好吧。蒋百嫂指着桌子上我带来的酒菜说，厅里凉，去我的屋里喝吧。她吩咐蒋三生把我带来的东西拿到里屋的地桌上。蒋三生答应着，麻利地将酒菜兜在怀里，奔向里屋，那样子活像一个甩着长尾巴的小松鼠抱着松塔快乐地前行。

檀香的气息越来越浓了，我故作轻描淡写地对蒋百嫂说，从那屋里飘出来的香气可真好闻啊，我在佛诞日常去寺庙烧香，闻到的就是这种气味。

蒋百嫂淡淡地说，那里面供着祖宗的牌位，所以时常要上上香。说完，她率先朝屋里走去。

在跟着蒋百嫂朝屋里走去的时候，我在她身后悄悄贴近那扇蓝门，我听见一阵"嗡嗡"的轰鸣声，好像里面有什么机器在工作，这更令我疑惑重重。供奉祖宗，环境应该是清静的，为什么还会有这样的声音发出？

蒋百嫂的屋子也是整洁的，屋子的布置以蓝印花布为主，比如窗帘、床单、缝纫机以及电视机上，挂的、铺的、苫的都是蓝印花布，看上去素雅而美观。我很难想象蒋百嫂会在这样的屋子里和形形色色的男人鬼混。

蒋三生已经把吃食搬到窗前的桌子上了。那是一张一米见方的方桌，左右各摆着一把椅子，桌上放着两双筷子，两个白瓷酒盅，还有半瓶喝剩的酒、一袋青豆以及半袋牛肉干。看来蒋百嫂常在这里邀人同饮。

三生，你睡去吧，没你的事了。蒋百嫂说。

蒋三生答应着，乖乖回到门厅去了。

我问蒋百嫂，怎么给儿子取了这么个名字，听上去老气横秋的。

蒋百嫂说，我头一胎流产了，流下的是对双胞胎，照算命人的说法，我算是有过两个孩子了，他出生，排行就是老三了，当然得叫他"三生"了。

哦，流了产的孩子也算数啊。我说。

那不也是从自己身上掉下来的肉吗，当然算数了。蒋百嫂问我，你有孩子吗？

我摇摇头。

蒋百嫂问，你没结婚？要不是你不会养活？再不就是你男人不行？

我笑了，说，都不是。停顿了一刻，我告诉她，我正想要孩子的时候，我爱人离开了我，他不久前去世了。

蒋百嫂叹息了一声，哀怜地看了我一眼，说，咱姐俩原来是一个命啊。

我心中想，难道蒋百并不是失踪，而是死了？

蒋百嫂大概意识到失言了，她将我让到椅子上，说，我男人失踪了快两年了,没有一点音信,我这不也等于守活寡吗?

见我没有附和,她又机智地引入先前的话题,说她怀的那对双胞胎之所以流产,是被丈夫给吓的。那年矿上发生透水事故,蒋百那天也下井去了,听到消息后,她认定蒋百已别她而去,一阵哭号,不想动了胎气,白白葬送了一对双胞胎的性命。其实那天出事的现场,并不在蒋百的作业点。蒋百安然无恙地回来了,可她的肚子却像一片破网似的瘪了。她慨叹做矿工的孕妇,肚里的孩子随时可能成为遗腹子。

蒋百嫂坐下来,她家的电话响了。电话被蒙在床单下,铃声乍响时,感觉床下有个妖怪在叫,吓了我一跳。蒋百嫂撩开床单接起电话,喂了一声,有些不耐烦地说,我在集市站了一天,腰疼,闩门睡了!说着,气咻咻地搁下听筒。我猜这或许是哪个男人想来这里讨便宜,反倒讨了个没趣。

蒋百嫂坐到我对面的椅子上,启开酒对我说,要是诚心跟我喝,得连干三盅。我答应了。她熟稔地斟酒,瓷盅里的酒荡漾着,不能再多一滴,也不能再少一滴的样子。三盅酒落肚,只觉得从口腔直至肚腹有一条火光在寂静地燃烧,身上热乎乎的,分外舒展。蒋百嫂指着我的脸笑着说,这世上爱涂胭脂的人真是傻啊,酒可不就是最好的胭脂吗!你瞧你,一喝上酒,黄脸就成了桃花脸,要多好看有多好看!

一喝上酒,我们就比先前显得亲密了。她问我,你男人是干什么的?怎么死的?我一一对她说了。蒋百嫂挑着眼角说,魔术师不就是变戏法的吗?你嫁个变戏法的,等于把自己装在了魔术盒子里,命运多变是自然的了!

我是一个不愿意在人前流泪的女人，但在蒋百嫂面前，我泪水横流，因为我知道她的心底也流淌着泪水。蒋百嫂一盅一盅地斟着酒，我一盅一盅地啜饮着。我就是一堆冰冷的干柴，而这如火苗一样的酒，又把我燃烧起来。我絮絮叨叨地叙述魔术师离开我后，我怎样一次次在家里痛哭，怕惊扰了邻居，我就跑到卫生间，打开水龙头，将脸贴近它，让我的泪水和着清水而去，让我的哭声融入哗哗的水流中。我还讲了魔术师的葬礼，来了多少人，别人送的花圈又如何被我清理出去，甚至他将被推进火化炉前，我对他最后的乞求，乞求他把自己变活，以及我留在他冰冷的额头的最后一个热吻，都对她毫无保留地倾诉了。很奇怪，蒋百嫂对我的这番话并没有报之以同情，相反倒是一阵接着一阵的冷笑，好像我的哀伤不足挂齿，她这种冰冷的态度让我不寒而栗！

　　蒋百嫂沉默着，她启开另一瓶酒，兀自连干三盅，她的呼吸急促了，胸脯剧烈起伏着，她突然"哇——"的一声大哭起来，说，你家这个变戏法的死得多么隆重啊，你还有什么好伤心的呢！他的朋友们能给他送葬，你还能最后亲亲他，你连别人送他的花圈都不要，烧包啊，有的人死了也烧包啊。你知不知道，有的人死了，没有葬礼，也没有墓地，比狗还不如！狗有的时候死了，疼爱它的主人还要拖它到城外，挖个坑埋了它；有的人呢，他死了却是连土都入不了啊！

　　她这番话使我联想到蒋百，难道蒋百已经死了？难道死了的蒋百没有入土？不然她何至于如此哀恸？

　　蒋百嫂彻底醉了，她一会儿哭，一会儿笑，一会儿诉说。她拍着桌子对我说，乌塘的领导最怕的是她，如果她想把领导从官椅上拉下来,那就跟蹍死一只蚂蚁一样容易。他们现在戴的是乌纱帽,可只要我蒋百嫂乐意,有一天这乌纱帽就会变成孝帽子!"

蒋百嫂唱了起来,她唱的歌与陈绍纯的一样,是哀愁的旋律。不过那歌里有词,而歌词反反复复只是一句:"这世上的夜晚啊——"听得我内心仿佛奔涌着苍凉而清幽的河水。她唱累了,摇摇晃晃地扑到床上,睡了。是午夜时分了,我毫无睡意,只是觉得头晕,如在云中。

蒋百嫂哼着翻了一下身,她的黑色棉线衫褪了上去,露出了腰肢,我看见她的腰带上拴着一把黄铜大钥匙,我认定它属于那扇上了锁的蓝漆屋门的,便悄悄走上前,取下那把钥匙。

我掂着那把钥匙走出去。小厅的灯关了,看来蒋三生已经睡了,依稀可见小床上蜷着个小小的人影。我镇定一番,打开那把锁,推开屋门。扑向我的是檀香气和光影,屋子吊着盏低照度的灯,它像一只蔫软的梨一样,散发出昏黄的光。这屋子只有七八平方米,没有床,没有桌椅,四壁雪白,拉得严严实实的窗帘也是雪白的,有一种肃穆的气氛。北墙下摆着一台又高又宽的白色冰柜,冰柜盖上放着一只香炉、一盒火柴、一包檀香以及供奉着的一盘水果。冰柜的压缩机正在工作,轰鸣声在寂静的夜里听上去像是一声连着一声的沉重的叹息。我明白先前听到的嗡嗡声就是这个大冰柜发出来的。蒋百嫂为什么会在冰柜上焚香祭祖,而却不见她祖宗的牌位?我觉得秘密一定藏在冰柜里。我将冰柜上的东西一一挪到窗台上,掀起冰柜盖。一团白色的寒气迷雾般飞旋而出,待寒气散尽,我看到了真正的地狱情景:一个面容被严重损毁的男人蜷腿坐在里面,他双臂交织,微垂着头,膝盖上放着一顶黄色矿帽,似在沉思。他的那身蓝布衣裳,已挂了一层浓霜,而他的头发上,也落满霜雪,好像一个端坐在冰山脚下的人。不用说,他就是蒋百了。我终于明白蒋百嫂为什么会在停电时歇斯底里,蒋三生为什么喜欢在屋顶望天。我也明白了乌塘那被提拔了的领导为什么会惧怕蒋百嫂,一定是因为蒋百以这种特殊的失踪方式换取了他们升官晋爵的阶梯,蒋百不被认定为死亡的第十人,这次事故就可以不上报,就可大事化小。而蒋百嫂一定是私下获得了巨额赔偿,才会同意她丈夫以这种方式作为他生命的最终归宿。他没有葬礼,没有墓地。他虽然坐在家中,但他感受的却不是温暖。难怪蒋百嫂那么惧怕夜晚,难怪她逢酒必醉,难怪她要找那么多的男人来糟践她。有这样一座冰山的存在,她永远不会感受到温暖,她的生活注定是永无终结的漫漫长夜了。

我悄悄将冰柜盖落下来,再把香炉、火柴、果盘一一摆上去。我锁上门,把钥匙拴回蒋百嫂的腰带上,走出她的家门。这种时刻,我是多么想抱着那条一直在外面流浪着的、寻找着蒋百的狗啊,它注定要在永远的寻觅中终此一生了。我很想哭,可是胃里却翻江倒海的,那些吞食的酒菜如污泥浊水一般一阵阵地上涌,我大口大口地呕吐着。乌塘的夜色那么混沌,没有月亮,也没有星星。街面上路灯投下的光影是那么的单调和稀薄,有如被连绵的秋雨沤烂了的几片黄叶。我打了一串寒战,告诉自己这是离开乌塘的时刻了。

六　永别于清流

我已经把脸涂上厚厚的泥巴，坐在红泥泉边，没人能看见我的哀伤了。比之乌塘，三山湖的阳光可说是来自天堂的阳光，清澈雪亮如泉水。涂了泥巴的身体被晒得微微发热，我觉得自己就是一块被放到大自然中等待焙制的面包，阳光用它的文火，丝丝缕缕地烤炙着我。泉边坐着一些如我一样浑身涂满了泥巴的人，他们也在享受阳光和清风，我无法看见他们脸上的表情，大家脸上的表情，都被那浓云一样密布的泥巴给遮蔽了，所以我不知道他们是哀愁呢还是快乐。

原来的红泥泉被划分为两个区域，男女各半，只要望见一群涂了泥巴的人中青烟缭绕着，那一定是男人所在的地方，这群泥人喜欢手里夹着香烟，边抽边享受阳光。后来红泥泉的生意不如其他的温泉，经营者分析这是把男女分开的缘故，于是两个区域又合二为一，男男女女可以混杂在一起。果然，生意又渐渐回潮。原来之所以将男女分开，是由于许多男宾客连短裤都不穿，说是泥巴已将私处严严实实裹上，短裤实在是多余。而一些随意的女宾客，也喜欢裸露着乳房。男女混杂之后，规定是入红泥泉的客人必须要穿背心和短裤，但违规者大有人在，经营者权当看不见，听之任之。其实柔软的红泥已经是上帝赐予人类最好的遮羞布，客人的选择不是没有道理的。一群泥人坐在红泥泉边的情景，让我联想到上帝造人的情形。这种能治疗很多疾病的红泥，淤积在碧蓝的湖水深处，柔软细腻,一触摸便知是经过了造物主千万次的打磨、淘洗,又经过了千百年和风细雨的滋润,才酿得如此的好泥。

坐在泉边的,有许多对恋人。虽然身裹泥巴不方便讲话,但从他们手拉手的举止上,完全能感受到他们的脉脉深情。情侣们的目光,也就跟这光芒四射的阳光一样,火辣辣的。我是多么地羡慕这样的目光啊。如果魔术师坐在我身边,他也会拉着我的手的,可他却被一头跛足驴给接走了。我在心底轻轻呼唤他的名字,泪水奔涌而出。泪水使脸上的红泥更加润泽,融入红泥的泪水已经被调化为最养颜的膏脂了。

我通常上午时将通身涂满泥巴,坐在红泥泉边释放泪水,午后再去真正的温泉浸泡一两个小时。从温泉出来,换上便装,即可一身清爽地在三山湖景区闲走。

我喜欢逛卖火山石的摊床。那些火山石形态不一,被开发出的产品也就各不相同。那些嶙峋峥嵘的因其妖娆之气而被作为盆景;细腻光滑的则被凿成笔筒和首饰盒;而纹理如蜂窝一样粗糙的,十有八九被当作了磨脚石。在卖磨脚石的摊床前,我遇见了一个七八岁左右的男孩,与其他赤膊、光头的男孩不同,他戴一顶宽檐草帽,穿着长袖衫、长裤,袖筒宽大,而且衣着的颜色是藏青色的,看上去老气横秋,他袒露于脸上的笑容,便有一种受挤压的感觉。他在摊床前招揽生意,而进行交易的,是一个面色黧黑的站在少年身后的独臂男人。男孩不像其他的生意人,采取的是花言巧语的吆喝或是围追堵截的兜售,他用变戏法的办法引起游客的注意。只见他手里握着一枚温泉煮蛋,把玩片刻后,这鸡蛋忽然幻化为一块磨脚石,当游人对着磨脚石惊叹不已时,他又把鸡蛋飞快地变回掌心中。游人喜爱这男孩,就是不买磨脚石,也要买上两枚鸡蛋,清瘦的独臂人的生意也就比其他卖火山石的摊床要好得多了。

经过摊床的次数多了,我知道独臂人姓张,男孩叫云领,他们是一对父子。因为其他的生意人跟他们说话时,对独臂人爱说,老张,你行啊,你家云领在前面变戏法,你后面收着银子!而对男孩说的则是,云领,你这小东西这么会变戏法,在三山湖可惜了,你该进大城市去!当然,也有人用鄙夷的目光瞟着男孩,撇着嘴说,手脚这么快,别出落成个贼!

云领变的戏法,明眼人能一眼望穿,他的那两条腕口紧束的宽大袖筒,因为预先放置了鸡蛋和磨脚石,沉甸甸地下垂着,仿佛里面藏着猫。但我喜欢看他带着一股大人的神色展览他的招数,他能让我想起魔术师。我三番五次地去,接二连三地买磨脚石,旅馆房间的旅行袋中,聚集了太多的火山石,好像我是个采集矿石标本的考古学家。

有一个下午,我又去了云领家的摊床。他显然对我已熟识了,见了我唇角浮出一缕笑容。那笑容很像晚秋原野上的最后的菊花,是那种清冷的明丽。我带了一条五彩丝线,先向他展示那丝线的完整,然后将它轻轻抖搂一下,丝线就断为两截了;当云领目瞪口呆时,我轻轻倒一下手,丝线又连缀到了一起。云领咽了一口唾沫,回身看了一眼父亲,很无助的样子。独臂人警觉地看着我,拈起一块磨脚石对我说,你天天来我家的摊位,这个白送给你,算是我的一点心意。我接过火山石,掂了掂,把它又还给独臂人。

云领不再变戏法了,他定定地盯着我,问我怎么也会干这个。好像我抢了他的饭碗,他的神情中带着浓浓的委屈和隐约的愤怒。

我想告诉他一个魔术师的妻子做这点小把戏算不得什么，可我没有说。我鼓励沮丧的云领接着做生意，我不过是想逗逗他玩而已。独臂人这才对我和颜悦色，他送给我两枚泉水煮蛋。我拿着鸡蛋刚散步到另一个卖火山石的摊床前，云领追了过来，气喘吁吁地站在我面前，什么也不说，满怀乞求的样子。我问他，你爸爸让你讨要这两只鸡蛋的钱？他摇了摇头。我又问，你想让我再买几块磨脚石？他依旧摇了摇头。他犹豫了许久，才吞吞吐吐地问我住在哪座旅馆，说他散了摊儿后想去找我。我笑了，问，你想跟我学魔术？他的眼睛立刻就湿润了，他急切地问，你真的是魔术师？我笑着摇摇头，他似乎有些失望。不过当我告诉他我住的旅馆的名字和房间号码时，他还是显出热情。我说完后，他重复了两遍，以求记牢。

夜幕降临，泡温泉的人少了，去娱乐的人多了。三山湖景区的咖啡屋、餐馆、酒吧、按摩屋、歌厅、台球室和保龄球馆灯影灿烂、人声鼎沸。在景区的西北角，聚集着一群放焰火的游客。大多的游客来自禁放焰火的大都市，所以三山湖设置了这样一个自由放焰火的娱乐项目，深受游客喜爱。夜幕如一块巨大的沉重的画布，而在半空中明媚升腾变幻着的焰火则如滴滴油彩，将这块本无生气的画布点染得一派绚丽，欢呼声和着焰火的妖娆绽放阵阵响起。我远远地看了会儿焰火，就回客房等待云领。

云领不是自己来的，当敲门声响起，我打开房门后，发现站在昏暗走廊里的，还有独臂人。他们见了我并不说话，只是笑着。大人和孩子的笑都不是发自内心的，所以那几团笑容让我有望见阴云的感觉。我将他们让进屋门。

云领的装束与白天一模一样，连草帽还戴在头上，看来这草帽并不是为了遮阳的。而独臂人则换下了白汗衫和蓝裤子，穿上了一套黄绿色的套装，这使瘦削的他看上去格外像一株已经枯黄了的草。云领比独臂人显得要大方一些，他不请自坐在窗前的沙发上，还欠着屁股颠了几下，大约在试探沙发的弹性。已经被无数客人压迫得老朽的沙发，发出暗哑的叫声。独臂人呢，他大约觉得沙发是奢侈品，他打量了它半晌，最后还是坐在了梳妆镜前的一把硬木椅子上，而且坐得很端正。我倒了两杯白水分别递给他们，独臂人慌张地站了起来，连连说他不渴，将水接过来后放在了梳妆台上；云领呢，他痛快地接过杯子，托在掌心旋转着，问我，你能把白水变成红水吗？我说不能。云领笑着说我能，他的手抖了一下，那杯水就是红色的了，不知他眼疾手快地往水里投了什么颜料。独臂人训斥儿子，云领，你不是来学习的吗？怎么这么不谦虚，白白糟践了一杯水！云领说，这是食用色素，药不死人，怎么就不能喝呢！说完，咕嘟咕嘟地将那杯水一饮而尽。

独臂人呵斥云领的那番话，已经让我明白他们来这里的意图了。果然，独臂人恳求我，希望我能教云领几套新的招数，因为他下午时见我能把五彩丝线断了又连接上，一看就身手不凡，是大地方来的魔术师。而云领会的招数，客人已经不觉得新鲜了。说完，他用那唯一的手从裤兜里掏出一百元钱，将它放在梳妆台上，说，就当是学费了，你别嫌少，你要是愿意，明儿再去我的摊子拿几块磨脚石！

到了这种时刻，我只能如实告诉他，我只会这点小把戏，真正懂魔术的是我丈夫，可他不久前去世了。独臂人"啊啊"地叫了两声，说着对不起，我没有想到会是这样。他继而问我魔术师是怎么死的。我告诉他是一辆破烂不堪的摩托车撞死了他。独臂人叹了一口气,说,这就是命啊,像云领他妈,一条小狗就要了她的命!

独臂人对我说,以前他和妻子一直在三山湖景区做工,他为客人放焰火,妻子则受雇在发廊工作,她剃头剃得好。来三山湖度假的都是些有钱人,他们不仅带着情人来,有的还抱来自家的宠物,非猫即狗。那些狗没有个头大的,一个个娇小玲珑,有的头上还扎着蝴蝶结,拾掇得比小女孩都漂亮。有一天,发廊来了一个抱着小狗的女宾客,云领他妈给她剪头发时,它还安安静静地待在主人怀里,可当她为客人喷摩丝时,小狗以为主人受到了威胁,跳起来咬了云领他妈的手,把手背给咬破了。女宾客倒也不是个吝啬的主儿,拿出二百块钱,让云领他妈去打狂犬疫苗。发廊的老板娘对云领他妈说,一只小狗,天天又洗澡,比人都干净,能有什么病菌啊,这钱不如分了算了。于是,老板娘留下一百,云领他妈拿回一百,觉得捡了个大便宜。那伤口好得很快,结痂后又长了新皮,可是几个月后,妻子突然间变了个人似的,她整天暴躁不安,常常和客人大吵大闹,只要拿起剪刀,想的就是给客人剃光头。老板娘辞退了她。原想着她回到家后就会安静了,可她照例闹个不休,她最不能看见水,一见了水就会哆嗦在墙角。家人把她送到医院,诊断是患了狂犬病,没有多久,人就死了。独臂人说到这儿,声音哽咽了,云领大约也跟着难受了,他说要撒泡尿,跑到卫生间去了。

独臂人说,云领很忌讳别人说他妈妈死了,他总说她去了另外的地方了。他从不去妈妈的坟上,说是妈妈没有待在土里。这两年阴历七月十五的夜晚,他总是提着一盏河灯独自出门,说是单独去会他的妈妈,别人不能跟着。他去哪里放河灯,连他这个做父亲的都不知道。想必他走了很远很远的路,因为他回来时,总是午夜时分。独臂人说,后天又是七月十五了,云领那天晚上又得出门了。咳,我真不放心他一个人走夜路。

云领从卫生间出来了,他红着眼圈,似乎刚刚偷偷哭过,可脸上却做出无所谓的表情,他耸着肩,抱怨这家旅馆的卫生间小,没有其他湖畔山庄的大,做出一副见多识广的样子。我问他为什么晚上还要戴着草帽,他此时露出了真正属于儿童的天真笑容,说,我寻思你能教我变戏法呢,你看——

云领摘下草帽,只见草帽的底部嵌着个镶着纱布的胶圈,将密封的胶圈轻轻一掀,就可看见藏在里面的红绸带、白手帕和火山石打磨出的项链等物件。不用说,这是他为变戏法而设置的一道机关,是他的魔法的后花园。

独臂人对云领说,阿姨不是魔术师,这下你死了心了吧?天晚了,阿姨该歇着了,咱回家吧。

云领答应着,将草帽扣回头上。我将梳妆台上的钱拿起,还给独臂人,他有些不好意思地接了,攥在手心中,说,明儿你去我那儿再选几块磨脚石,带回城里送人去吧。

我对独臂人说不必了。我转向云领,请求他七月十五放河灯时将我也带上。云领看了看父亲,又看了看我,最后盯着自己的鞋尖又看了半晌,才对我说,你要是给你家魔术师放河灯,我就带着你。我说当然了,我不会给别人放河灯的。云领又说,你别穿高跟鞋,路很远。我点了点头。云领就对父亲说,那你今年得多做一盏河灯了。

七月十五的夜晚，我早早就吃过饭，换上旅游鞋在房间里等云领。站在窗前，可望见升腾着的焰火。焰火是人世间最短暂又最光华的生命，欣赏它的辉煌时，就免不了为它瞬间的寂灭而哀叹。七点左右，云领来了，他仍然穿着藏蓝色的衣服，不过没戴草帽，这使他看上去显得高了一些。他挎着一只腰鼓形的竹篮，篮子上放着一束紫色的菊花。我想河灯一定掩映在菊花下。

月亮已经走了一程路了，它仿佛是经过了天河之水的淘洗，光润而明媚。我跟着云领走出三山湖景区，踏上一条小路。

明月中的黑夜就不是真正的黑夜了，不仅小路清晰得像一条闪着银光的缎带，就连路边矮树丛中的各种形态的树叶也能看得清楚。我问云领要走多远，他说到了地方你就知道多远了。我又问他，你爸的胳膊是怎么没了的？云领说，他不是在景区给游人放焰火吗，我妈走了的第二年，有一个南方来的老板非让我爸手托着大礼花给他放，那天是那个老板的生日。礼花有一个纸箱那么大，值一千多块钱呢。我爸帮他放这个礼花，他给二百块钱。哪知道这礼花跟炸药包一样劲儿大，一点着火就把我爸掀了个跟头，焰火上天了，我爸的一条胳膊也跟着上天了。从那以后，他才带着我卖火山石的。

我叹息了一声，听着云领的脚步声，看着月光裹挟着的这个经历了生活之痛的小小身影，蓦然想起蒋百嫂家那个轰鸣着的冰柜，想起蒋三生，我突然觉得自己所经历的生活变故是那么那么地轻，轻得就像月亮旁丝丝缕缕的浮云。

穿过一片茂密的树丛后，云领问我听到什么没有。我停下来，谛听片刻，先闻几声鸟语，接着便是淙淙的水声。云领对我说，清流到了。

据云领讲，清流是离三山湖最远，也是最清澈的一条小溪。他妈妈曾对他讲，一个人要是丢了，只要到清流来，唤几声他的名字，他的魂灵就会回来。

月光下的清流蜿蜒曲折，水声潺潺。这条一脚就能跨过去的小溪就像固定在大地的一根琴弦。弹拨它的，是清风、月光以及一双少年的手。云领放下篮子，撩开菊花，取出两盏河灯，又取出火柴，一一将它们点燃，将一盏莲花形的送给我。他对我说，他妈妈喜欢吃南瓜，所以他每年放的河灯都是南瓜形的。云领先把几枝菊花放在清流上，然后怕我搅扰了他似的，捧着河灯去了上游。我打量着那盏属于魔术师的莲花形的河灯，它用明黄色的油纸做成，烛光将它映得晶莹剔透。我从随身的包中取出魔术师的剃须刀盒，打开漆黑的外壳，从中取出闪着银光的剃须刀，抠开后盖，将槽中那些细若尘埃的胡须轻轻倾入河灯中。我不想再让浸透着他血液的胡须囚禁在一个黑盒子中，囚禁在我的怀念中，让它们随着清流而去吧。我呼唤着魔术师的名字，将河灯捧入水中。它一入水先是在一个小小的旋涡处耸了耸身子，仿佛在与我做最后的告别，之后便悠然向下游漂荡而去。我将剃须刀放回原处，合上漆黑的外壳。虽然那里是没有光明的，但我觉得它不再是虚空和黑暗的，清流的月光和清风一定在里面荡漾着。我的心里不再有那种被遗弃的委屈和哀痛，在这个夜晚，天与地完美地衔接到了一起，我确信这清流上的河灯可以一路走到银河之中。

从清流返回的路上，我和云领都没有讲话。月亮因为升得高了，看上去似乎小了一些，但它的光华却是越来越动人了。我们才进三山湖景区，就望见独臂人像棵漆黑的椴树一样，候在月光下。我谢过这对父子，回到旅馆，换下旅游鞋，清清爽爽地洗了个澡，将装着剃须刀的盒子放在床头柜上，半倚床头，回味着这次旅行。突然，我听见盒子发出扑簌簌的声音，像风一样，好像谁在里面窃窃私语着，这让我吃惊不已。然而这声音只是响了一刻，很快就消失了。不过没隔多久，扑簌簌的声音再次传来，我便将那个盒子打开，竟然是一只蝴蝶，它像精灵一样从里面飞旋而出！它扇动着湖蓝色的翅膀，悠然地环绕着我转了一圈，然后无声地落在我右手的无名指上，仿佛要为我戴上一枚蓝宝石的戒指。

2003 年

芳草在沼泽中

回龙观酒馆,我每坐一回都要惹一次是非。这酒馆在紫云巷的尽头,是一座平房改造而成的。它的门脸有些灰暗,不似其他的酒馆有着金光灿灿的牌匾和鲜艳的招幌。它这里也没有什么名厨,不经营鱼翅、大闸蟹、蛇和鳖等奢侈食品。它所有的,是那股朴实的家常气息,炒个渍菜粉啦,炝个土豆丝和芹菜啦,煎几条黄花鱼啦,等等。稍微阔气一点的菜,也不过是小鸡炖蘑菇、豆瓣酱干烧鲫鱼、鸭子炖土豆、辣椒炒鳝丝。来这样的酒馆吃饭,你的心会很妥帖和放松,不用担心兜里的钱在买单时羞涩,不用介意你的吃相是否文雅。在这里,你可以大声说话,可以放肆地猜拳行令,可以和那个绰号叫"臭鱼"的跑堂的无所顾忌地针砭时事。酒馆的桌椅很不讲究,它们是主人从旧家具市场花低价搜罗来的,一个个笨头笨脑、满面沧桑的模样。由于它们不苫台布,你能清楚地看到桌面的划痕、松动的木节孔以及烫伤或者烧伤的痕迹。桌面的裂缝更是比比皆是,这些藏污纳垢的裂缝又是苍蝇最喜欢钻的地方,所以有的时候你刚坐下来，先行欢迎你的往往是从裂缝中抽身而出的苍蝇，它们就像你约来的先期而到的客人一样，绕着你嗡嗡地飞着，寒暄个不休。

靠窗的位子，在回龙观酒馆是最抢手的。这是因为，从窗口，往往能看到暗娼的影子。她们一般是傍晚时才出现。我前面说了，回龙观酒馆在一条巷子的尽头，尽头的地方永远是危险生活的温床，因为它不惹人眼目，安全性较高。这些暗娼是为着回龙观的客人而出现的，所以她们看上去就像是酒馆放在窗外的摆设。如此，选择窗前位子的人，就要多付出一些钱来，名为"买桌费"，类似于大酒店的包房费。当然，并不是所有的男人要了窗前的位子就是为了瞄上一个女人、从"糊涂乡"出来就进入"温柔乡"，有的人纯粹就是为了好奇，想看看这些女人是什么样子，就像西方人看"秀"一样。当然，大多数的男人在夜晚要了这样的位子，是专为了窗外的风景的。所以有的时候你看着一个酒客要的几样菜还没有怎么动，可他却急着"结账"了，就知道他看上窗外的某个女人了。这种时刻，你给他结算酒钱时就要动作麻利，否则会令客人发窘。在回龙观酒馆，人们不把付酒菜钱称为"买单"，他们还沿袭着老习惯，叫"结账"。客人会吆喝："哎，丫头，结账了！"这里的服务员不像别处通称为"小姐"，而是叫"丫头"，也的确就是丫头嘛，她们个个长得很苦壮，脸庞红扑扑的，笑容憨憨的，裙子下面露出的小腿粗粗的，说话时嗓门都很大。据说这与回龙观主人的审美眼光有关，他不喜欢那些杨柳细腰、皮肤白皙、说话嗲声嗲气的小姐。

回龙观酒馆的墙壁，与其他酒馆也是不一样的。它没有悬挂一幅画，而是吊着一串串的蒜瓣子。这些大蒜既是装饰，又可以为客人所食用，两全其美。还有，墙壁上吊着形形色色的农具，如镰刀、锄头、镐头、耙子等等，布置得就像农业展览馆的一角似的，仿佛是在提醒客人，别忘了你吃的东西是由劳动换来的。进得酒馆，你能听见此起彼伏的说话声，能闻到灶房里炝油锅的气味，能听见录音机所放出来的热热闹闹的二人转，真是俗气而又亲切，烦扰而又温暖。去大酒家，坐在水晶吊灯下的华丽餐桌旁，面对着精致的餐具，面对着侍立在一旁随时帮你斟酒和更换食碟的小姐，你会觉得浑身不自在，不是你在吃饭了，而是饭在吃你了，真的不如到回龙观这样的酒馆来得实在和惬意。

先说我在回龙观惹的第一桩麻烦吧。那还是四年之前，我第一次被老吴给拉到这里。那是一个夏日庸碌的黄昏，我正愁晚上没地方吃饭呢，老吴叫住我，说要请我吃饭，我愉快地答应了。我是一个单身汉，早餐就是一边走在上班的路上，一边顺路买两根油条对付一下。午餐不用说了，是在单位吃千篇一律的盒饭。那盒饭里的鱼肉散得像旧棉絮，青菜的颜色就像老妓女的脸一样黯淡，肉条裹着黏黏糊糊的芡粉，真的是难以下咽。只有晚餐，我才吃得相对有模样一些。我会回到住所，下碗清淡的面条，或者是调碗鱼汤喝。当然，有的时候太疲劳或者是情绪低落，我干脆就买上几个包子当作晚饭了。在去回龙观酒馆的路上，老吴讳莫如深地对我说，在那里吃饭，跟在外国似的，因为它的窗外就是隐蔽的"红灯区"。老吴是个四十多岁的男人，个子跟我一样矮小，但他不似我这样干瘪，而是胖胖的，满面油光。也许是在机关工作过久的缘故吧，他过早地谢顶了，肚子微微腆着，由于腰椎间盘突出，他总是不由自主地佝偻着腰,这使他看上去更显得矮小。平素在班上,他矜持、严肃,以致看上去有些刻板。他是我的"头儿"。我们这个隶属于市委机关的处室,总共五个人。老吴是处长,年近五十的张亚玲是副处长,我、小米和小姚是科员。我们的工作就是为市委领导写各种会议的讲话材料,所以我们处室所订的报刊是机关里最多的。小米最喜欢做的事情,就是一边哼着歌一边用剪刀哗啦哗啦地剪报纸。她在剪之前要大致把报上的消息浏览一遍,看看哪些讲话和社论对我们写材料有利。天下文章一大抄,尤其是我们所写的那些讲话稿,基本是从这本书上抄一段理论,再从另一篇社论上抄一段议论,真正属于自己的话没有多少。这种工作很像农村妇女打袼褙,把一块块大大小小的布角连缀在一起。有的时候我们熬了不知多少日夜写出的、几经审阅才通过的重大会议的讲话稿,领导在大会上慷慨激昂地一读完,就迫不及待地把它扔在一旁了。让我觉得这稿子在没出炉前是宝贝,一旦它露出头来就沦为了弃婴。而你看下面听会的人呢,他们有的眼神直直地盯着主席台,而心思却不知飞到哪里去了;还有的低头悄悄看着被调到振动状态的手机的来电显示或者是新收到的短消息;更有甚者,干脆打起了瞌睡,直到报告结束时惯例响起的掌声把他给惊醒。看着这一幕幕情景,真是令人痛心啊。所以,我们很少到会议现场去听报告,那样你会觉得自己从事着天底下最无聊最滑稽的工作。第二天,你能够在报纸的显赫位置上再看到这篇稿子,不过它的署名已经是某位领导的署名了,它跟我们仿佛是一点关系都没有了。

老吴的家庭有一个七十多岁的老母亲,还有一个在上海读大学的儿子。他和做小学教师的老婆的工资加起来也不过两千块左右,所以他平素是极为节俭的。他穿着从夜市买来的廉价的西装,抽两元钱一包的香烟,喝便宜至极的茉莉花茶,骑自行车上下班。那天,老吴却把自行车扔在单位,破例打"的士"带我去酒馆,令我好不感动。路上,我说回龙观的名字很耳熟,似乎是哪里的地名。老吴说,就是北京的回龙观嘛。这酒馆的主人有个要好的同学,他是个画家,后来去北京求发展,住在回龙观,因为他的画不被人接受,穷困潦倒的他就自杀了。为了纪念他,这酒馆的名字就叫"回龙观"了。

回龙观酒馆在城西,那里几乎就是郊区了。一下车,老吴就嘱咐我,碰到一个高个子跑堂的、外号叫"臭鱼"的男人,千万少和他搭话,他有点魔怔。你若和他聊上,得,一夜你也别想逃出来,在对某件事的议论上他如果不占上风,情急之下他会把桌子给你捆了。老吴还特别叮嘱我,别跟人说自己在市委机关工作,我们这种工作性质的人来这里,若是传出去,会引火烧身的。他的话我并不以为意,因为我来的是酒馆,又不是黑店,即便是能够从窗外看到娼妓游动,我洁身自好,并不染指她们,也没什么大惊小怪的呀。

回龙观酒馆给我最初的印象并不好,它的低照度灯光给人一种没吃饱饭的感觉,虚飘飘的。一进去,只觉得到处都杂乱无章的,桌子摆放得很不规矩,东面放着一张小方桌,留着许多空地,西面却挤挤插插地摆了两张大圆桌,令人行走都困难。只有窗前的桌子还算顺眼,在一条直线上,而且间距也比较均匀。还有,墙上挂着的农具十分扎眼,看上去就像凶器一样充满了恐怖感。当然,当你喜欢上了这里之后,就会觉得那桌子乱得很别致,那农具挂得恰到好处。

老吴看起来是这里的熟客了,他一进来,有个肩搭一份报纸的店小二就冲他吆喝:"哎,你这一段跑哪里发财去了?"老吴冲我眨眨眼,我便明白他大约就是"臭鱼"了。那份报纸的一篇文章的标题做成了红色,所以感觉这店小二的肩头就像挂了一串红果子在卖,十分有趣。老吴笑着回答:"我这一段不在鞋店干啦,搞传销去了!"老吴哈哈大笑着,与平素判若两人,真令我吃惊不已。我们拣了靠窗的最后一张桌子坐下来。店小二跟了过来,指着我说:"行嘛,还配上了个保镖,钱挣海了吧?"老吴顺势说:"就是,我现在满屋子都是钱,以后下雨阴天时你得去帮我翻弄翻弄,别捂长毛了!"

酒馆里的食客没有一个是安静的。他们有的挥舞着胳膊叫着"哥俩好呀,五魁首呀"在划拳,还有的唾沫星子四溅地在激烈地争论着什么。即便是那些不出声的人,也因为录音机里放出的亮亮堂堂的二人转,而显得他们也仿佛在说着什么。二人转那种放开了嗓子的唱腔非常透亮,它的唱词很生活化,有些俗,有些肉麻。但正是因了这俗,它让人觉得亲切,因了这肉麻,给人平添了一种温暖感。老吴在点菜的时候,我已经有些喜欢上了这里。因为这里的人放纵、无所顾忌、互不注意,在这里可以开怀大笑,可以乱弹烟灰,甚至于可以把臭脚放到桌子上。它的闹哄是一种敞开了心灵的闹哄,它的家常的、底层的气息,让人有在月下漫步的逍遥感。

菜上来的时候,天已渐渐黑了,临窗位子的人都把目光放到窗外。果然,我在黯淡的灯影下看到了三个游动的女人。从她们的体态上看,一个似乎老了些,因为她的背影看上去臃肿不堪。另外的两个则苗条得多,想必应该比较年轻吧,因为她们一个披着长发,一个则高高地吊着马尾辫，年老色衰的女人大约不会如此打扮的。胖女人穿着直筒式长裙，苗条的女人则穿着袒胸露臂的吊带裙。她们在酒馆的窗外走来走去，微垂着头，就像是丢了什么东西在寻找似的。我很奇怪，她们为什么总是把侧脸给我们，既然是做这种生意的人，又有什么含蓄可讲呢？老吴听了我的话，用筷子点着我的脑门说："亏你还是念过大学中文的人呢，连这点道理都不懂，什么是美？朦胧就是美！模糊就是美！若隐若现就是美！稀里糊涂就是美！"老吴激动了，他的嘴角因此有些歪。我发现酒馆里的女食客难得一见，零星的几个也没有单独来的，而且她们也不坐临窗的位子，她们的身边基本都跟着一个男人。我不知她们若是看了窗外的女人会做何感想。

　　随着夜色越来越深，酒馆的生意也就越来越火爆。窗前的男人换了一批，而窗外的女人也换了一批，最开始游荡的三人已经消失了，新出来的女人看上去更加妖娆、风情万种。有一个女人竟然在自己身上披挂了闪烁不休的彩灯，好像一棵圣诞树似的。灯一闪，她的身影也跟着闪，使人疑心她是天外来客。她们似是漫不经心地走来走去，完全就像一个个出来乘凉的人在看星星。我这才明白为什么回龙观的灯火这样迷离，那是因为它本身就是一个剧场，它的剧目每时每刻都在上演，当然它的灯光要虚目以待了。老吴的酒喝得很冲，他一遍遍地感慨着："生活啊——"给人一种不知所云的感觉。我见他有些失态，就提醒他少喝点，上次市委机关的人年终体检的时候，老吴查出了高血压、血稠、脑动脉硬化的毛病。我的话才出口，老吴就不无调侃地说："到了我这把年纪，是该硬的地方不硬，不该硬的地方却硬了！"他说出如此粗鲁的话，令我震惊。接着，他用伤感的语气告诉我，他兢兢业业地工作了大半辈子，给领导写材料，快把脖子都写直了。他听老婆说，有时晚上做梦他还大段大段地朗读社论呢。这次市委宣传部倒出个副局级干部的位子，领导已经事先找他谈话了，说要提拔他，可是第十一中学的一个比他年轻十岁的校长却意外把他给顶了。他说虽然说明天才公布这条消息，但他今天什么都知道了。老吴很委屈地说，那个校长的老婆是开酒店的，家里很有钱。他听朋友悄悄告诉他，人家的钱起了关键作用。老吴还说，如今这世道，你要想走仕途，要么有钱敢送，能使自己青云直上；要么你就"上面"有人，关系硬，谁都拿你高看一眼。至于人品和才华，那都是狗屁！其实我听小姚和小米私下议论过，他们说老吴要被重用了，而我对此类事是漠不关心的，我平素关心的是谁能够嫁给我这个无钱无权又无貌的人，使我回家时能够喝碗热汤。我明白了老吴为什么请我，他原来要找个人倾诉一下苦闷和失意呀。我劝老吴，提不提那半格有什么了不起的，还不是照旧过日子？老吴义正词严地纠正我："当然不一样了！首先吧，因为你的级别起来了，别人就高看你一眼了。你的待遇也就改变了，上下班不用骑着破自行车闻着臭烘烘的汽车尾气了，生病住院时也可以进高干病房了。而且，你报销个什么也方便多了，你说现在哪个干部出来吃饭是花自己的钱，也就我们土鳖吧！"老吴越说越激动，后来他眼睛湿润了，声音哽咽了，我只能又叫了一瓶酒，陪着他喝。他的舌头开始不听使唤了，他说之所以找我来，是因为他觉得我是一个孤儿，在精神上能理解他。他还劝我如果有别的门路，干脆换个单位工作得了。他说自己写了大半辈子的假话和空话，有时觉得活着跟死了没什么区别。他如此对我敞开心扉，使我深受感动。

我的第一次麻烦就是这时候惹的。也许是多喝了点酒的缘故,抑或是我为老吴的遭遇有些愤愤不平,当我听见店小二"臭鱼"吵吵嚷嚷地与人辩论一个敏感的政治话题时,我不由得怒火中烧,骂他:"我们到你的酒馆是为了图快活的,哪个孙子再敢谈时事,老子就割了他的舌头!"臭鱼闻讯后就伸着舌头过来了,他晃着脑袋,把一把尖刀横在我面前,意思是你有本事就来割我的舌头啊,一副挑衅的姿态。我有些慌张,但故作镇静地拿起了刀,并且慢吞吞地站了起来。我巴望着有人上来阻止我,可是周围的人都在有滋有味地吃自己的酒,没人理睬我们。臭鱼有恃无恐地叫嚷着:"割呀,割下来让大师傅当盘菜炒了,好给你当下酒菜!"臭鱼的舌头由于伸的时间过长,开始滴答滴答地往下流涎水,流到了老吴的脸上,老吴就势霍地站了起来为我解围,他冲臭鱼骂道:"谁他妈的往老子头上滴哈喇子?"臭鱼缩回了舌头,他没有和老吴理论,他斜着眼睛义愤填膺地指着我说:"你小子是不是中国人,中国人不关心中国人的事,那还叫人吗?"他铿锵有力地把"人"念成了"银"。我也上来了虎劲儿,我抢白他说:"你一个臭跑堂的,关心国家大事有个屁用!谁听你的,还不是瞎叫唤!"臭鱼被激怒了,他随手从桌子上拿起一块盘子,扔到我脸上。幸亏我躲闪得及时,没有被它划破了脸,但是从盘子里飞旋而出的麻婆豆腐却溅了我一身。我以牙还牙,也把一块盘子撇到臭鱼身上。那是还剩半盘的鱼香肉丝,灶房的师傅把它做成了金红色,你能想象臭鱼的白围裙有多脏了吧。那一刻他愣了,但随之就进行新一轮的反击。于是乎,碗盘交替着飞旋,我们就像魔术师在表演杂技似的。即便如此,酒馆仍然秩序井然，该望窗外的男人还是望着窗外，该猜拳行令的人依然在挥舞着胳膊，偶尔有人漫不经心地朝我们这儿打量一眼，然而他们很快就转回了头，仿佛这种事在这里是司空见惯似的。录音机的二人转唱得火辣辣的，有人和着旋律摇头晃脑地跟着唱着，好不自在。老吴见我真的和臭鱼打起来了，就顾不得伤感了，他连忙呵斥住我，对臭鱼说："我的弟兄你也计较，真是不给老哥面子。"臭鱼梗了梗脖子，正要申辩什么，一个女服务员从灶房伸出一张红润的脸吆喝道："臭鱼，你瞎闹什么，上菜了！"臭鱼就骂骂咧咧地进了灶房。老吴对我说，臭鱼原来异常精灵，高中快毕业时得了场脑病，从此智力锐减，大不如从前。他家给他找了一个差事，在一家文化单位的收发室分管信报的收发，他在那里养成了看报的习惯。别人订阅的报纸还没看呢，他就会用那双又脏又油的手把它们翻得污渍斑斑、皱皱巴巴，令那些多数有洁癖的知识分子大为不满。臭鱼最留意的就是国家大事，他对柴米油盐、男欢女爱的事情漠不关心，完全像五四时期的热血青年，忧国忧民，愤世嫉俗。回龙观的主人和臭鱼是小学同学，他了解到臭鱼因为一天到晚只是哗哗翻报，他所在的文化单位的收发室不愿意要他了，而臭鱼生病后的愚钝又符合他用人的原则，就把臭鱼招到回龙观当跑堂的。臭鱼很喜欢这份工作，他做得兢兢业业的，只是仍然改不了看报的习惯，每天都要去报摊买上几份报纸，一有空闲就看。所以你有时候所看到的臭鱼，肩上往往搭的不是白毛巾，而是一份报纸。

那天深夜结账的时候，臭鱼大步流星地朝我走来，他说："咱俩摔的那些东西，都记在了我的账上，你放心吧。"这时我忽然觉得臭鱼是可爱的。从那以后，我们就成了朋友，虽然我每去回龙观都要有麻烦，但再没有是因为臭鱼而引起的。

以后的几年在回龙观所发生的种种是非恩怨，容我其后再拣些有趣的见缝插针地说给你听，现在让我告诉你我刚刚惹的一桩是非，我在酒馆把我的女朋友司马林秀给打跑了。自从她父亲去世之后，我们的关系就一天比一天紧张。她的母亲，那个其貌不扬的家庭妇女，她原来总是一副低眉顺眼的样子，非常地谦恭和随和，可自从她那做历史研究员的丈夫去世之后，我惊讶地发现，这个年近六十的人一下子挺起了腰杆，或者换一种说法是，她真正活了起来。她比以前活跃了，她穿花里胡哨的衣服，而以前她只穿青色和老绿色的衣裳。她还把短发给烫成鸡窝状，脸上拍了白粉。不过白粉涂抹得不够均匀，那脸就黑一块白一块的，使之看上去像个被太阳晒得皱巴了的花脸蘑。司马先生在世时，她还细心侍奉着公公，可是司马先生一走，她就把公公送到了司马先生的弟弟家。她说亲生儿子养老人是天经地义的事情，她一个做儿媳的不便再养公公了。以往碍于司马先生的脸面她不敢去打工的场所，如今她也可以随心所欲地去了。她到一家浴池给人搓澡，每月能挣四百多块钱。此外，她还交往了一个比她小八岁的在家具市场出苦力的用三轮车送家具的男人。总之，司马先生活着时就仿佛是一座高山，把她这条本来是要自由向前奔流的河给拦腰斩断了，如今这高山消失了，她就可以撒欢地向前奔流了。只不过若是她年轻的时候奔流的话，两岸还有郁郁葱葱的风景可以观赏，如今已是她人生的秋天了，风寒水瘦的，可以被她享受的景色已经透出苍凉之气了。虽然如此，她看上去仍然是朝气蓬勃的。我很为司马先生难过，一个知识分子遵从父母之命娶了位农村太太，当他把她带入城里后，他以为只有他是委屈和忍辱负重的,他不明白他的妻子也同样如此。毫无疑问,司马先生在世时,她的生活是压抑的、隐忍的、寂寞的,如今她冲出了牢笼,又可以和她所贴近的底层的人民那么水乳交融地打成一片,她浑身洋溢着生活的热情,仿佛年轻了许多。她有两个孩子,一儿一女。儿子是外科医生,早已结婚。她的女儿,也就是司马林秀,比我还大四岁,已过三十岁了。不过她因为生得娇小,看上去似乎很年轻的样子。她是一家印刷厂的工人,也许是因为整天与纸张打交道的缘故,她最憎恨的就是书了。所以我们交往最亲密的一段日子里,她向我提出的唯一要求是,结婚时家里别摆一本书,她一见书就想吐。我当时什么也没有说,因为我一离开书就活不了,阅读一本自己所喜欢的书,实在跟热恋一样地美妙。也许是因为她讨厌书的缘故,司马林秀对父亲并不喜欢。她从来不进他的书房,她说整天待在书房的人老是使她联想到阴暗的洞中的老鼠。我和她的交往,起始于一桩麻烦。我不是机关里的一个写材料的小科员嘛,有一回,由我主笔给市委书记写一个有关城市古建筑保护的会议的讲话稿,我这方面的知识有限,就着手查阅相关资料,结果我在一个社科类的内部刊物上,发现了一篇署名司马为民的文章《论城市古建筑保护的现实意义》,这文章写得深入浅出,十分好读,完全不似一些貌似高深的学术著作到处是引经据典的大段论文,有的为了显示其学术的"全球性",还夹杂着一些洋文,看起来让人昏头涨脑的。司马为民的那篇文章,字字珠玑,又句句是实话,有说服力而又不缺乏美感,于是我如获至宝,大段大段地摘抄,很顺利地写就了讲话稿。顺便说一下,我们写文章经常这么东拼西凑地摘抄别人的文章,因为大大小小的会议每时每刻都在开,不同类型的发言就得随时写,我们又不是每个行业的专业人士,可又得做出专业的样子,只能如此去做,说得动听一些就叫作"借鉴"。一般的借鉴是没人跟我们计较的,因为我们衙门大,文章出来的署名又不是我辈凡俗之流,而是领导的显赫大名,谁敢与之计较呢?然而司马为民却不然,那天的会议他刚好在场,他在台下听着领导在读自己的文章,他怒火中烧,未等会议结束就拂袖而去。他铁青着脸把情况反映到会务组,声言要起诉抄袭他文章的人。会务组的人见他情绪激动,不敢怠慢,立刻就找到了老吴,老吴连忙拉着我去见他。老吴是有手段的,他先毕恭毕敬地给老先生行了个礼,说是久仰大名,不是因为工作忙,早就应该登门拜访和求教,然后他又针对司马先生要对簿公堂的想法发表自己的见解:"明天这文章一见报,署名就是市委书记的了,你要是起诉的话,法院的传票上就得写他的名字,你要是不介意的话,那当然可以了。"司马为民干瘦干瘦的,下巴很长,微微翘着,左手的食指很黄,看来他嗜烟。他听了老吴的话,说我们要么在报上登个声明公开向他道歉,要么赔偿他五千元的经济和精神损失,所谓"私了"。老吴答应跟领导商量一下,把解决的意见尽快通告给他。司马为民一走,老吴就破口大骂,骂他瘪三,说是一个内部刊物上发表的作品,只是作为交流用,哪有那么大的社会影响,他凭什么狮子大张口地要五千元,这分明是敲诈!为了息事宁人,第二天,老吴领着我登门谢罪,用公款会议的开销费给他买了一盒茶、两条香烟。就是在那天,我认识了司马林秀。司马先生听说我是个在孤儿院长大的孩子,至今不知道自己的生身父母是谁,而且是孑然一身的时候,就突然对我热情起来了。他非要留我们吃晚饭,我们见他无意再纠缠此事了，就留了下来。晚饭时，司马林秀回来了，她个子不高，很瘦，面色苍白，不苟言笑，给人一种很忧郁的感觉。她的面容还算清秀，眼睛不大，但很纯，鼻子和嘴巴生得也小巧，很有点古典的气息。司马先生向她介绍了我们，她只是那么散漫地瞄了我们一眼，就进她的房间了。吃饭的时候，她一直不说话，低着头，未等大家吃完，她就离开了饭桌，给人一种特别的印象，不活泼却很有主意，不漂亮却耐人寻味。我承认，她身上有一种很别致的东西吸引了我。从那以后，司马先生常打电话让我去过周末，我与司马林秀越来越熟悉，逐渐对她产生了好感。我很喜欢她不事张扬的处世态度。她不太打扮，对物质生活的要求很低，吃穿都不讲究，这对于清贫的我来讲是福音。她不谙世事，很单纯，你跟她讲社会所发生的一些复杂事时，她总是使劲睁着眼睛，很不相信的样子。我们的交往，少了年轻人的那种疯狂和激情，却多了一份稳重和平和。老吴就说过，像司马林秀这样的姑娘，最适合做老婆。正当我们谈婚论嫁之时，我未来的岳父去世了，原来一直很赞同我们交往的司马林秀的母亲，突然改变了主意，她说她早就没相中我，嫌我过于单薄，跟女人一样弱不禁风，说是她不能让女儿嫁一个没有力气的男人。而且她对我的职业更是嗤之以鼻，因为她"文革"时期曾与丈夫有过下放的经历，她认为写文章是个惹是生非的职业，说出事就出事，她不能把女儿往火山口上扔。言下之意，我不能娶司马林秀。而司马林秀呢，她又是一个没有主意的人，父亲在时听父亲的，母亲说了算时就听母亲的，这很令我气愤。她告诉我，她母亲给她找了一个新对象，是个个体户，卖烧鸡的，那人很壮实，有一套三居室的房子，老太婆想让他们在秋天时把婚事办了。我把司马林秀约到了回龙观酒馆,对她进行最后的努力。以往我是忌讳领她到这里的,怕她因此而对我的生活产生怀疑。这次把她带来,是觉得万一我们谈崩了,吵起来了,这里的人都不会注意我们的。如果在我那一居室的小屋吵起了架,饶舌的邻居肯定要说我在欺负女孩子,没准打电话给派出所说我耍流氓呢。而在其他的公共场所,你要是与什么人争执起来了,好,围观者立刻蜂拥而至,就像看抓彩票一样。

司马林秀穿着件水粉色的裙子,裙子的领口很高,是她母亲亲自做的。她说女儿的脖子过于细腻白皙,要把它隐藏起来,以免男人垂涎欲滴、想入非非而使女儿引火烧身。司马林秀一进回龙观,就对那悬挂的农具产生了恐惧感,她老是担心它们掉下来砸着她。她还讨厌二人转,说她听了头晕。我反复劝说,这才把她留了下来。我们来的时候,天还微微亮着,臭鱼见我带来了个姑娘,就殷勤地端茶倒水,说是要赏个辣花萝卜给我们吃。司马林秀在我点菜的时候,嘱咐我不要浪费,少点一些。我开玩笑说:"你要离开我了,我总得大方一回,给你留个好念想吧?"她微微笑了笑,说:"那你就太傻了,还不如把钱省着,给新的女朋友买点什么。"她平素是不开玩笑的,但我还是把那话当作了玩笑。当天黑了起来,酒馆的灯光愈发显得朦胧的时候,我觉得司马林秀美得令人心疼。那是一种含苞带露的美丽,如荧荧的星光一样动人。我忍不住抓住了她的手,用颤抖的声调动情地说:"别离开我,林秀。"她没有抽回手,但她温和却又坚定地说:"我妈说了,我今天是最后一次和你出来,你忘了我吧。"她说这话的时候,语气是平静的,一点忧伤的味道都没有,这使我很难过。我紧紧地握着她的手,我哽咽地说："你就不能给自己做一回主吗？为什么一定要听你妈妈的？你不是爱我的吗？"她的嘴角抽搐了一下，说："我打小就闹不明白一个问题，我为什么是个人呢？我看花和鸟都比人强，可我托生的就是人啊，我没办法啊。我不愿意当人，可爸爸妈妈却让我成了人，我就想好了，有关人的事，他们让我怎么做，我就怎么做。我不爱人，什么样的人我都不爱，我也不爱自己，我觉得人是可怜的、可笑的。"我火了，指着窗外说："如果你妈妈让你像外面的女人一样拉客，你难道愿意当妓女吗？"我是多么希望她能够像受了侮辱一样地给我一个耳光啊，可是上帝啊，她却镇定地点了点头。我终于抑制不住自己的绝望和悲哀情绪，劈手打了她一巴掌。她并没有被激怒，她沉默了一番，然后从容地把杯里的酒喝光，起身对我说："我发誓，你再敢去找我，我就跳楼自杀。"我知道她没有威胁我，虽然她比我大，但她经历单纯，心地透明，一直没有学会撒谎。我只能眼睁睁地看着她离去。我想也许不该把她约到回龙观，这个地方从来就不是我的福地。

我垂头丧气地回到住所，给老吴打了个电话，让他找个借口给司马先生家打个电话，看看林秀在吗，她独自从城西回家，我有些放心不下。老吴很快回了电话，说："她刚到家，怎么，你们闹别扭了？"我说："我把她带到了回龙观，我们分手了。"老吴沉默了一刻，然后小声说："你把她往那种地方带，还不是逼着她离开你？你简直是疯了！"老吴压抑着声调，我知道他在自己的小书房里，他大约怕老婆听见他讲回龙观，所以仿佛是被人给勒了嗓子在跟我说话。我向他提出请求，我自从到了市委机关，一次都没有休过假，现在公务员不是规定每年有半个月的休假期吗，我请求明天开始休假！老吴一听急了,他的声调高了起来:"别说你了,我在机关干了二十多年,我休过一次假吗?这个工作就是这么缠人,你又不是不知道,下个月有两个重要会议呢,你现在给我撂挑子,这不是给我出难题吗?"可是我去意已定,我蛮横地说:"反正我明天开始就不上班去了,你不准我假我也走!"老吴颤着声乞求道:"你这不是给我拆台吗,最近还有我的一次机会,我在工作上一点都不能出差错,你这个时候走,等于卡我的脖子呀!"我也激动地说:"这几年,今天说有机会提拔你,没提;明天又说有机会提拔你,提的又是别人。你还没看淡这些,还没受够折磨呀?官场是什么?就是一群头脑空虚的人疯狂地抢一把椅子坐,抢上的就是爷爷,抢不上的就给人跪着当孙子!你与其给人陪衬着当孙子,还不如当自己的主人呢!你都快五十的人了,何苦受这份罪呢!"我的话一定深深刺激了老吴,电话里传来的是急促的喘息声,接着,他一言不发地挂断了电话。我也把手机关掉了。我的居所没有安装固定电话,我喜欢手机,它灵巧、轻便、实用性强,随时随地可用,又随时随地可以弃之不用,私密性极强。比如你坐在回龙观酒馆望窗外的风景呢,手机响了,你完全可以躲进洗手间,在寂静的环境中与人谈公事或者私事,不会有人知道你在哪里的。接完电话,照样可以在喧闹的环境中开怀地吃喝。所以我每月的工资,有四分之一是付了手机的费用了。司马先生活着的时候,就对我的手机颇有微词,他说养个手机,等于养个小孩了。他说的当然是钱,可我觉得从人性的意义来理解,他的比喻是贴切的,它的确就是我可爱的孩子,须臾与我不能分离。

我不知道自己该到哪里去休假。我是个孤儿,一个亲人都没有，我所能去的，只能是陌生的环境。而我又不喜欢去那些名声在外的旅游点，人多嘈杂且不说，那样的地方开销还特别大，不是工薪阶层的我所能享受得起的。我清楚地记得大学三年级的暑假，我到黄山去，在上山的时候，栈道上满是游人，你想停下来欣赏一下山岭间的奇松怪石都不可能。后面的人永远在逼着你向上，你所能听见的，除了身前身后人的粗重的呼吸声，就是他们见缝插针地抢拍照片的"咔嚓"声。到了山顶，我本想住一夜看日出的，可是一问那些旅馆，便宜的早已客满，而好旅馆的价格跟黄山的顶峰一样让人望而生畏。我只能凑合着吃了一碗面条，租了一件棉衣，择了一处幽静的地方，把天当作屋顶，把地当作床铺，等待天明。刚开始的时候，我还怀有浪漫的遐想，把头顶的星星当作我被子上盛开的花朵，把四周随风摇曳的树当作丫鬟为我驱除热气的摇扇。后来疲倦像洪水一样袭来，熬到大约凌晨两三点钟的时候，我终于支持不住地睡着了。太阳是如何升起来的，清晨山间的云雾是如何曼妙地涌动的，我一无所知。后来我想，如果我很有钱，就可以闲适地住进一家好旅馆，休息充分了，想什么时候看日出都可以。那时我陡然明白，优雅的生活原来是要以金钱作为基础的。所以声名显赫的风景，在我看来全都是奢侈的风景。

　　我打开电视机，为了打发无聊的时光，手里拿着遥控器，不停地换台。在中原省份的一个频道的上星节目中，我看到一档名为"新闻透视"的节目。记者报道说他们省著名的芦苇湖旅游风景区，由于邻近的一家造纸厂排污设施没有达到国家要求的标准，已经使旅游区的湖水变质，芦苇枯黄，以往栖息在湖畔的白鹤已经迁徙了。接着，镜头里闪现的是一排排无人入住的芦苇丛中的小屋和没有了游人的湖泊。我突然生发出一个念头,我要去被污染了的芦苇湖,因为那里没有游人,相对寂静。而且,一处遭受了摧残的风景,与我此时的心境正相符,所谓"惺惺惜惺惺"。

在火车上折腾了一天,又在汽车上颠簸了三个小时,我到达了芦苇湖。那是个细雨霏霏的午后。一下车,果然闻到了一股隐约的臭气。风景区有五片大小不一的湖,旅馆就建在湖泊间的芦苇丛中,是一座挨着一座的小白房子,很别致。在电视上看,这旅馆是建在地面上的,现在我才看明白,原来它们的地基就是一根根裸露地伫立在芦苇中的柱子,难怪这房子规模都不大。在这浩浩荡荡的芦苇丛中,是悬空的一条条木质的过道,走上去晃晃悠悠的,类似浮桥,发出咯吱咯吱的响声。我设想月色温柔的夜晚,你走在这样的路上,看着下面的芦苇丛中跳跃着的月光,嗅着湖水和草的清香气息,听着湖面上水鸟偶尔响起的温存叫声,一定是格外动人的。

旅馆的小房子个个都紧闭着,十分萧条。我没有带伞,早已被淋得浑身精湿。正当我不知道该到哪里去做住宿登记的时候,忽然听见西北角的一座屋子传来了一声吆喝:"哎,你是干什么的?"循声一望,见是一个穿蓝衣服的又矮又胖的中年男人站在屋檐下跟我打招呼。我快走了几步,对他说:"我是来旅游的。"那人笑了:"你是外地人吧?不知道今年这景点的行情,哪还有什么旅游的人呢。"他把我让进屋子,递给我一条散发着臭汗味的毛巾,说:"擦擦头吧,你也真够倒霉的,就这么点云彩,让你给摊上了。"

他告诉我,他是看护景点的,这里已经不对外营业了,所有的工作人员都撤离了。将来湖水治理好了,再另择日期开放。我问他,如果别人不知道这里的变化,慕名而来,你们也不接待吗?他"嗨"了一声说:"一闻到这臭味,谁还愿意住在这里啊,还不是转身就走人了!"我说:"可我想在这里住上一段日子。"他诧异地望着我,然后恍然大悟地说:"我明白了,你是哪个地方的记者,想在这了解点情况写文章,是不是?"我连忙摇头,说自己不过是想找一个清静的地方独自待待。他仍然坚持自己的判断,并且对我说:"我懂,你这是为了不暴露自己的身份,这叫作'暗访',对不对?就像中央电视台《焦点访谈》的那些记者?"我哭笑不得地对他说:"你先给我登记个住处吧。"他大声地咳嗽了一下,说:"这景点都封了,你住在这里光杆司令一人,有什么意思?再说了,灶房又不开伙,你难道喝西北风不成?"我问他,难道附近就没有吃饭的地方吗?他先跑出门吐了一口痰,然后回来对我说:"有是有,不过离这有五里路呢,那个村子叫'芳草洼',有几家小吃店,对了,那里小旅馆也有,前些年风景区生意好,这些小白房子一旦满员了,住不下来的人就奔芳草洼去了。"

我想五里路对在城市生活的人来讲算不得长路,估计慢走的话,一小时也到了。而且,我也用不着一天吃三顿饭,每天去吃一次,再带点现成的回来,不就解决温饱问题了吗?再说了,我住在这里,又吃在别处,这是多么浪漫的事啊。你想想吧,你每天穿过这大片大片寂无声息的芦苇丛向一个村子走去,可以尽情地浏览四周的风景。虽然空气不好,芦苇颜色枯黄,但是这无与伦比的空旷又上哪里能寻得来呢!我甚至为这种安排有些兴高采烈了,我说:"就这样吧,你给我安排个住处,我每天到村里去吃饭!"

他便给我开了一间房,那是离他的住处最近的一座小屋。打开门,先闻到一股发霉的气味。那人解释说,由于很长时间没有住人,门窗紧闭,所以才闷出了这股气味。由于是雨天,室内光线有些昏暗,我见里面的设施很现代,有卫生间、空调和电视电话。屋子陈设趋于古朴,床、柜以及桌椅以紫檀色为基调。这是一个典型的标准间,左右对称摆着两张床。我向他打听这房间的价钱,那人很诡秘地说:"我可告诉你,我是看你折腾得太累了怪可怜的,才留你住下来,我可是没有发票给你开呀。"我把背包扔到椅子上,说:"我是私人外出,又不报销,要发票也没有用。"他一听十分振奋,眼睛泛出一股逼人的亮光,他说:"反正这里又没有别人知道你住进来,干脆,咱们都各行方便,你就看着给我俩钱得了,够我换几壶酒喝的就行!"显然,他不再怀疑我是记者了,对我放松了警惕。他怕我不了解行情,接着补充说:"你知道吗,往年到了旅游旺季的时候,这一个标准间能达到三百五十块一宿啊。"我笑了笑,说:"我一天给你五十块,你看怎么样?"显然他对这个价格是乐于接受的,因为他的眼睛显得更亮了,他给了我一拳,说:"少了点,不过也行了,谁让咱俩有缘分呢!"他告诉我,由于停业了,所以水电之类的管线已经被掐断了,这屋子里的空调、电视、电话都只能是个摆设了。我想用不上空调我可以开窗,电视我压根也不想去看,电话成了哑巴正合我意,这没什么可遗憾的。唯一的缺点是,用水不方便了,洗脸刷牙和上厕所怎么办?那人听了我的忧虑,一拍胸脯说:"我那间屋子有水,回头你把浴缸给堵上塞子,我用桶给你把水拎来,把浴缸灌满了,我看你在里面游泳都够用了!喝的水呢,我每天给你烧一壶开水,你看这就没问题了吧?"

我想我已经要开始过天堂的日子了。

这个有心计的留守人员叫刘满堂。他说到做到，用了半个多小时的时间，打着伞提来一桶桶的水，把浴缸几乎给注满了。黄昏时雨休了，他又给我送来了一壶开水，并且殷勤地邀请我到他那里去吃饭。原来他那里能开伙。为了表示我的诚心，我先给了他三百块钱。他大喜过望地说："怎么，你能在这里住六天？"我半开玩笑地说："你给我储备了一浴缸的水，还不是要留我多住！"他听了我的话显得很激动，他说："你要是不嫌弃我做的饭，每天跟我吃也行，我这里最缺的就是青菜，这地方你也见了，没地方能种菜，不过我把海带和辣白菜当青菜吃，味道也是不错的。还有啊，坛子里腌着咸肉，松花蛋、花生米、银鱼干也是应有尽有，你看是不是也能跟着凑合着？"

他的话险些让我流出涎水，我想这阔气得跟坐酒馆又有什么区别呢？

老刘做饭用的是煤油炉，它像个大烛台似的龟缩在墙角。老刘说，本来他要搬一个煤气罐过来的，可风景区的领导不让，说是你在这里留守，安全第一，弄个煤气罐不利于防火，他就只好用煤油炉。他抱怨这炉子小里小气的，像是小孩子过家家用的玩意儿，火来得太慢，炒出来的菜少了股香味。老刘皮肤粗糙，嘴很阔大，胡子拉碴的，衣着倒挺整洁的。他拌了一盘海带丝，用干辣椒炒了碟咸肉，还煎了一盘银鱼。在这期间，天色徐徐暗了。在远离人烟的地方，黑暗的到来是有层次的，不似在城市里，你感觉到的黑暗由于灯火过盛的缘故，是温吞吞的，一点也不明朗。而在真正的大自然的怀抱中，黑暗是纯粹的，它能够尽情地将其本色展现出来。那是一种无拘无束的黑暗，它确实就像一匹漂亮而有活力的黑马一样,可以自由地奔跑和撒欢。我站在门口,能看见黑暗在芦苇上像潮水一样漫过,我甚至听见了黑暗所发出的声音,就像一双粗糙的手抚过光滑的绸缎所发出的声音。我情不自禁地伸出手来,想触摸一下这黑暗,结果我的指尖马上就有了感觉,仿佛谁给我戴了一枚戒指,不过这戒指散发出的是野草莓一样的甜香气息。

"哎,饭菜妥了,进屋来吃吧。"老刘吆喝我,我感觉黑暗在我身上滑了一下,一耸身逃走了。

老刘点起了蜡烛。他抱怨没有电,一到晚上老是黑咕隆咚的。其实我并不喜欢灯光,我觉得它过于明亮,缺乏情调。相反,烛光却因其气息微弱而让人顿生怜爱之情。而且,灯光的光焰是持之以恒的,缺乏变化,而烛光却一颤一颤的,摇摇摆摆的,就像一个女孩子在跳舞。

我们相对而坐,老刘特意准备了酒。那是散装的白酒,很冲。一口喝下去,只觉得嗓子眼里热辣辣的。老刘连忙让我吃口海带丝压一压,听他的口气,那酒就是燃烧的小火苗,而海带丝则是水。我咳嗽着问这酒有多少度。老刘笑着说:"这是个人家酿的酒,醇,度数谁也说不清,谁测那玩意儿呀!不过它度数低不了!"老刘说完,问我姓什么,从哪里来。我告诉他跟他一个姓,从中国最北的地方来。他叹息了一声,说:"那里冷啊,听说冬天时能把人的鼻子耳朵都给冻掉了?"

我说:"你看我不缺鼻子不少耳朵的,没你们说的那么悬乎!"

老刘又问我老家在哪里,父母大人有多大年岁了。我不愿意跟外人讲自己的身世,所以陌生人一旦问到这,我就胡编乱造。有时我说父亲死了,母亲还健在;有的时候则说娘没了,爹还在。我从不说他们已经双双亡故了，因为看别人对你的同情目光，心里实在不是滋味。

"那你娘是怎么死的？"老刘听了我的胡话，很同情地问。

"她是个精神病，她发病时点了一把火，把自己烧死了！"我恶毒地设想着。

在我的内心深处，我觉得一个能够遗弃亲生儿子的母亲除了不道德外，其天性中必定还有残忍的东西。

"哦，可怜！"老刘叫道，我不知他是说我那虚拟的母亲的命运可怜呢，还是哀叹我的命运可怜。他猛喝了一口酒，一个劲儿地摇头。他在摇头的时候，烛光在他的脸上像一群蜜蜂似的欢快地跳来跳去，使他的脸看上去花花搭搭的。

几样菜中，最可口的是小银鱼了。老刘告诉我，这鱼长不大，最长的也超不过人的眉毛。它们就生长在芦苇湖中，是这里的特色鱼。他所存的，是往年打捞上来后晒干的。这鱼若是新鲜的，用白醋把它们腌了生吃最鲜美。有时那鱼还活着，你把它扔进白醋里，呵，你看吧，它们一个个又蹦又跳着，跟孙悟空大闹天宫似的，但是要不了多久，它们就纷纷直着身子不动了。这时候，你放上点盐，撒点姜末，喜欢辣味的浇上点辣椒油或者芥末，喜欢甜味的再微微加点糖，你就尽管敞开肚子吃吧，能把你鲜得直栽跟头！老刘讲起银鱼来，那双本不大的眼睛就显得大了，而且看上去神采飞扬的。我想起了臭鱼有一次告诉我，他平生吃的最美的东西，是在太湖吃醉虾。据说那虾也都是活的，白得透明，扔进酒里后，它们逐渐醉昏，这时候你用筷子攥着它，将其送进嘴里，哎呀，简直是鲜美得无法形容了。记得臭鱼讲的时候口水都流出来了。而我也许是由于生性敏感的缘故,对食用活物总是心怀恐怖,张不开那个口。你看着那晶莹剔透的虾和鱼在醋和酒中挣扎的情形,难道就能心安理得地吃下去?

老刘就像哀悼一段美好的往事一样惆怅地叹息了一声,说:"这两年湖水一被污染,银鱼不见了,白鹤也飞走了。以前呢,你要是来这里,水是清的,湖上还养了大片大片的荷花,夏天荷花一开,哎呀,那可是真清香啊,芦苇碧绿碧绿的,银鱼一打就是一网,游客都说这里是人间天堂啊。"老刘越说越伤感,竟然有些眼泪汪汪的了,可以看出他是性情中人。

烛光摇曳着,就像暗夜盛开的一枝花。这花像红红的高粱,又像灿烂的菊花。有的时候它耸动得厉害,仿佛有风在吹拂它的睫毛;有的时候它则安恬如端坐在莲花宝座上的观音,我喜欢极了它。老刘见我把目光放在蜡烛上,就嘲笑我说:"你们年轻人爱弄个小情小调的,看着这蜡烛,想老婆了吧?"

"我的老婆像芦苇湖的白鹤一样飞走了。"我有些伤感地说。

老刘带着一股怜爱之情筷子敲了一下我的脑门,笑着说:"你老婆飞了,所以你就出来散心,是不是?"见我不回答,他用一种历经沧桑的口吻对我说:"小伙子,别丧气,天下就分了两种人,不是男的就是女的,女人一帮一帮的,哪里还不找她一个出来?"他见我仍然不吭气,就继续开导我说:"其实女人都很坏的,尤其是你让她知道你喜欢她的时候。她们捉弄男人的办法就是自己站在高岗上,打扮得花枝招展的,看着你往上爬。等你快爬到地方了,好,这些个小妖精又往高处去了,你又得往上爬,直到把你给累死。"他的一番话仿佛是经历了女人对他沉重的折磨似的,我不禁哑然失笑。我一笑，他也笑了。这一刻，我喜欢上了这个刚结识的朋友。

酒不知不觉喝光了，我看烛光时眼神开始发虚了。有的时候那光膨胀成了个大火球，有的时候则黯淡渺小得如一只萤火虫在飞。老刘大约看出我已醉了，就说时候不早了，让我回去歇息。他怕我醉了点蜡烛不安全，就把一个手电筒给了我。可我不想睡觉，一出了老刘的屋子，我就摇摇晃晃地沿着木踏板向前方走去。黑夜因着有了星光和一弯淡淡的上弦月，看上去就像一个冷美人有了隐隐的笑容一样，显得异乎寻常的美丽。凉风使湖畔的芦苇丛发出唰唰的响声，而阔大的湖面则是星光浩荡，仿佛湖里已消失的银鱼又一群群地再生了。我在一处幽静得已感觉不到自己存在的地方，畅快淋漓地哭了起来。我哭得很沉迷，很痴情，很投入，那是多么幸福的哭泣啊。我的泪落在芦苇上，芦苇掂了掂它，然后把手一摆，将它给甩在湖水里，于是，湖面的星光就伸出柔软的舌头来亲吻我的泪水了。

我很早就醒了。我多次体验过了，在大自然的怀抱中，我总是处于似睡非睡的状态。仿佛那清风明月、溪流花朵喜欢在夜里和你聊天，它们会伸出柔软的触角轻轻地把你摇醒。所以有的时候我在梦中，却能隐约听见窗外的鸟鸣或者是河畔青蛙的鼓噪声。天色还不明朗，我打开窗户，想透透空气，结果扑面而来的是刺鼻的臭气。昨天，我对这气味的感觉还没有那么强烈，也许是雨水压抑了臭气的挥发。不过，窗外的景色却很动人，湖水和近处的芦苇呈现着温柔的浅灰和朦胧的鹅黄色，让人有欣赏一幅疏朗有致的水墨画的感觉。

我洗漱完毕，拿了一些钱放在身上，就出了旅馆。老刘兴许是昨日贪杯过甚的缘故，路过他的屋子时，我发现门还紧闭着。我尽量把脚步放得轻一些，担心木板路所发出的嘎吱的响声会把他扰醒。

走出了芦苇湖旅游风景区，一条土黄色的乡间小路出现了，路旁竖着一块歪歪斜斜的木牌，上面用箭头和文字标明了芳草洼的方向，可以想见芳草洼是旅游到此的人常去的地方。我想我空空落落的肚子就等着去芳草洼填满了。

路两侧没有农田，它们是一望无际的沼泽地。我没有遇见一只白鹤，只看到几只麻雀低低掠过，它们的叫声使清晨有了丝丝缕缕的生气。

太阳没有起来，可是雾气逐渐起来了。沼泽地由于湿度大，雾气极易生成，因而晨昏时分常常是雾气沼沼的。越向前走雾气越大，渐渐地连眼前的路都看不真切了。我仿佛也成了一片雾，自由地在草间穿梭。我想起了童年在孤儿院时郑妈妈给我们讲过的故事。她说雾气是龙王爷喘出来的气，是仙气，多闻闻这气，人就不会生病。从那以后，只要我赶上有雾的日子，我就一定要在雾中穿行一番。我觉得雾气是很洒脱的，它来无影、去无踪，形态千变万化，妖娆绮丽。你看得见它，以为它是可以触摸的，可当你伸出手来，却什么也抓不住。不似你看见一棵树、一簇花、一带溪流，你在欣赏它们的同时，完全可以用手去感知它们。你触摸了树，树叶也许会给你的手染上一抹绿色；你触摸了花，手就像擦了香脂一样香气浓郁；而你触摸了溪流，满手都会是清凉之气。独有雾气，你触摸了它，手上什么变化都没有，就像轰轰烈烈却没有结果的爱情一样，让人惆怅不已。

白雾簇拥着我，仿佛在推着我向前走。四周静极了，我能听见的，只是自己的呼吸声。在喧闹和嘈杂的环境中，谁能感觉到自己的呼吸呢？而在空旷幽静的地方，呼吸却是最真切的一种存在。我听着自己的呼吸声，知道生命正在勃勃跃动，知道我的眼睛还在留恋这尘世的风景。

浮想联翩地走了不知多久，太阳出来了，雾气逐渐消散，这时我看清了沼泽地的风景。它有大片大片的浸在水中的青草，还有不知名的野花点缀其中。那青草很宽，像兰花的叶子，沉实而阔大。野花以黄色的居多，虽然说零零稀稀的，但望去仍然给人明媚之感。而且，那股弥漫的臭气越来越不明显了，我甚至能够闻到随风而起的阵阵野花的香气。极目远望，可以看见房屋的影子了。

芳草洼是宁静的。我到达的时候，炊烟正缕缕升起。没有风，那炊烟一簇簇地旋升着，像是房屋开给天空的花朵。最先发现我的，不是人，而是鸡、鸭、鹅。鸡和鸭对生人是毫不介意的，它们很随便地看了我一眼，就扭扭摆摆地向别处去了。鹅就不一样了，它耸起脖颈高亢地叫着，对我怒目而视。我觉得它那不依不饶的姿态很有趣，就停下来看它，谁料它叫得愈发凶了，直到把它的主人给叫出来为止。

她三十上下的样子，中等个，偏瘦，瓜子脸，细眯的眼睛看上去给人一种温柔、慵懒的感觉，穿一件水红色短袖衫、一条露着小腿的宽松裤子，趿拉着双塑料拖鞋，头发有些乱，好像还没梳洗的样子。她就像我在途中所见到的野花，美丽、寂寞而又有些随心所欲的样子。

她上上下下地打量了我好久，终于说了一句话："又不是警察，你瞎叫唤个嘛？"她把头朝向鹅，责备着它。

鹅很委屈地叫了几声，扭着头走了。鹅走路是腆着肚子的，看上去很骄傲、很不可一世的样子。

数落过了鹅，她仍然不跟我说话。她歪着脑袋继续打量我，就像看西洋景似的。我见她身后的房屋很破旧，且也没有饭馆的招牌，就想着离开那里，才转过身，就听到她说话了："你到底找谁家啊？"

我转过身说："我想找家饭馆吃点东西。"

她"哦"了一声，说："这地方以前倒是有饭馆，不过现在都关门了，谁还来这里吃东西嘛！"她说话时似乎很中意这个"嘛"字，把它咬得很重，好像这"嘛"字是她嘴里含的一块沉甸甸的金币似的。

我想既然没有饭馆，索性就去哪家食杂店随便买点饼干之类的东西对付一下，于是问她："卖饼干的地方总还是有吧？"

她没有正面回答我的话，而是嘟囔说一个大人，吃个饼干能顶饿吗？见我笑了，她又说："你是外地来这旅游的吧？"

我点了点头。

她说："那你怎么连个背包也没有背，就这么空手来的？"

我说："我住在芦苇湖，背包扔在那里的旅馆了。不过那里的餐馆都不营业了，看旅馆的人告诉我，说芳草洼有饭馆，我就来了。"

"你从芦苇湖走过来，就是为着吃饭？！"她惊异地叫道。她这一叫不要紧，鹅以为我在威胁它的主人，又扭着大屁股"嘎嘎"叫着向我冲来了。

"有你什么事，你玩你的去嘛！"她伸出脚来，冲鹅屁股踢了一脚。鹅缩了一下身子，悲哀地叫着逃走了。这回它跑得很远，大约是不想再为主人瞎操心了。

她的眼睛飞快地转了几下，然后对我说："反正我天天总要吃饭的，你要是不嫌弃家常便饭，就到我家吃。"

"这再好不过了！"我说，"我可以付给你饭钱！"

"我不想收你的饭钱——"她停顿了一刻，然后唇角浮现出小孩子搞了恶作剧的那种坏笑，她说，"我想让你帮我干点农活，我知道你是城里人，没干过什么活儿，可是这活儿简单，一学就会。"我想她是要把我当作打短工的使唤了。本来我是可以拒绝的，但我却没有，一则觉得她是个有趣的人，气质和言谈不像个农村妇女，我有和她交往的欲望；二是我想能在异乡用自己的劳动换来温饱，不也是件很惬意的事情吗？

我答应了她，尾随她进了屋子。那屋子一进去就是灶房，灶膛里的火噼啪燃烧着，从锅盖里冒出一股香味来，给人一种暖洋洋的感觉。灶房的门是向南开的，而连着它的一左一右的两间屋一个开着东门，一个则是西门。她把我让进东屋，然后穿过灶房去了西屋。她走路很特别，腿抬得很高，一蹦一蹦的，仿佛跳着走路，给人一种淘气的感觉，所以她的脚步声听起来是短促有力的。

东屋里没有什么陈设，但是很整洁。床铺上苫的蓝色方格布单看不出一点褶皱，就像刚刚熨过了似的那么平整。窗前的蓝色窗帘也是如此，虽然它被束起在墙角，但你从它无波痕的垂感中看得出它因平整而呈现的舒展。一只立在东墙的桌子虽然看上去油漆斑驳的，但它上面摆着的玻璃杯、暖水瓶、点心盒、茶叶筒、花瓶、镜子都规规矩矩的，很有秩序。且每样物品都不惹尘垢、光可鉴人，足见女主人是个心里不能容忍灰尘的人。屋子的墙壁上没有花里胡哨的挂件，比如一般农家所贴的年画、金元宝的挂件、财神爷喜气洋洋的塑料招贴画、镶满了照片的镜框等等，它一样都没有。它有的，是四围干干净净的墙，虽然不是很白，由于很久没有粉刷现出枯黄的颜色，但还是给人一种分外明净、爽朗的印象。

女主人把饭端到西屋，吆喝我过去吃饭。我穿过灶房走进西屋。一进去，先看见了支在窗前的一张圆形饭桌，桌子周围摆了一圈条形板凳。鸡蛋羹、玉米锅贴热气腾腾地摆在那里，令人馋涎欲滴。正当我落座以后，拿起一个锅贴准备往嘴里填的时候，突然发现对面向北的地方立着一个约莫五六岁左右的小男孩，他站在一张小床旁边，怀抱着一个玩得已经破损不堪的玩具汽车，好奇地望着我。他衣着整洁，有些瘦，一双大眼睛格外有神，看上去漂亮而又安静，就像忽然从哪里冒出来的小精灵似的。我跟他打了声招呼："小朋友，你好！"他不吱声，仍然好奇地望着我，好像我是天外来客似的。他沉静的目光和沉稳的姿态，不知怎的有点使我慌乱，我不知所措，把锅贴拿起又放下，放下又拿起。为了消除尴尬，我对他说："你叫什么？过来和叔叔一起吃饭吧。"他仍是一言不发地望着我，使我更加不自在了。正当我窘得想要离开的时候，女主人端着一碟咸菜进来了。她对我说："这孩子听不见声音，你跟他说话等于白说。"她放下咸菜，打了一个手势，小男孩就把玩具放在床上，慢悠悠地走过来吃饭。也许他不明白妈妈为什么招来一个陌生人吃饭，所以他一直盯着我看，使我觉得浑身不自在。女主人倒是毫不在意，她很自然地吃着东西，并且不断地劝我多吃些，她说看着我实在是太瘦了，让人觉得我从小到大就没有吃饱过饭。

"这孩子怎么会聋呢？"我问。

"他三岁的时候，有一次拉肚子，我就把他带到卫生院去了。卫生院的医生是个老头，他给他开了庆大霉素点滴，过了一周，他不拉肚子了，可是我发现跟他说话的时候，他什么反应也没有，就吓得把他带到县城的医院去看，结果说是用庆大霉素用的，他是聋子了。我当时还不相信，一个小孩打了几天吊针，怎么能说聋就聋了呢？"她放下了筷子，眼圈红了，说，"我不相信这诊断，就带他去了省城，人家也说他是聋了，而且是不能治的聋，我二话没说，又领他去了北京。到了那里，我这才死了心。诊断都是一样的，他永远听不见声音了。"

我也吃不下去东西了，我觉得真不应该在饭桌上提起她伤心的往事。

"咳，有的时候我真后悔，你说哪个小孩不闹毛病啊，拉肚子有什么大不了的，领他打什么吊针嘛！有的时候你对小孩子太精心了，反而容易出事。那些对孩子粗心大意的人，人家的孩子倒是长得小老虎似的壮实！这就像你把花养在盆里，今天怕它干了浇浇水，明天怕它养分不足又给它施施肥，后天怕它不见光，把它又给搬到太阳底下，结果呢，折腾来折腾去，它却死了，可是随便长在野外的花，又没有人管它，你看人家开得倒是火爆、鲜亮！"她感慨地说着，凄楚地笑了一下，那是被生活所捉弄而发出的苦笑。

我问她，有没有起诉卫生院，他们应该对此事负责赔偿。

女人垂下了头，她沉默了一刻，然后抬起头，对我说："快吃饭吧，一会儿你还要下田干活呢！"她避开了我提的问题，似乎有着什么难言之隐。我也就不便再多说什么。吃过饭,她找出一套破旧衣服让我换上。那衣服我穿着显大,直晃荡。她笑了,说:"你一穿这衣裳,我才知道我男人有多高大!"她那自豪的语气令我十分汗颜,觉得自己委琐、渺小、卑微。我觉得脸火辣辣的,似乎被人给打了耳光一样的难受。她也许察觉到了我情绪的变化,叹了一口气,说:"我男人也不过就是个衣裳架子!"如果说我的自尊心刚才还像冰山一样窒息在海底的话,那么她这句话一出,这冰山又浮出了海面,呈现巍峨之势了。她在领我出门的时候嘱咐我,若是有人问我是她家什么人,就说是她的表弟,大学的暑假来乡下玩,别的就不用跟他们多费口舌。

　　她把聋儿留在了家里。我们沿着村边弯曲的小路往田里走着。在过于晴朗的日子里,我觉得太阳就像傻瓜一样,只会笑,满地都洒着它热烈却无内涵的笑影,让人觉得这样的阳光是无所用心的。小路很窄,我们若是并排走,就容易挨得太近,所以就一前一后地走。她提着一壶水走在前面,我跟在其后。她没有扛一件农具,让我不知道下了田该怎样干活。我们碰到的人,还没有碰到的家禽多,一会儿看见猪趴在地上懒洋洋地晒肚皮呢,一会儿又看见鸡不屈不挠地在垃圾堆上刨食;再过一会儿,咿呀叫着的鸭子又出现了,它们晃着身子,给人神气活现的感觉。我们遇见的三个人,见了她都问:"柱子还没回呀?"她就说:"没回。"别人就说:"又不是什么大不了的事,使俩钱,让人先回来嘛!"她不置可否地笑笑,不再说什么。听他们的口气,那个叫柱子的人似乎是摊上了什么麻烦事。

　　芳草洼的田地都集中在北侧,那里地势稍高一些,庄稼不至于被涝着。而其他地方,与我途中所经历的情景一样,是一望无际的沼泽地。沼泽地上若隐若现的水洼看上去就像一块块明亮的镜子在闪闪发光。女人把我带到一片地里,指点我要干的活儿,那就是清除稻田里的稗草。她说稗草长得太厚了,都耽误稻子生长了。我见那稗草像高粱一样,很可爱的样子,就随口说这种草不像是坏草啊。她听了我的话笑了,说:"稗草也真的没那么坏,它的果实还能酿酒呢,我们村里专门有一户人家养稗草,待果实熟了就割了酿酒,拿到城里去卖,比种稻子收入还高呢!"

"那你们也别把稗草拔了,留着它酿酒不是很好吗?"我说这话,是被大片稻田里的稗草吓着了,这还不得拔它个两三天啊。

"那怎么行呢,稗草和稻子不能长在一处。再说了,不是人人都知道酿稗草酒的秘方嘛。"她把水壶放在地上,说是太阳大,一会儿就会害渴的,让我多喝水,小心中了暑。布置完活儿,她就转身回村了。走前她对我说,午饭会给我送过来,让我不必回她家去。

我发了一会儿呆,开始拔稻田里的稗草。刚拔了几棵,汗就下来了。我觉得浑身燥热,太阳实在是过于活泼了。我呼哧呼哧地喘着粗气,心想自己这不是找罪受吗?我盼望着来点云彩束缚一下太阳,因为它实在是闹腾得让人有些头晕眼花。可是偌大的天空一片云彩都没有,它晴朗得给人一种无心无肺的感觉。这种时刻,老吴的话起了关键作用。往往在我们熬夜写会议材料的时候,我都会抱怨说干这一行,甚至不如当个农民来得洒脱。老吴对我的论调嗤之以鼻,他说:"你这是不成熟青年的浪漫主义想法。真要是让你当个农民,你就哭天抹泪了!你以为农民那么好当、那么自由?他也是受气的呀。大热天干活,他得受太阳的气;太涝的时候,他受雨水的气；闹蝗虫的时候，他又得受虫子的气。所以说'文革'一结束，那些当年豪情满怀上山下乡的知识青年，哪个不闹着返城？有本事在那里当陶渊明呀！"我当时对他的话是不以为然的，因为我认为劳动是一种单纯的行为，和它作对的无非是大自然的风霜雨雪，是能够忍受的，而工作所呈现的空虚和乏味，则浸透着人世的苍凉，让人难以承受。

似乎是为了反驳老吴的话似的，我喝了点水，把上衣脱掉，光着膀子，热情洋溢地干了起来。这样一来，立刻就不觉得暑热难当了。稗草在我手里一棵棵地被连根拔起，我的手被它的叶片染绿了，那是一股散发着植物汁液气息的绿，十分惹人喜爱。稻田在我的眼里也变得可人了，它们不时伸出饱满的手来抚弄我一下，似乎是在轻轻地问候我。拔掉的稗草在怀里有了一定数量后，我就把它们抱到稻田尽头扔掉。累了的时候，就坐下来歇息一会儿，这时我是很想吸支烟的，在田野里咀嚼烟草的味道，一定会令人筋骨舒坦。快到中午的时候，我已经喜欢上了这项农活。在干活的时候，我的脑海里就像天空一样的湛蓝、单纯、一尘不染，没有任何的烦恼和不愉快。

太阳升到中天的时候，我饿了。因着畅快的劳动而带来的饥饿是洋溢着喜悦之情的。我几次向村里张望，期待那女人早些把饭送来。

稻田里忽然传来一阵响声，仿佛是风吹过的声音。我转身一看，原来是那个生着一双明净大眼睛的聋儿！他穿着件蓝背心，提着一只篮子，穿过稻田，笑着朝我走来。我迎着他走过去，接过篮子，指了指地，意思是他一定累了，坐下来歇一会儿吧。不料他摇了摇头,然后伸出手来指指篮子,又指指自己的嘴。我明白了,他告诉我篮子里装着吃的东西。我拿开苫在篮子上的白纱布,看见了一只黄色的塑料碗里盛着两个玉米面菜团子,一把洗得干干净净的水灵灵的葱摊开了横在它旁边,看上去像是用翠竹搭成的木排。此外,还有一瓶酱。装酱的瓶子还温着,可以想见这是新炸的酱。此外,我还在篮子里发现了两支用报纸卷成的喇叭形状的烟和一盒火柴,足见这女人的周到、细心和善解人意。

迫不及待地,我拧开酱的瓶盖,抓起一个菜团子,狼吞虎咽地吃了起来。那男孩见我吃相狼狈,忍不住撇着嘴笑了。我指指篮子,示意他可以跟我一起吃。他撩开背心,露出圆鼓鼓的小肚子给我看,意思是他已经吃过了。他的聪明可爱更令人为他的遭遇而痛心。很快,小葱蘸着鸡蛋酱,饭就像落入了陷阱的猛兽一样没了踪影。其实,要是篮子里再有两三个菜团子,我也一样能把它们消灭掉。吃完饭,我就悠闲地点起一支烟,坐在稻田里抽起来。那烟是烟叶碾碎的,很冲,我想这可能是她男人的口味。可惜那孩子什么也听不见,否则我可以问问他,你爸爸去哪里了?

我坐在稻田里,看着指畔的香烟袅袅升起,它那微蓝的色调和舒展的姿态使我想起回龙观夜晚温柔的灯光,对它平添了一股怀念之情。

男孩抓着什么东西从稻田尽头气喘吁吁地跑了过来,他的脸涨得通红,似乎很气愤的样子。到了我身旁,他将两株稻子放到我眼皮底下,"啊——啊——"地叫着,抗议着我。我明白,自己在拔稗草的时候,不小心连带着拔了稻子。男孩瞪着眼睛,握着稻子的手颤抖着。我只能劈手打了自己一耳光,算作自责吧。他大约见我认错了，这才不那么激动，他蹲下身子，小心翼翼地把那两株稻子重新栽上，之后，他捧起那只塑料碗，向低处的沼泽地跑去了。我不知道他这是去干什么，想去追他，但他跑得实在太快了，再说这村子是他熟悉的地方，料必不会出什么事的，也就由着他去了。我猜他可能去水洼里捉蝌蚪，把它们放在碗里，回家去喂鹅。

下午的活儿做得比上午要顺手多了。而且，我特别注意不要错把稻子再拔掉。大约过了一小时左右，男孩回来了。他双手捧着碗，走得小心翼翼的。待他到了近处，我才发现那里竟然盛着发黄的水！那水只剩了小半碗，可以想见他在路上曾经趔趄过，把水晃荡洒了一些。他找到他刚才栽上的那两株稻子，把水均匀地浇在它们身上。之后，他放下碗，抹了抹额上的汗，忽然背过手去，从后面抽出来一枝橘黄色的野花，把它递给我。他一定是因为手里捧着碗，才把花掖在裤腰里的！那花很娇艳，它像闪电一样照亮了我的心。我接过花，眼睛不知不觉地潮湿了。

黄昏时我和那男孩一起离开了稻田。他曾经很起劲地帮我拔了一会儿稗草，后来他困了，就躺在稻田里睡了。他睡着的时候，田里的一种黑壳虫子不时地爬上他的脸，在那上面游走。我怕那虫子有毒，索性守在他身边，帮他捉虫子。所以如果不是因为他睡觉，我的进度可能还更快一些。

灶房的火燃烧着，可女主人却在东屋睡着。她侧着身子，一只手压在耳朵下，另一只则放在乳房那儿。她的衣服打着卷，所以露着肚子，我看见了她的肚脐，泛着深深、圆圆的窝痕，可爱得就像一颗金黄色的樱桃。我们的脚步声并没有使她醒过来，足见她睡得有多香甜了。男孩从我身后奔向他的妈妈，他先是把她的衣裳往下押，使她的肚子不再外露，然后他就用双手摇晃她的身子，把她弄醒。那女人起了身，看见我站在门口，她很不好意思地说："原只想着眯一会儿的，谁知道睡着了。"她一定是想起了锅里正煮着饭，她趿拉上拖鞋，快步奔向灶房，拉开锅盖，一股白炽的哈气像雨前的云彩一样浓烈地升起，同时，一股香味也随之飘起。"哦——"她感慨地叫了一声，庆幸地说，"再挺一会儿就干锅了，你们回来得正是时候。"她抓起抹布，用它垫着手，从锅里取出一个铁盆。她把盆放在锅台上，转身给我打来了洗脸水，她说："快洗洗吧，吃过饭你还要回芦苇湖呢！"

坐在西屋的饭桌前时，见西窗满是夕阳，它们把屋子映照得一派辉煌，使那餐饭洋溢着奶油般的甜香气息。这女人在做饭上是别出心裁的，她把米饭、咸肉和胡萝卜放在一起蒸，菜饭兼顾，形色俱备，食之给人一种妙不可言的感觉。那男孩也很中意这饭，他闷着头，吃得津津有味的。饭毕，一直沉默着的那女人问我，中午她给我卷的烟味道如何？我如实地说那烟有点冲。她笑了，说："那是我男人买的烟叶，他口重，得意那味道。"我就趁机问她男人怎么不在家。她低了一下头，用筷子在桌面上无所用心地画来画去，然后对我说："他给抓起来了。"

"他犯了什么罪？"我问。

"他到沼泽地上打死了三只白鹤，把它们拿到城里去卖，让人给抓住了。"

"不是说这里的白鹤都飞走了吗？"我说。

"别人也都这么说。可是我们家柱子不信。也真是怪呀，他一去寻鹤，鹤就出来了。"说完，她咯咯地笑了起来。

我这才明白，早晨刚到这里时，听到鹅冲着生人叫，她以为家里来了警察。

"得关他多长时间？"我问。

"其实要是肯交钱认罚，他现在应该在家里的。我前天去城里看他，警察说要是放人，就交三千块钱罚款。三千块钱呀，他卖鹤也没得了那些钱嘛！"她停顿了一刻，接着说，"我不同意罚那么多钱，警察就说起码要把他关半个月。说打鹤是犯法的事，不能让他逍遥法外。我想他半个月在外面也挣不到那么多钱，在里面又有人管他吃喝，就把他扔那儿，回来了。"她抿了一下嘴，对我说："我那天把警察给气着了。我说光抓打鹤的人不行，还得把吃这鹤的人给抓起来，他们难道就不犯法吗？我家柱子把鹤卖给了城里的大饭店，去那里吃饭的，哪个是小白丁？不是有钱的大老板，就是公款消费的官员，他们有几个是干净的人嘛！"她义愤填膺地说着。

我并没有太在意她的牢骚，我的注意力集中到了白鹤身上。既然沼泽地的环境如此被污染，芦苇湖的银鱼都灭绝了，大批的白鹤都迁徙走了，为什么还有滞留在这里的鹤？我把这问题提给了女主人，她用肯定的语气说："我们这里的人都说，不走的鹤是因为离不开这里的芳草，这种草只在沼泽地里生长。"

"芳草？"我问，"这草什么样子？它对鹤有那么大的吸引力吗？"

"我也不知道什么样的草是芳草。这一带的老辈人都说，那草很神奇，专长在白鹤出没的沼泽里，这种草无论是人还是动物吃了它，都会得道成仙。"她说。

"鹤本来就是仙嘛。"我说，"它还用得着寻芳草吗？"

"鹤也会病、也会老呀。"她说，"它们也有生离死别的伤心事，它寻到芳草，吃了它，就没有烦恼了。"

我说："谁见过芳草？你们家柱子能找到鹤，他是不是见过芳草？"

"他呀，就是见了也不会认出来的。他是个有眼无珠的人。我听人说，这草看上去和其他的草没什么不一样的，只是它中意了什么人或是动物，它就发出香气，你循着香气去找，就能找到它。"说完，她开始收拾碗筷。在我们聊天的时候，那男孩一直沉静地望着我们，似乎想从我们的口型上猜测谈话的内容。

女主人让我换上了自己的衣服，然后她从仓房里推出一辆旧自行车给我，说："太阳落了，时候也不早了，你要是走回芦苇湖，天就黑透了。反正柱子不在家，这车子在家也是闲着，你骑着走吧。"虽然她没有让我明天继续来干活，但是从她借给我自行车用的举动来看，她是想继续雇用我这个短工的。

回到芦苇湖时，天色已经模糊得看不清周围的景致了。本来我早就应该到的，可是沼泽地上有芳草的传说吸引了我，我在路上停顿了近一个小时，坐在沼泽地里，企图闻到一股独特的香气，结果什么也没感觉到。老刘站在门口迎着我，他一见了我就埋怨，说是我早晨走也不和他打个招呼，说我失踪了一天，他怕我在这里人生地不熟的，再出点什么事。见我推着辆自行车，他就问我从哪里弄来的？我说是芳草洼的一户人家借给我用的。我向他隐瞒了自己干了一天活儿的事情，只是说我已经吃过饭了，现在很累，想回去睡了。

"我看你爱吃银鱼，又给你煎了一盘，等着和你一起吃呢！"他似乎有些失落地说。

我便有些过意不去，把自行车放好，答应陪他一起再吃点。

我们今天没有点蜡烛，他说做的两个菜一个是银鱼，一个是花生米，都可以不使筷子，用手抓着吃就行。我们敞开门，就坐在门口，能够借着微弱的月色模糊地看见对方的脸。老刘如昨晚一样备了白酒，刚喝了一口，他就问我芳草洼的哪户人家借给我自行车的。我如实告诉了他。他笑了，说："原来是聋子家呀。我告诉你，那聋子的妈妈在这一带可是挺有名的！"说完，他笑了。他这一笑，使我明白那女人有点什么故事。果然，老刘告诉我，说那女人可不是个地道的农民，她曾经在省城上过两年大学。她在大学期间，和自己的老师好上了，怀了孕。事情露馅后，她以为那老师最后能为她离婚娶她，可是人家反咬一口，说是这女学生为了毕业后留校，主动勾引的他。她气坏了，流了产之后，花钱雇了两个社会上的小无赖，把那老师给教训了一顿。老刘笑着问我："你能猜出她怎么教训的他吗？"我心里很难受，没有吱声。老刘说："她让人把那老师给捆了，她拿了一把大钳子，把那老师的牙差不多都给拔光了！后来公安局的人问她为什么用这办法伤害老师，她就说那老师所说的爱她的话都是假的，一个说假话的人应该配着假牙才对！乖乖，她也真够厉害的！结果呢，学校就把她给开除了。女人呀，要是走错了一步棋，步步就跟着错下去了。"老刘说："她从省城灰溜溜地回到小县城，又认识了她现在的丈夫。她丈夫虽然是个农民，可是脑筋活泛，最不爱做的事情就是种地。他把芳草洼的地租给别人种，自己在城里打工。就这样，他们认识了。结果呢，一个原来的大学生就落到了芳草洼这个小村子，而且祸不单行，她的小孩打吊瓶还把耳朵给整聋了，你说她这命，是不是赶上黄连苦了？"

"那她可以起诉卫生院嘛,聋儿应该得到赔偿。"我说。

"咳,人要是倒霉,喝口凉水也塞牙。"老刘咂了咂嘴,说,"卫生院的那个老医生,他把人家的孩子给弄聋了,心里愧得慌,就四处打听哪里有能把聋子治好的神医。结果听说湖北有一个老中医用祖传的偏方能治这病,就好心地领着他们一家三口去了那里。谁想到去了湖北小孩的病治得没听见丁点动静,那老医生又出了车祸,截了一条腿回来。你说他的腿还不是因为那小聋孩才丢的嘛,这女人可能就不忍心再跟人家打官司了。唉,这下倒好,一个聋子和一个瘸腿的,弄了俩残疾。"老刘说完,填进嘴里一些吃的东西,吧唧吧唧地嚼着。

我默默地喝了一口酒,想起女主人亲手为我卷的、放在篮子里的两支烟,内心不由得一阵抽搐似的疼痛。

晚风吹拂着,芦苇丛传来沙沙的声响,臭气在微风中舞蹈着,让人对它无可奈何。我望着满天的星星,心想要是能够飞到天上,坐在银河畔把盏望月,那该多么令人销魂啊。那里不会有水质的污染,不会有生活中这些让人烦恼和忧愁的事情。我想若是能够在沼泽地里找到芳草,我食之后能够得道成仙,也许星星的守护者就会是我了。

"芳草洼的人在沼泽地里打到了白鹤。"我对老刘说。

"那可真是神了!"老刘不相信地说,"除非是老得飞不动的鹤才会留下来。"

我怕老刘追问起来,我会暴露在那里干活的事实,于是连忙岔开话题,问他沼泽地里果真有一种芳草吗。

"在我看来,那都是胡编乱造!谁见过长生不老的人?人要是不死，那一定是变成妖怪了！芳草，那不过是人骗自己好好活着的借口！"他斩钉截铁地说。

我不能玷污刚刚树立在心中的有关芳草的神话，因为我看到的现实是流着肮脏恶心的脓血的，所以我宁愿相信神话。在我看来，神话也是一种理想和信仰。我推托自己累了，想早点歇息了。老刘叹了一口气，咳嗽了一声说："随你的便吧！"

我躺在黑暗中，从敞开的窗口听风声。我不知道那唰唰的响声究竟是风摇芦苇的声音呢，还是芦苇摇风的声音？就像我在回龙观，当灯火温柔地弥漫的时候，我分不清究竟是夜晚烘托了灯火呢，还是灯火点燃了黑夜？

回龙观的主人金小龙，被大多数人称作"小金龙"，他在城西是鼎鼎大名的。他只比我大三岁，可却拥有了几千万的资产。据老吴讲，这人中学都没毕业，为了混饭吃，曾经在街头给人擦过皮鞋。后来，他看上了不规范的图书市场，做了书商，专门盗印畅销书，几年就发了。有了一定的资金后，正赶上打击文化市场盗版的风潮，他就金盆洗手，开了一家超市。他开的超市叫"绿色超市"，专门经营绿色食品和用品。如今的人们已经被蔬菜里过量施用的农药和生活日用品的化学成分吓坏了，所以他的超市生意格外红火。在他的超市里，你除了能看到绿色蔬菜和水果之外，还能见到绿色碗筷、绿色香皂、绿色布料、绿色化妆品、绿色玩具等等。在经营超市的时候，他又玩上了股票。他这人不似其他玩股的人，他胃口小，见好就收，所以他炒股是不断进钱的。后来，他玩腻了股票，瞧准了按摩行业的美好前景，就开了一家盲人按摩院，解决了不少残疾人的就业问题，为此他还受过表彰。据说他之所以开回龙观酒馆，是听说那一带原来有家大型的纺织厂，这个厂子后来破产了，年轻的下岗女工比比皆是，他觉得酒馆一旦开起来，她们就是巨大的招牌和广告。果不其然，回龙观一开就火了。

平素，小金龙是很少到超市、按摩院和酒馆的。具体经营的事情他都放手给手下人操作，所以回龙观的主人更像是臭鱼。小金龙用人是很讲究的，他不用那些过于聪明的人，据说他有一个理论，说是聪明的合伙人就是你的灾难。他在爱情上有着英雄般的神话传说。他中学时暗恋一个女生，后来这女生嫁了个负心汉，把她给抛弃了。她精神崩溃了，整日衣冠不整，沿街歌唱。那时小金龙已经是个腰缠万贯的人了，他收留了这个女人，经常把她带在身边，去剧院、去茶馆、去健身房，不在乎别人对他的议论。

我记得那是冬天最冷的一天，下班时天已经黑了，我很想到回龙观喝壶酒暖暖身子。一进门，只见临窗的位子有个肤色白皙、气质高雅的穿黑毛衣的女人，她端端正正地坐着，面前只摆着一听可乐，似乎在等什么人。见我进来，她冲我笑了笑。她的笑容是耐人寻味的，不是明亮的笑，也不是晦涩的笑，更不是挑逗的笑和无所用心的笑，那是一种忧伤而又亲切、安静而又撩人心魄的笑。我迎着她走过去，指着她对面的椅子说："可以坐吗？"她矜持地点了点头。我一坐下来，就发现这女人不太对劲，她先是把面前的可乐推过来让我喝，然后她忽然抓住我的手，情深意切地说："天这么冷，你知道我惦记着你，外面就是再暖和，也没有我的胸脯暖和呀，我知道你会回家的！"说着，她攥紧我的手，很委屈似的号啕大哭起来。正当我不知所措的时候，一个表情有些阴郁、面容清瘦的高个子男人从灶房奔了过来，他不容我辩解，上来就给我一巴掌，把我打得鼻血飞溅。我奋力把手从那女人的手里挣脱出来，抓起那听可乐，朝他的脸砸去！那可乐真是长眼睛，正砸在他的太阳穴上，一下子就把他砸昏了。臭鱼跑了过来，他大声地叫着他的名字，我这才明白那人就是小金龙，而那女人则是他一直爱着的人。小金龙苏醒以后，对我说的唯一一句话是："窗外有的是女人，你为什么要碰我的！"虽然那是我唯一一次见着小金龙，但我被他的爱情所感动了，我甚至觉得他是幸福的，因为他在全心全意地爱一个人。

我第一次真正接触到女人，也是在回龙观。正是这唯一的一次，给我惹了不小的麻烦，以致很长一段时间我都不敢再去回龙观了。这事情还是由司马林秀引起的。我和她接触了半年左右，难免有些耳鬓厮磨的亲昵举动，她对这些并不拒绝。可是当有一个周末的雨夜她在我的住处帮我洗衣服的时候，我被那种温暖的情调所打动了。当时窗子半敞着，细雨淋湿了窗台，录音机里放着一盘轻音乐，司马林秀穿着一件淡绿色的连衣裙，像是一棵夕阳下的垂柳，使我热血沸腾。我抱她上床，想要她。当我脱她衣裳的时候，她突然冷冷地对我说："我不能做结婚后才应该做的事。"我亲吻她，说着这种时刻的男人习惯说的蠢话，诸如我爱她爱得发狂啊，我一生只爱她一人啊等等，希望激起她的欲火。可是她很坚决地把我推开，说："我还没给你洗完衣服呢。"我很沮丧，也很气恼，问她为什么这么古板。不料她很沉静地对我说："我妈说了，跟你怎么接触都行，就是不能那样。"我抢白她："是你跟我谈恋爱呢，还是你妈妈？"她回答说："随你怎么想，我就是不能和你那样。"那时我还天真地认为，她搬出她妈妈来搪塞我，只不过是为了自尊。一个纯洁的女孩子在初次和男人接触时，一定是要寻找一个她所认为的庄严美好时刻的。就在那个夜晚，我把司马林秀送回家里后，打车去了回龙观。说真的，我原只是想找臭鱼聊聊天，松弛一下。也的确，臭鱼跟我讲的一些事情使我发出阵阵笑声。比如他说邓小平逝世的消息传来时，他正在菜市场为酒馆买活鱼，一个商户的小半导体开着，从里面传来哀乐，播音员沉痛宣告邓小平逝世了。他就把满兜的鱼扔在地上，站在那里放声哭了起来。他说他崇拜邓小平，他每次让人打倒每次都能爬起来，实在是个伟人。臭鱼还给我讲了日本的首相参拜靖国神社的消息传来时，他气得要到北京的日本驻中国大使馆去抗议，连火车票都买了，后来被他母亲给拦住了。他母亲说如果你去北京，我就卧轨自杀。臭鱼说人这一辈子就一个娘，就依了母亲的。我问他如果真的进了北京，他怎么个抗议法。臭鱼挥舞着胳膊说："我就让日本大使馆的大使转告他们的首相，你他妈的去靖国神社也不是不行，不过前提是他得先到中国的南京大屠杀的纪念馆，给被鬼子杀害了的中国同胞磕头谢罪！"臭鱼说这一切的时候，表情是活跃的，情绪也是激动的。可是到了夜深的时刻，酒馆的客人越来越多，臭鱼就不得不招呼生意了。我觉得无趣，就结了账出来。雨还在下，酒馆外面的暗娼都穿着雨衣。我打算快走几步，到街口叫一辆出租车。这时忽然有一个女人靠上前来，她什么也没说，只是伸出手来抓住我的手。她抓得那么紧，仿佛我是她的救命稻草。我觉得呼吸急促，就像自己是个贼，被人给当场捉住一样地难堪。我继续向前走，她也继续跟着，她的手是那么的热，那么的粗糙，我感觉自己攥的仿佛是一块火炭。她一直跟到路口，那时人流多了起来，她的手一松，我正庆幸自己可以从容摆脱她，打算尽快叫来一辆出租车的时候，她忽然转到我面前，紧紧地拥抱住我，吻我。雨淅淅沥沥地下着，她的吻那样热烈，那样投入，而且她的舌头是那样的柔软，口腔就像花房一样散发着幽幽香气，我立刻就被俘虏了。先前在司马林秀那里被压抑下去的欲火又像遇到了狂风的残火一样熊熊燃烧起来，我不能自持地跟着她走了。她牵着我的手，依然一言不发。我们经过回龙观，然后她带我走上一条弯弯曲曲的小巷。那条巷子大约是我今生走的最长的一条巷子了，我心急火燎的，可它似乎永远也走不完似的。终于，我们到了她要领我去的地方。由于是夜晚，那里又没有灯火，所以我至今回忆不起来它的具体方位，只知道那是一排低矮的房子中的一间。她把我带进去，熟练地闩上门，脱掉雨衣，然后就像剥笋似的把自己的衣裳一件件地脱掉。而我呢，虽然是初谙此道，但也懂得配合，我也开始脱衣服，只是由于它们被雨水淋湿了，衣服涩在身上，脱起来十分费劲，最后还是在她的帮助下，才得以完成。坦率地讲，我和她在一起的时候是快乐的，她很懂事，自始至终没有饶舌地问我什么，或者是说什么轻浮的挑逗话。她的皮肤并不是很光滑，但质感很强，有弹性，就像家织的土布一样，虽然有些粗糙，但是给人一种服帖、舒适的感觉。当我松开她的时候，对她还有某种依恋。只是我不懂规矩，当我穿好衣服要离开的时候，完全忘了应该付钱给她。她拦我在门口，伸出手来轻轻对我说："钱——"那是她对我说的唯一的一句话，更确切地说是一个字。我恍然大悟，很狼狈地把衣袋里所剩的钱都掏给她，然后逃之夭夭。那个夜晚，我一夜未睡，我一会儿谴责自己是个道德败坏的人，一会儿又找理由安慰自己，这不过是一场游戏而已，何必当真呢！但是有一点是肯定的,我觉得自己对不起司马林秀,想着将来更应该好好待她。所以有的时候男人偶尔风流一次,会更加激起对自己爱人的热情,这也许是一个道貌岸然的伪君子为自己开脱罪责的一种冠冕堂皇的借口吧。

事情本来到此就应该结束了。我不知道她长得什么模样,她也不会辨认出我来。我们就仿佛是浮游在深水中的两条鱼,在相遇的一瞬谁也不注意看谁一眼,互相摆摆尾就游向自己的水域了。可是两天之后,天还没有亮,我忽然听见有人敲门,我迷迷糊糊地起床拉开门,只见昏暗的楼道里站着一个面容憔悴的女人。她长得很普通,没什么特点,穿一条杏黄色的露肩连衣裙,手里拿着一个身份证,冲我很奇怪地看着。我以为她找错人了,正要关门的时候,她忽然狡黠地笑着问我:"您是刘伟同志吗?"我不知道她怎么知道的我的名字,就点了点头。她把手中的身份证放在我眼皮底下晃了一下,我见那竟然是我的证件,而它什么时候遗失的,我竟然一无所知!我以为她只是一个路不拾遗的好心人,就一边说着"谢谢",一边去拿身份证。可是她并没有把证件给我,而是说她渴了,想进屋喝口水。我没有多想,就把她让进屋子。

"你怎么知道我住在这里?你在哪里捡到它的?"我一边给她倒水,一边回头问她。

"身份证上有你的住址,我就找来了。"她说,"我倒了两次公共汽车才到了你这里。"

我把凉白开水递给她,她一口气就喝光了。放下杯子后,她说:"我猜得不错,你真的是个单身汉。"她笑了笑,把身份证放在茶几桌上,垂下头说:"我是在回龙观捡到它的。你也许忘了,前天的雨夜，你跟我——"她停顿的一刻，我已经觉得血液凝固、心脏仿佛停止了跳动！她接着说："你在掏钱的时候，不小心把它给带出来了。"

我的手在颤抖，我不能相信自己曾和这样一个粗俗不堪、毫无气质的女人拥抱在一起！而且那是我的第一次啊！我觉得自己终于为自己的下流和轻浮付出了代价。我许久没有说出一句话来。她见我羞愧满面的样子，就善意地笑笑，说："你放心，我不会问你在哪里工作的。去回龙观的男人，有几个会说自己的真实身份呢！再说了，我感觉你在这方面还是个生手，也许你只是一念之差。"她很同情地看着我，令我无地自容。

正当我考虑怎样才能把她打发走的时候，她突然开始脱衣服，见我目瞪口呆地望着她，她很大方地说，她辛辛苦苦地一大早跑来，不能就这么空手而回，言下之意，我得再和她做一回人肉生意！我连忙从书桌的抽屉里拿出三百块钱扔给她，我求她不要继续脱衣服了，赶快拿着钱走吧！她把钱捻开，数了数，然后冲我笑了笑，说："我看得出你不是个有钱人，这些也就够意思了，谢谢！"她收好钱，又朝我要了一杯水，依然是一口气把它喝光，然后她迈着轻快的步子走了。

那天我很晚才去上班，我悄悄把事情告诉了老吴。老吴教训我说："咱们这种人去那里不过是看看野景，在心里轻松轻松，你还真做去呀，你也不嫌她们脏，万一给你染上点什么病，你划得来吗！"我不知那是老吴在我面前故意表演他是纯洁的呢，还是真正为我的行为感到遗憾。他安慰我，不要胡思乱想，这些女人虽然没有廉耻，但说话基本不会出尔反尔，他让我最近一段时间少去回龙观,时间久了,她自然也就把这事淡忘了。可我仍然提心吊胆的,以至于司马林秀来敲门的时候,我都会吓得两腿发抖。有一次在单位,我们正由于无聊在讲黄段子解闷,分机电话突然响了。小米抢先去接,说是门卫打来的电话,有一个女人在传达室找我,我紧张得呼吸急促,以为那女人找上门来敲诈我了。结果接过电话一听,竟然是幼时与我同在孤儿院的一个叫玲玲的女孩,她出差来到这个城市,抽空来看我。那件事在很长时间里使我寝食不安、焦头烂额。我一看到那个身份证,就像老鼠见了猫一样心慌。无奈之下,我谎称身份证丢失了,去派出所重新申请办理了一个,把那个旧证用剪子铰成一堆碎屑,扔进了垃圾箱里。

几个月相安无事之后,我实在是想念臭鱼,又去回龙观了。结果我没有遇见那个女人,或者是说遇见了也认不出来,因为回龙观门口实在朦胧得看自己的脚都吃力。而那些女人也是隐藏在深深的黑暗中,呈现的只是模糊的影子。

有的时候我会在梦里见到回龙观,那时它不是房屋的影子了,而是一条汪洋中的大船。我觉得涨满了风的船帆就像一只被折断了的天使的翅膀一样,让人触摸它的时候满怀哀伤。

连续四天,我每天清晨骑着自行车去芳草洼,晚上再回到芦苇湖。尽管我故意放慢了干活的速度,那片稻田的稗草还是在不知不觉中被拔光了。此外,我还给白菜地喷了农药。我的脸被太阳晒得很黑,胳膊暴了皮,但是情绪却很饱满。劳动确实能够给人带来快乐。每天中午,依然是那可爱的小男孩给我送饭,篮子里放着她亲手卷的烟。当我小憩一会儿,坐在稻田里的时候,聋儿喜欢捉来各式各样的虫子给我看。对虫子我一样也不认得，叫不出它们的名字，而聋儿看虫子的表情则是丰富多彩的。他看着虫子伸着腿乱蹬，他也跟着手舞足蹈。若是那虫子一派安然，他也安静地望着它。虫子的色彩更是异彩纷呈，有的黑而泛着幽蓝的光泽，有的黄色夹杂着红色，还有的一派翠绿，让人觉得这些虫子顶着一幅幅画在爬行。

田地里的活儿都做完了的那个黄昏，我带着聋儿回家。我有些怅然若失。西边的天际流泻着夕阳的余晖，看上去就像一条金河从头顶穿过。我看见牲畜心满意足地归栏，炊烟像是烟囱祭献给上苍的美女一样袅袅升起。一些农人在自家的门口吆喝牲口或者孩子。聋儿提着送饭的篮子，如今饭没了，里面斜斜地放着一束开得格外灿烂的野花，是我在沼泽地为他妈妈采的。

"是你采的？"女人见了篮子里的花，惊奇地叫了一声。

"喜欢吗？"我问。

她没有回答我，而是笑着取来一只罐头瓶，把花插上去，然后用手指把花枝理得疏朗有致，就像在给花梳头似的。她冲我歪了一下脑袋，指着瓶中的花问我："你看哪一朵最美丽？"

我指了指那朵紫色呈穗状的花朵。

"我也喜欢这朵。"她很怜惜地说，"可惜，这种花有毒。"

我很不好意思，连忙表白自己不认识花，见到好看的就采，请她别介意。说着，我上前去抽这枝花，打算把它扔掉。她抓住了我的手，说："别扔它，有毒的花，它的气味是没毒的，你不吃它是不会受害的。"她这一握我的手，我就像少年一样地红了脸。

晚饭比以往要丰盛些，使我明白它隐含着答谢的意思，我留恋的短工生活就要结束了。

　　饭桌上还备了酒,是那种用塑料袋包装着的白酒,极像医院里使用的点滴用的液体袋。我知道这种酒大都没有规范的出产厂家,很多是由酒精勾兑而成的,它的销路主要在农村。女主人用剪刀小心翼翼地剪开一个小口,把一袋酒分倒在两个茶杯里,一个多些,一个只有小半杯。当酒像泉水一样汩汩流淌的时候,我闻到了一股浓烈的酒气,心想这样的酒跟火苗又有什么区别呢。她把多的那杯酒摆在我面前。

　　"本来想让你尝尝稗子酒的,可是人家今年还没酿呢,去年的都卖光了。"她似乎很有些过意不去地说,"只能让你对付着喝柱子平常喝的酒了。"

　　聋儿大约是饿了,他等不及了,握着筷子先自吃了起来。女人嗔怪地拍了一下他的脑门,责备他没有礼貌。聋儿撇着嘴用筷子指点着两个盛酒的杯子,意思是说你们是要喝酒的,又没有我的份,我当然要早点吃饭了。

　　才喝了一口酒,我就对那女人说,要是还有什么活儿需要我做,尽管说,我喜欢在她家干活。说这话的时候我脸热心跳,感觉自己就像无赖似的。大约我不自然的神情引起了聋儿的注意,他歪着头好奇地看着我。我冲他扮了个鬼脸,他就呵呵地笑了起来。

　　"家里没什么活儿了——"女人说,"我想你大概也该离开芳草洼了。"她一针见血地说:"我从第一天就看出来了,你是个有文化的人,你来这里,兴许是遇见了不痛快的事。干了好几天的活儿了,我想你的心也该敞亮了。"她举起酒杯,和我的杯子碰了一下,说:"祝你愉快!"

"听你的谈吐,你不是个农村人。"说这话的时候,我觉得自己是狡猾的,因为我已经从老刘那里知道了她的遭遇。

"农村人应该什么样子?"她很狡黠地问。

"我形容不出来。"我说。

她帮我夹了一片腊肉放在我的碟子里,笑了笑,说:"你形容不出来,就不该怀疑我不是农民嘛。"说到"嘛"字的时候,她依然把它咬得很重。

正当我不知如何辩解的时候,从院子里传来一阵"橐橐"的声响,那声音越来越近,很快,一个挂着双拐的干瘦老头出现在西屋门口。先前听到的声音,不过是拐杖点地的声音。

他穿着破旧,花白头发,豁着牙,气喘吁吁的,一副落魄相,看上去像个乞丐。聋儿看见了他,就把筷子撇下,惊喜地"啊啊"叫着扑上前去,搂着老头的腰,十分亲昵的样子。

"吃了吗?"女人问。

"吃了。"他摩挲着聋儿的头,叹息着说,"这小混蛋,这么多天不到爷爷家去玩了。你知道吗,爷爷前晚上梦见你能听见声了,蚊子在屋子里闹,你都能顺着声把它给捉到!"

我看着他的残腿,明白他就是老刘所说的出了车祸的卫生院的老医生了。

女人给他搬了一个板凳,他坐上去,把双拐搭在怀里,目光直直地看着我。

"他是我家远房亲戚家的孩子,大学的暑假来这里玩,住在芦苇湖,每天来帮我干点农活。"女人指着我,对那老头说。

我连忙起立,对他说了句"老伯好"。

"芦苇湖景点不是都封了吗？"他哑着嗓子问。

"封是封了，来了人他们还是接待的。"因为屋子光线黯淡，这使我在撒谎的时候比较镇定自如，"我和三位同学都住在芦苇湖。"

"倒也是，送上门的钱他们要是不挣，不就是傻瓜了吗！"老头说完，问那女人，"柱子挨抓真的是因为打到了白鹤？"

"那还有假。"女人说。

"哼，他的枪法跟他使斧子一样有准！"老头气咻咻地说，"这白鹤跟我一样倒霉！"

我愣了一下，为什么老头说白鹤与他一样倒霉呢？难道是柱子用斧子把他的腿给砍残废的？

女人的表情很不自然了，她起身去了灶房，很久没有进来，似乎在回避着什么。老头大约觉得有些失言，他叹息了一声，将双拐夹在腋下，起身走了。聋儿扯着老头的衣角，跟着他走。

"不多坐一会儿了？"女主人在灶房问。

拐杖点地的声音仍然是"橐橐"的，听起来倒像是一个木匠在木头上用凿子修理雕刻着花纹。

"不待了，我腿疼，早点回去躺着。"老头的话语里带着一股情绪。

女主人没有多说什么，老头一走，她就回到了饭桌前。我见她的神情不似先前那般活跃了。但她仍然努力装作很愉快的样子，唤我喝酒。

"这孩子跟这老头很亲嘛。"我说。

"他呀，不知道是这老头把他给弄聋的。老头打他听不见声音后就常来看他，陪他翻绳、给他画小动物看，有时还教他认字，也真够难为他的了。"

我试探着问:"他的腿怎么瘸的?"

"唉,还不是因为这个孩子。他跟着我们陪孩子去武汉看病,出了车祸。"她喝了一大口酒,不知怎的这酒把她给呛着了,她咳嗽起来,脸涨得通红。她的表情使我觉得她是在撒谎。不过我也不想对这事刨根问底。

"这孩子只是聋了,他并不哑,我能听见他有的时候不由自主地发出一些声音。你们应该把他送到城市的聋哑康复学校去做语言训练,这样将来他还会说话。"我建议道。

"那得需要一大笔钱呢,我们付不起。就说领他这几次出去看病借的钱,还有一些没有还完呢。再说,你也看见了,这老医生的腿瘸成这样了,我们也不能一点都不管他吧。"她大约觉得跟一个陌生人谈这一切有些唐突,所以又用轻松的口气说,"就真是有那么一大笔钱,我也不会让他去练习说话的。你说人说话不就是为了交流吗?他自己会说,可他听不见别人怎么说,那多难受啊。再说了,他听不见声音还很快乐,无声的世界能使他心静,甚至能发挥他其他方面的潜能,比如音乐和美术,这也未必是坏事情。"

"何以见得?"我问。

"我看这孩子很喜欢描画东西。他有的时候用笔在纸上画,有的时候用根木棍在地上画。他画的小动物和花草都有他自己的想象,比如长着翅膀的灯和梳着辫子的花瓶,还有长着牙齿的草和流着眼泪的花。我觉得他这方面的天赋不错。还有的时候,我在灶房做饭,听见他随便哼着什么,哼出的调子就像音乐一样,很有旋律感。我就想他要是将来搞不了美术,也说不准是个大音乐家呢。孩子已经这样了，我就把他往好处想，不然还能怎样呢？难道天天愁眉苦脸吗？"

"你的言谈更加使我坚信你不是个农民。"我说。

她没有回答我的话，而是仰起头对我说："你一直在审问我，现在该我问你了，你是什么出身啊？是知识分子家庭，还是农民家庭？"

"我不知道我的出身。"我说，"我是个孤儿。我三个月大的时候，被人给遗弃在南方的一个池塘边。当时，我是被一片大荷叶给包裹着的。池塘的看守人以为谁用荷叶包了吃的东西给他送来了呢，结果打开一看，是个喘气的小家伙在睡觉。躺在荷叶里一定又光滑又清香，我睡得很滋润。"我努力用轻松的口气讲述自己的身世，可是语调还是有些颤抖。

她大约没有料到是这样的回答，半晌没有吱声。只听见她用筷子轻轻敲击着盘子，发出清脆的声响，在这黯淡的气氛中，给人一种深山响流泉的美感。

"我把灯拉开吧？"她用轻柔的语调说，"屋子太暗了。"

"我喜欢这样。"我说，"别开灯，在黑暗中说说话不是很好吗？"

"也好。"她说，"不然蚊子会顺着亮光钻进来。那孩子听不见蚊子的叫声，有时早晨起来脸上让蚊子叮得到处是包。"

我给她讲我幼时在孤儿院的故事；讲我童年时如何梦想到寒冷的地方去，所以报考了北方的一所大学；讲我大学毕业以后所从事着的刻板而乏味的工作。当我要讲到回龙观的时候，灶房传来噼啪噼啪的脚步声，看来是聋儿回来了。我习惯性地停止了话语，女人笑了笑，说："你说你的，他又听不到。他这是跟着老医生到他家耍够了，回来睡觉了。"

"那就把灯给他打开吧？"我说。

"不用。"女人说，"这孩子不喜欢灯光。他自己摸着黑能上床的。再说，这屋子又不是黑得伸手不见五指。"

聋儿的脚步声到东屋去了。

"他这是找我去了。"女人说，"睡觉前，他得让我亲亲他才肯上床。"

脚步声很快又从东屋传到了西屋。聋儿发现了他妈妈，同时也发现了我。他对我还在场大约有些不满，他没有扑到他妈妈的怀里，而是坐在我旁边的板凳上，抓起筷子使劲地敲着碗，似乎是在抗议。

"这小东西。"女人嗔怪地笑着说，"你先到院子站一会儿，我把他安顿好了，把酒端到东屋，我们去那儿接着聊。"

我抚摸了一下聋儿的头，做出跟他道别的样子，然后起身去了院子。

一到了院子，欺生的鹅又叫了起来。我正要走得远一点，免得再引起聋儿的注意，转而一想他什么也听不见，便释然了。鹅叫了十几声后见主人没有出来，大约觉得无趣，索性就闭嘴把我当熟人看待了。院子里的月光和星光毕竟层次高，它们是不欺生的，它们将如水的光辉洒在我身上，而又不发出丝毫的叫声，让人觉得它们是很体贴人的。记得我刚到芦苇湖的时候，月亮还残得厉害，几天之后，它竟然丰满起来了，气色也好看了，活脱脱一个美少女的模样。院子的篱笆前有两棵榆树，它们在月光下投下斑驳的影子。我走到树影下，蹲下来，瞅准了一个形态好看的树叶的影子，正打算伸出手去捉它,不料一阵风乍起,把树影摇得跳来跳去的,感觉它们就像是放在筛子里的一堆稻米,被一双有力的手给筛得四处飞旋。风声、月光以及脚下跳荡的树影使我有一种如在梦中的感觉。我坐下来,期望这流动的树影能够突然变成一块飞毯,将我带走,使我远离尘嚣。

"你进来吧,他睡下了。"女人的声音传来了。那声音在被风所传扬的时候,风把自己嗓音的特色糅了进去,因而我听到的声音不似她在屋子里说话的样子,有些苍凉,又有些颤抖。

东屋里开着灯。不过那是恰到好处的灯光,既不过分明亮让人觉得缺乏情调,又不过于黯淡使人容易想入非非。她把酒和菜摆在了铺着蓝色方格布单的床铺上。她很细心,还在菜肴下面垫了一块透明的塑料布,以防把吃的东西撒在床单上。我们一左一右坐在床铺前,继续聊天。她说她和丈夫都不喜欢下田干活,这在芳草洼是遭人耻笑的。她说做屋子里的活儿她很乐意,一旦在田野里侍弄庄稼,她就头晕眼花。她受不了太毒的日头。所以,她家的地即使种了,也大都是雇人种的。就说稻田里的稗草,早就该拔了,可他丈夫热衷于打鹤,她也不愿意去地里劳动,于是就任由稗草疯狂地生长。"要不是你来了,我就得等他放出来后,逼着他去做了。"她笑着说。

"你很喜欢他?"我说。

她点了点头。

"那是爱情吗?"我鼓足勇气问。

她抬起头意味深长地看了我一眼,然后说:"那天我不是给你讲了芳草的传说了嘛,我想你说的那个东西就是芳草。"她微妙地把

"爱情"用"东西"给替换了。

"你是说那只是个虚幻的东西？"我步步紧逼地问。

"我没说它虚幻。"她垂下头，把双手的指尖相互顶在一起，做出一个屋顶形状，然后对我说，"你在芦苇湖一定听说过我的故事，我从你的话里听出来了。"

"你使钳子的功夫看来不赖。"我跟她开着玩笑，承认了自己听过她的故事。

她很难为情地笑了起来，她说："这就是我，不能委屈自己。我当时要是不那么干，可能就会疯了。"

"大家都同情你，没人说你不好。"我安慰她。

"你马上就要离开芳草洼了，如果我不知道你是一个孤儿，我是不会跟你说这番话的。"她忽然抬起头，热切地望着我说，"人活着其实就是因为有个形容不出来的内心生活，没有这个，生活就显得枯燥无味了。这个内心生活不是柴米油盐，不是通常我们所看到的日子，但它是美好的。"她在说这一切的时候，脸上洋溢着动人的光泽，好像她内心深处的阳光一下子奔涌出来了。她说："其实这多好呀，你过着简单朴素的日子，却没有人能够了解你的内心，你的内心装得下你渴望着的一切东西，心里有了，这还不够吗？"

她的话使我觉得温暖，同时又觉得寒冷。我不知怎的很想哭。有的时候，我一想到自己被遗弃的身世，就有一股说不出的屈辱感。我的血液仿佛是肮脏的，我常常生出想把这些我无法知道来历的血液给放掉的念头。女人大约看出了我的伤感，她对我说："我看你今晚就别走了，天太晚了，月亮又不是很大，路不会太亮堂的。把这点酒喝完后，我就到西屋和孩子一起去睡，你自己在这屋睡。等到天亮了，你起得早的话，就不用和我打招呼，自己回芦苇湖吧。"

她的话语虽然表达了她对我的关心，但也委婉地拒绝了我对她的热情。

"不，我马上就回芦苇湖，我喜欢走夜路。"我故意用玩笑的口吻说，"我一个人经过大片大片的沼泽地，没准能闻到奇异的香气，找到芳草。那样的话，你明天早晨起来后可别忘了看看天，如果看哪一朵云彩眼熟，没准那就是我呢。"

"行啊。"她笑了，"我最怕太阳了，你要是变成了云彩，最好是朵乌云，我一出门，你就过来给我遮阴凉，那时我就能自己去稻田拔稗草了。"

"你常雇用像我这样的短工吗？"我问。

她点了点头，然后补充说："只有你是个有文化的短工，是个高级短工。如果你不是心情不好，你是不会接受我的建议的，我这叫乘人之危。"

"那我就不乘人之危了吧。"我把杯中的酒一饮而尽，然后吃了几口菜，把筷子放下，跟她道别。

她并没有挽留我，而是沉静地放下筷子，送我出门。经过院子的时候，我又看见了榆树的影子，它们密密麻麻，晃来晃去，就像湖底的一群小鱼。

"谢谢你到沼泽地给我采花。"她说，"我每天会给这花剪枝和换水，它就会开得长远些。"

"最好能够开到你们家柱子回来。"我说。

她没有吱声，一直把我送出门口。当我要走向通往芦苇湖的小路时,她突然对我说:"柱子使斧子的事,你别说出去。"

我站住了,我说:"他一定是在武汉时看见孩子治不好,他绝望了,所以就用斧子找老医生撒气。而你怕柱子被抓起来,安抚了老医生,让他守口如瓶,互不追究过失。"我停顿了一下,抚摸了一下她的头发,说:"你撒谎的时候让酒给呛着了,看来是不常撒谎的。"

"我不太喜欢过于聪明的人。"她颤着声说。

"我也是。"我说。

我离开了芳草洼。风很温柔地吹着,我走出村子时,觉得内心一片光明。如果是过去,让我一个人走在荒无人烟的夜路上,我会吓得毛骨悚然。然而现在我却觉得独自夜行是一种极大的享受。我有什么可怕的呢?除了风、泛着隐隐亮光的沼泽地上的水洼,不就是芦苇和遍洒着的星月之光吗?它们哪一样不是可爱的呢?我走得很慢,我在慢慢地啜饮夜晚这杯香醇的美酒。在野外,月亮用不着太大,就能把黑夜给照亮。我觉得脚下的路纤尘不染,洁净得仿佛用银河之水刷洗过似的。我走得轻松而又逍遥,好像是风和月光在推着我走似的。我想起了孤儿院的阿姨教我们唱过的一支童谣,忍不住唱了起来:

  我是乖乖兔宝宝

  红红的眼珠尖尖的耳

  太阳出来了我刷牙

  洗白了牙齿吃萝卜

  星星出来了我睡觉

一睡睡到公鸡叫

　　我是乖乖兔宝宝
　　短短的尾巴三瓣的嘴
　　天热了我躲在树荫下
　　和小虫子捉迷藏
　　下雪了我蹲在火炉旁
　　把火花当作星星数

　　回到芦苇湖的时候,老刘没有像往天一样等着我。我悄悄地走到我住的小房子,把手伸到上衣的口袋掏钥匙的时候,这才发现我穿的衣服肥肥大大的,我忘了把柱子的衣服换下来了。

　　进不了屋,又不便惊醒老刘,我想起了早晨走的时候,我是把窗子打开了的,就想翻窗入室。我绕到房子侧面,见窗口面对湖水,而靠近湖水的墙壁没有任何可供行走的地方,才知道这窗口的设置是多么地巧妙合理,你除非是跳进湖水中才可以游着爬上来。我不会游泳,又不知这湖的深浅,实在不想冒险。而且现在又不是湖水清澈、莲荷飘香的时候,真的葬身湖水的话,还沾染了一身的臭气,实在不怎么美妙。我索性坐下来,等待日出时老刘出来。

　　正当我凝神望着微风起伏的芦苇丛的时候,木质踏板传来了脚步声。脚步声嘎吱嘎吱的,有板有眼,一听就是老刘的。

　　"我以为你睡了呢。"我说,"我特意放轻了脚步,怕把你惊醒。"

　　"哼,我在这儿留守,要是睡得太死的话,金山还不得让人给搬走了?"老刘把一口痰吐在湖水中,问我,"你怎么不回屋睡呢?"

"我把钥匙给弄丢了。"我说。

也许是暗夜中老刘看不清我换了衣服,也许他压根就是个粗心的人,他一点也没怀疑我说的话,反身回去把备用钥匙取来,将门打开,说:"歇着去吧。"

见我仍然坐在原处不动,他就陪我坐了下来,从裤兜里掏出烟,先给我点了一颗,然后又给自己点了一颗。他抽了几口后,说:"我闻到你身上有一股煳味,好像是太阳烤肉皮的那种味。"

我笑了,说:"这几天我可不就是坐在野地里晒太阳了嘛。"

"太阳把你心里的眼泪都晒干了吧?"他说。

我没有回答。

"你第一天来这里的时候,晚上我听见你的哭声了。"他说,"一开始我还以为是白鹤在叫呢。"

我抽着烟,享受着这寂静而美好的夜晚。

"除了你在爱情上受了挫折外,我猜你在工作上也是不痛快的。"老刘说。

"你怎么知道?"我问。

老刘狡黠地笑了笑,说:"下午时我给你往浴缸提水,听见你的手机叫,我就帮你接了。"

我想起来了,昨天晚上我睡不着,就随手打开手机,想查一查有没有谁发过来的短消息,结果看过后忘记把它关掉了。已存的两条短消息都是旧消息,一条是公共消息:

光宇通信公司为感谢广大用户多年来的支持,现六折销售手机,品种多样,型号齐全,请您莫失良机。

还有一条是老吴在一个月前发来的：

单位明天分豆油，别忘了带一只二十斤装的油桶。

我记得那天和司马林秀在一起，我关了手机，老吴只得给我发短消息。

"谁打来的？"我问。

老刘说："我刚接起电话，才说了一句'喂——'，那人就冲我大嚷，他说：'好啊，你跑哪里去了？也不给我打电话，我给你打你又不开机。我告诉你，我惹事了，这一惹事倒好，我不用像你那样给孙子们写狗屁材料了。如果你不想丢了饭碗，你得早点回来，我跟上头撒谎，说你找到了亲生父母的下落，认亲去了！回来你可得帮我把这谎撒圆了。'"老刘的记忆力真不赖，他几乎是把电话的内容倒背如流了。

"这一定是老吴！"我说。

"他不容我说话，只管自己说，说什么回龙观要拆迁了，要是你再不回去，就没机会去那里了。"老刘说，"他说完了，我才告诉他我不是这手机的主人，他就傻眼了，以为我把你绑架了，求我千万别撕票。"老刘笑了，说："我跟他说我不是绑匪。他就问你在什么地方。我想你大概不想让别人知道你在哪儿，就没说得那么准确，只是说在中原一带。"老刘讲完电话的事情，就推心置腹地对我说："我跟你说，你要是干工作不顺心了，我有一招教你。"

"什么高招？"我问。

"其实，我原来在城里的一家大公司给领导开车，后来我让小舅子给害了。"老刘换了一颗烟，猛抽了一口，说，"我小舅子开了家汽车修理部，他常来找我，说是有什么什么车，主人低价卖给他了，他让我从中帮他联络联络，要是能高价把车再卖了，高出来的钱我们对半分。我是开车的，这方面的熟人多，我就四处帮他联络，卖了五台汽车。他说每台都高出了原价三万块，这样我拿到了七万五千块钱，把我给高兴坏了。结果呢，直到有一天他犯了事，我才知道那些车都是他们犯罪团伙抢劫来的。他们抢劫的时候还杀过两个人。事发之后，他把我交代出去，我成了销赃的人。当然，我不了解实情，但是非法卖黑车的事实是成立的。结果，我小舅子被枪毙了，我蹲了一年监狱。出来后，老婆气死了，儿子又下了岗，真是家破人亡啊。我回到公司，领导也跟我反目，不他妈的要我了，我也没声张，回家后就取了两盘录音带放给他听，他一下子就傻眼了。这录音带里有他跟哥们儿做非法生意的谈话，他们一般坐在车上谈，不避讳我，而我呢，知道对这些有钱有权的人要留一手，就暗中录了音。我所做的录音，最妙的是领导泡小姐时的声音，绝对肉麻得让你听了直想吐。"

"你又不在现场，这种录音你怎么做得了呢？"我问。

"嗨，咱在这方面有经验，有的时候他在家呼我，说是公司有应酬，我就得开车过去。领导的老婆在这方面又精又傻，她们一般是亲自下楼目送着丈夫上车，以为他跟司机一起走，又被司机送回来，不会出什么事的。事实呢，一般是车一开出去，领导就做出关心我的样子，说是他谈生意要很晚才回来，他自己也会开车，让我回家歇着，他自己开车回家。而没有一回他不是深更半夜要回家时又呼我,说是他喝了酒,驾车不安全,让我去某某地方接他。其实他这是做戏给他的老婆看的。我知道他每次都是去会情人,而且知道他们一般是开车到野外寻欢作乐。我呢,有一回抓住了一个机会,我下车回家的时候领导憋了尿出去撒,我就装作落了东西回来取,把小录音机放在后排座的沙发垫的空隙里,把它调到录音位置。那盘带子足足可录两个小时,而且录音停止时不会发出声音,绝对不会惊着野鸳鸯的。结果我第二天早晨一听,我的天哪,他们把车开到野外,在车上翻云覆雨的,真够无耻的。"

"你可真有心计。"我说,"我觉得你要是生活在战争年代,完全可以做一个出色的地下工作者。"

老刘笑了,他说:"领导听了录音后问我想要多少钱,我说你看着给吧。除了钱之外,我还要求他给我安排个工作,那时候芦苇湖这里效益好,风景又美,我心灰意冷的,想来这里平静平静,他就想办法给我安排到这里了。"

我想老吴如果有老刘的这套看似比较卑鄙的伎俩,他早该被提拔起来了。

老刘讲完这一切,显得有些疲倦。他说人生是残忍的,人与人的关系就是互相利用和互相挟制,所以要记住掌握别人的短处和要害部分。你所掌握的东西平时在你安居乐业的时候,它就是陪伴你的温顺的小猫,而一旦有人加害于你了,它就会变成无往而不胜的老虎,帮你反戈一击。

我问老刘为什么把这么隐秘的知心话告诉我。

老刘站起身,对我说:"我听打电话的那人说你是个孤儿,我最看不得的就是孤儿落难。"

老刘去睡了，可我却毫无睡意。我坐在湖边，一直到太阳升起才回到房间。

我一直以为那女人会到芦苇湖找我，她至少应该把我的衣服还给我才是啊。一天又一天过去了，没有一个人来到芦苇湖。我每天和老刘在一起喝酒、聊天，但大多的时候我们是沉默着望着微风荡漾的芦苇丛。有的时候芦苇深处有什么响声传来，我们就以为白鹤回来了。但看不到鹤的踪影，再仔细谛听，那不过是旋风搞的鬼而已。

夜晚坐在回龙观临窗的位子上，我有一股说不出的感动。酒馆似乎并没有被即将拆迁的消息所影响，它经营得还是那么有声有色的。臭鱼的肩头仍然搭着一份报纸，神情活跃地招徕客人。他见了我所穿的那套又肥又大的破旧衣服，就问我是不是也想做个跑堂的。而老吴则说我穿着那身衣服就像个修鞋匠。二人转依然热热闹闹地调动着每一个人的情绪，有人在高叫着划拳，有人在吆喝丫头结账，还有的人匆匆到窗外的朦胧灯影里去了。我能看到窗外那些像鬼魂一样飘来荡去的女人的身影。老吴惆怅着说，西郊的改造，吵吵了这么多年，一直没落到实处，这回好，说行动就要行动了。言语之间带着一股对回龙观难以割舍的情怀。我们连干了三杯酒后，老吴开始面目舒展地给我讲他所惹的祸。他说我出走的第三天他得知，这次要提拔的干部规定要在四十岁以下，说是上面有指示，要重用年轻干部。老吴说一听机会又一次丧失了，他彻底绝望了，他就很想搞个恶作剧为自己荒唐的工作做结。我们那可爱的市委书记，他是工人出身，只有初中文化。所以他的秘书特意告诉过我们，写材料要尽量做到深入浅出，不用生僻字，我们都明白，那是怕领导出丑。如果领导讲话前总要跟秘书学生字，那该是多么丢面子的事啊。可是老吴这次抓住了一个书记在欢送离退休老干部会议上讲话的机会，他把那篇稿子写得佶屈聱牙，而且找了种种借口，直到开会前一个小时才把稿子给了书记的秘书。秘书对老吴有着惯常的信任，再加上那并不是什么重要的会议，所以他也没有把稿子再过目一下，直接就交给书记了。

老吴讲到这里的时候忍不住笑了起来，他说："书记大人把'耄耋'读成了'毛至'，把'豁达'念成了'谷达'，把'枭雄'读成了'鸟雄'，把'买椟还珠'读成了'买卖还珠'，哎呀，你能想象那些老干部脸上是什么表情了吧？简直比听马三立的相声还开心呀！"

"所以人家就把你给调到残联去了？"我说。

老吴收敛了笑，他说："我知道领导肯定要给我小鞋穿的，我也不想干这个要使人发疯的工作了，但没想到他这小鞋给我穿得这么快，我以为他总要表现一下气度，秋后再算账。到底是工人出身啊，做事绝不拖泥带水，我也算佩服他！来，再干一个！"

"依我看，你把人家书记的秘书也连累了。"我把酒干了，对老吴说，"书记肯定会因为他的粗心大意而迁怒于他。"

"我他妈的就想连累他！你瞧他那副德行，见了领导低三下四的，见了机关里比他位置低的人就牛烘烘的！"老吴骂道，"不过就是书记的一条狗嘛！"

我和老吴都有些醉了。在这种时刻，当我听着男人们无所顾忌的谈笑，当我听着动感十足的二人转，当我望着窗外那些不知名的女人的身影，尤其是当我看着墙壁悬挂的那一件件农具的时候，我是多么怀念芳草洼的女主人啊。我怀念她给我卷的烟，怀念她跟我聊天时面上丰富的表情，怀念每天中午她打发聋儿提着篮子给我送饭的情景。我不知道她那因为打了白鹤而被抓起来的丈夫出来没有，他会不会像我穿他的衣服一样，把我的衣服也穿在身上？

"唉，有的时候我就想啊，要是当年那个看池塘的人见那荷叶里包着一团肉，把你当乳猪给在火上烤了，我还上哪里找你这样的朋友啊。"老吴叹息了一声说。

"我真希望是那样。"我说。

老吴大约觉得这玩笑容易使人伤感，就调侃自己说："嗨，我混到残联来了，离死也就不远了。你这次去的肯定是个山清水秀的地方，看来在那儿也结交了一个半个朋友，回头你在那里帮我先买块墓地得了，我不能活着窝囊，死了再憋屈自己到上不着天、下不着地的殡仪馆去！"老吴有些眼泪汪汪的了。

"那地方没法埋人。"我说。

"为什么？"老吴问。

"因为它到处都是沼泽地。"我说。

"嘿，沼泽地就什么也不能埋了？"老吴尖着声叫道。

"能埋芳草。"我说。

"什么？"老吴又大声地问了一遍。

"芳草！"我提高了嗓音重复了一遍。

老吴兀自倒了一杯酒，一饮而尽，然后他把空酒杯倒扣在桌上，红着眼睛吼道："别扯淡了！"

2001 年

草　原

我一直梦想着，有一天来到草原上，住在牧民的毡房里，喝奶茶，吃手抓羊肉，听马头琴。

这一天来了。

中秋节临近的时候，领导递给我一份传真，让我去满洲里参加一个东北地区的农机产品技术研讨会。

我来工厂四年了，出差了两次。一次是到北京，正赶上春日的一场沙尘暴，天昏地暗，街上的行人就像出土的兵马俑似的，灰头土脸的；另一次是去哈尔滨，大雪过后，街道因为撒了融雪剂，白雪成了黑雪，肮脏不堪，整座城市似乎散发着一股肠衣腐烂的气味，让人不爽。两次出差，都很无趣。

大约是因噎废食吧，以后又有两次出差的机会，石家庄和长春，我都婉拒了。

我是在沈阳读的大学，所学专业是机械制造。我毕业时，东北那些曾经无比辉煌的大工厂，正像衰朽不堪的老马一样，一匹匹地倒下。我求职困难，尝到了所学无用的苦恼。最后，齐齐哈尔的一家小型拖拉机厂，接纳了我。齐齐哈尔旧名"卜奎"，曾是古"黄金驿站"的起点，濒临嫩江。我的女友在地图上找到齐齐哈尔的时候，就像看到了一个大火坑，惊叫着说："那地方太偏远了，靠近内蒙古了，我不能跟你去，你也不能去！"

我说："那正好呀，我每天中午都可以越过省界，到草原上睡个午觉啊。"

女友果然没有跟我来，而我来了。女友嫁人了，我也娶了一位本地姑娘，她叫曲蔓玲，是个邮递员，我叫她"曲信使"。曲信使呢，她说我做事总是比别人慢半拍，又在拖拉机厂工作，叫我"王拖拉"。

除了开会，领导还交代给我一项任务，去还一笔债。那人是蒙古族牧民，叫阿荣吉，住在巴尔图附近的牧场，养羊。内蒙古的草场好，羊肉鲜美，每逢春节，我们厂子搞福利时，都会从那儿进羊肉。阿荣吉是厂子的老主顾了，每到腊月，他会雇用一辆卡车，载来几十只活羊，把它们卖给厂子后，他会在齐齐哈尔住上一两天，办点年货，然后返回巴尔图。

去年厂子经济效益不好，所以阿荣吉卖的那批羊，没有拿到现钱。他只得了张白条子，声言不再给我们送羊了。可是拖拉机厂的人，如果年关没有提进家门一块来自草原的羊肉，就觉得年没了滋味。所以，上半年我们厂在郑州的一个农机产品展销会上拿到大把订单的时候，厂领导就兴奋地说，今年要让阿荣吉送最肥美的羊！

阿荣吉所在的牧场没有电话，他每次来，要先到巴尔图的女儿家，给厂子打个电话，问需要多少只羊。而我们想跟他联系，也必须通过他女儿。厂领导说，你到巴尔图找到他女儿，就找到阿荣吉了。要是不先把钱还上，他犯了倔脾气，以后真不送羊来了，咱们过年时还不得想羊肉想得生口疮啊？

领导嘱咐我，把这五千多块钱还给阿荣吉的时候，一定要跟他定下来，腊月时要送来五十只羊，让他别吝惜草料，把羊喂肥点，每斤多给他三毛钱。领导还带着歉意说，你开完会，要是当天往回赶，还能赶上节，可是去巴尔图还钱，恐怕就要晚一两天回来了。

我连忙说没关系，能在草原上过一个中秋节，是我的福气。

我不是说客套话。在我眼里，中秋节就像一匹雪青色的骏马，它落脚到草原上，才有神韵。我仿佛已经被它飘逸的鬃毛给拂着脸了，满心的激动。

曲信使去火车站送我时，趁乱用她粗壮的小腿钩住我的腿，说："见到草原的牧羊女，可不能腿软啊。"

我"啊——"了一声，揪着曲信使乌黑油亮的长辫，说："有这条鞭子在，我哪敢腿软啊。"曲信使咯咯笑了。

我乘坐的是齐齐哈尔到牙克石的慢车，为的是看风景。火车是正午出发的，它向着西北方向，像一匹吃足了草的老马，缓缓地行进着。天色湛蓝，没有云，天也就仿佛不存一丝心思，给人爽朗的感觉。沿途可见收获的情景，有的农人在割麦，有的则起着土豆。乡间路上，马车牛车辘辘而过，村落里炊烟袅袅。午后两点，火车到了扎兰屯，这儿已经是内蒙古的地界了，虽然还没有见到我期待的大草原，但牛羊明显多了起来。村路上马车载着的，也多半是干草。从扎兰屯到牙克石，经过的都是小站了，哈拉苏、巴林、雅鲁、博克图等。小车站连缀的路线，大都有妖娆的风景，果然，草原一闪一闪地出现了。虽然那草低矮了些,而且经过一个夏天暑气的煎熬和牛羊的啃啮,有点憔悴,但它看上去是那么的安详柔美。透过车窗,我贪婪地呼吸着草原的气息,这气息是那么的熟悉,清新而温暖,带着股野味,它曾在哪里裹挟过我呢?哦,想起来了,新婚之夜,我从曲信使身上感受过这样的气息。

火车到达终点站时,夕阳正如一颗裂了的石榴,鲜浓欲滴地下坠。我下了火车,找家旅馆住下,到一家小饭馆喝了碗羊杂碎汤,吃了两个刚出炉的椒盐烧饼,然后在街上闲逛了一会儿,回旅馆的公用浴池洗了个澡,给曲信使打了个电话,就睡了。草原小城的夜晚太醇厚了,我有微醺的感觉,睡得很踏实。第二天清晨,我到早点摊喝了碗豆腐脑,搭乘一辆三轮车,先去看了免渡河,然后带着一身清凉之气,奔赴火车站,登上了开往满洲里的列车。

我不喜欢长驱直入草原,在我心中,生活是要有所停顿的,而美恰恰会在停顿的时刻生成,这就是我为什么要在牙克石停留一夜的缘由。果然,牙克石的夜露和免渡河上湿润的晨光,让我的心渐渐泛起了对草原的爱恋。当我路过扎罗木得,看着窗外如墨涌动的羊群,尽情地点染着草原这张柔软的宣纸,终于抑制不住心底的激动,在一张纸上写下了这样的话:

草原啊,你就是我的神甫,当我的心灯因尘世而蒙垢,你总会用清风,拂去尘埃,并用你那碧绿的汁液,为我注满生命的灯油!

满洲里的会期只有三天,第一天报到,第二天正式会议,第三天结束。报到的那天下午,我去了达赉湖。北方的湖泊大都有海的气象,苍苍茫茫,兴凯湖是这样,达赉湖更是这样。站在湖边,翻卷过来的波浪能把你的裤脚打湿。投映在湖水中的白云,就像翻滚在沸水中的饺子,被滔天白浪给搅得团团转。傍晚,我在湖边小食摊吃了新鲜的烤鱼和湖虾,喝了一瓶啤酒,然后心满意足地返回满洲里。满洲里是中俄边境一个较大的口岸,经商的人多,海关每日的过货量大,这儿也就有点国际都市的意味,灯火旺盛,酒吧林立。虽然天凉了,早霜已经出现,但在街头走过的那些俄罗斯女孩,却穿着时髦的吊带衫和短裙,露出雪白修长的大腿,像是一根根白炽的灯管,把黑夜照亮了。游人多,店铺关张得也就晚些,店里经营的多是俄罗斯的皮毛服饰和传统手工艺品。我踅进一家店,给曲信使买了一条杏红色羊毛披肩。

我的故事是离开满洲里之后开始的。

会议一结束,我就乘夜车去海拉尔,打算从那里去巴尔图。火车如果正点到达,是凌晨三点。我盼望着晚点,这样可以在列车上多睡一刻。果然,气喘如牛的慢行列车到达海拉尔站台时,太阳已经冒红了。这是中秋节的黎明,进出站的旅客行色匆匆,他们中的很多人提着月饼盒。我在车站附近的一家私人旅店洗了把脸,吃了碗热气腾腾的馄饨,然后又回到站前广场,搭乘去巴尔图的长途客车。

那是辆中巴车,大概是报废车辆改装的,看上去破烂不堪。这车有二十多个座位,本来说好九点出发,但因为还闲着几个座位,司机迟迟不肯发车,让售票员在广场喊人。那个肥胖的女售票员肿眼泡,哑嗓子,尽管她一遍又一遍地吆喝"巴尔图了——巴尔图了——",可并没有什么人跟她过来。司机不耐烦了,他把手中的香烟摁灭在方向盘上,自言自语着:"妈的,以后得换个水灵的去喊客!"他跳下车,冲那胖女人嚷着:"上来吧,你这破锣嗓子不值钱,喊破了也没用!咱今天得赶回来过节,走吧!"

汽车一颠一颠地出了城。从海拉尔到巴尔图,是一路南行。我拉开车窗,呼吸着呼伦贝尔大草原的气息。每走一段,就可看见羊群。它们有的在草原上安闲地吃草,有的则团团簇簇爬过一带缓坡。天气晴朗极了,让人觉得天离自己很近,所以飘浮在天边的几朵雪白的云,几乎与大地的羊群连为一体,好像老天嫌羊群不够浩荡,要给它增添几只似的。汽车性能太差,一个半小时之内,它竟两次抛锚,司机每次下去修车的时候,总是气鼓鼓地踹它两脚,骂:"懒驴,有一天我发了财,非把你砸个稀烂!"车上的乘客开始发牢骚,说是这车走得比驴还慢,耽搁了时间,要求退一半的票款。司机开始沉得住气,但当汽车第三次抛锚,像无赖似的横在路中央的时候,他终于忍不住了,大吼一声对售票员说:"给他们退票钱,今天背时气,不走了!"

汽车和车主都耍起了脾气,倒霉的就是乘客了,我们只有中途下车。汽车正停在伊敏河牧场,有人告诉我,前方九里,就是红花尔吉。那些要到巴尔图去的人,都候在路边,等候下一辆客车。而要去红花尔吉的,干脆步行,十里八里在他们眼里不是远路。我不知道下一辆去巴尔图的客车何时经过,想想还是先步行到红花尔吉稳妥,听说从那里去巴尔图,车就方便多了。

我还是上大学时有过远足的经历,参加工作后,人整天蛰居在楼房中,脚劲都弱了。能够沿着草原公路步行,让我有冲出樊笼的感觉,我甚至有些感激那辆把我们抛在半路的破车了。

伊敏河流域的牧场是肥沃的,草虽然不很高,但却密实,草色也比别处的看上去要鲜润。我行走的时候,不时听见羊咩咩地叫,我的鼻腔里充溢着草的清香。我得感谢牛羊的嘴巴,它们让草折腰的时候,也把它们体内的芬芳呃了出来,使它们成为空气中最迷人的分子。走了半个小时,一辆客车从身后驶来,它在经过我身边时停了下来,这车是去巴尔图的,先前被抛弃在路边的乘客,都搭上这辆车了。车严重超载,过道被人堵塞了,两人座的插着三人,三人座的则挤了四人。司机问我上不上车,我回绝了。我可不想再搭上一辆危车。

我没有走到红花尔吉,就中途停下了。正午时分,我看见了三座毡房,其中靠近公路的那座毡房飘着炊烟,门前停着两辆运货的卡车,我想那里一定是客店了。对一个饥饿的旅人来说,炊烟就是最动人的消息了。

我走向那座毡房。突然,一条黄狗朝我跑来,它在距我两米左右的地方停下,汪汪叫起来。它叫的时候晃着身子,摇着尾巴,更像是欢迎。随着狗叫,女主人出了毡房。她矮个子,黑红的扁脸,包一块蓝白花的头巾,小眼睛,塌鼻子,厚嘴唇,一望便知是蒙古人。她热情地冲我招了一下手,说:"吃晌饭了!"好像在招呼她的老熟人,我畅快地回答:"吃晌饭!"

毡房里肉香弥漫,三张桌虽然都没坐满,但没有闲着的。有一张桌坐着三个男人,还有一张是两个男人,这些人大概是跑长途的,蓬头垢面,正热火朝天地吃着羊汤面。另一张桌上,是一对青年男女,他们一身休闲装,模样斯文,男的正把筷子规规矩矩地摆在空碗上，女的掩着嘴剔牙，看来已经吃完了。我刚落座，他们就起身付账去了。我要了一碗羊汤面，这温润的食物立刻滋润了我的胃肠，让我筋骨舒坦。吃完面，那几个男人陆续走了，听得见毡房外卡车的引擎轰轰响着，看来他们要上路了。我乏了，很想睡上一刻，便问女主人，这里可以休息吗？女主人说："你要是不过夜的话，别花那个冤枉钱，去草场躺躺不就解乏了吗？要是过夜，就去毡房，一宿三十块！"说完，她又告诉我，那对青年男女从城里跑来，包下一座毡房，就为了今夜看草原上的中秋月。

她的话让我心中一动。是啊，如果我不赶到红花尔吉，就在这儿过中秋，不是很好吗。我对女主人说，我先睡一觉，睡醒了不想走的话，就留下来。留与不留，三十块钱照付。

女主人大约觉得我怪异，她觑着眼看了我半晌，然后引我到门口，指着草原右侧的毡房说："那座空着，门没锁，你去吧。你要是日落前走，不用给钱！要是留在这儿，睡醒了别忘了告诉我晚上吃什么，我好预备着！"

那两座毡房，相距大约百米，这大概就是牧民的客栈了。它们背后，是无边无际的草原。午后的阳光和微风大约觉得草原就是自己的舞台，它们在上面活泼地舞蹈着，草原上光影斑斓。毡房外有两摞风干的牛屎饼，还有一个闲置的辘辘车。我拉开北门，进到里面。这座毡房简单而整洁，东西南各放着一张床，南侧开着一扇小窗。中央是火塘和环绕着它的三个矮凳，床下有脸盆、拖鞋，我择了西侧的床躺下。睡在毡房里，感觉就是睡在一个毛茸茸的大蘑菇里。

我从来没有睡过那么长的午觉，足足有三个小时。我醒来的时候,夕阳已经给草原披上了一件猩红的袈裟。我站在毡房外,痴痴地看着落日。这样的落日我从没见过,红得炫目,带着股刚烈之气,它下坠时不是蔫头蔫脑的,而是蓬蓬勃勃的,一跳一跳的,像是在欢呼着什么,我被这样的落日感动了。正当我心潮激荡的时候,一阵马蹄声从背后响起,很快,一匹马从我身边掠过,没容我看清骑马人的容貌,他们就游鱼般轻灵地进入草原了。那是匹枣红马,很威武,它飘逸的长鬃轻抚着草原,有如一抹斜阳漫过。他们朝着夕阳奔去,离我越来越远。我想他也许是毡房的男主人,这是趁着黄昏,遛马去了。

暮色浓了,黄狗在前,女主人在后,朝我走来了。黄狗已经把我当作熟人了,它到了我跟前,温柔地叫着,用嘴嗅着我的裤脚,团团转。女主人对我说:"看来你是不走了,今儿过节,想吃什么?"

"手抓羊肉和奶茶。"我说。

"俺掌柜的刚宰了一头羊,新鲜着呢,你想吃哪块肉自己去挑!"女人说完,指了指草原说,"有个骑马人你见了没?他今晚也住这儿,跟你一个毡房!"

我这才明白骑马人也是个过路的,独自在毡房过节毕竟冷清了些,我很高兴有个同伴,我对女主人说:"好啊,一会儿他遛马回来,我问他想吃什么,可以一起吃嘛!"

太阳下去了,天色昏蒙了,草色也昏蒙了,骑马人还没有回来,让我疑心他们跟着夕阳一起落到草原下了。如果真是那样的话,一会儿他们也许会随着月亮一起升起来。

这家客店是男主内,女主外。在灶房忙活的是男主人,待人接物的则是女主人。专程来看草原之月的青年男女，他们要了手抓羊肉和清炒白蘑，用托盘盛着，端到毡房去吃了。他们离开的时候，女主人嘱咐着："晚上要是嫌冷，就生点牛屎饼取暖。"不过刚一说完她又说："你们两个人睡，想来也不会冷的。"她笑了，那对青年也笑了。他们的笑让我思念曲信使，我掏出手机，想告诉她，我要在草原上看月亮了。可是刚开机，女主人就撇着嘴对我说："这地方没信号，那玩意儿在这儿只能当噘嘴的骡子。"

客店外响起了马蹄声，看来那人回来了。草原的客店一般都为赶马人预备着马厩，所以一听到响动，女主人便对我说："我得先去拴马，给它饮点水。"

五分钟后，女主人回来了，跟着他进来的就是枣红马的主人了。他看上去五十多岁，中等个，罗圈腿，据说草原上的好骑手，腿都会有些罗圈。他的脸很宽，五官分得又开，加之脸色泛着古铜色的金属光泽，因而看上去很硬朗。他进来后用手搓了搓脸，然后坐在桌前，问女主人："有自酿的蒙古小烧吗？"女主人说："跑长途的司机最爱喝这一口，能没有吗？"那人嘟囔一句："怪不得卡车老是掉沟里呢。"

他的话把我逗笑了，我过去跟他搭讪，说我是和他住一个毡房的，想跟他一起吃晚饭，问他想要什么。他没有客套，说："有手抓羊肉就是节日啊。"

我连忙吩咐女主人："手抓羊肉，清炒白蘑，再来一个凉拌口条。"

那人补充说："手抓羊肉别弄得太烂了，不入口，没嚼头！新鲜的白蘑还是清炖的好，汤汁是奶色的，鲜味打鼻子！"

女主人还没应声，灶房里传来了男主人的声音："真是碰到会吃的主儿了！"

男主人一歪一斜地叼着烟出来了，他瘦极了，是个跛子。他扫了我一眼，然后对那男人说："我打窗户望见了，你那马可真叫漂亮，削竹耳，悬铃眼，油光水滑，一根杂毛都没有，那马鬃飘起来像团火，晃人眼啊。好马都有个名，它叫什么？"

女主人嗔怪道："马都把你跌成瘸子了，你还恋着！"

男主人说："好男人伤在好马上，不屈啊！"

枣红马的主人似乎并不想谈马的事情，他淡淡地说："它叫'天驹'。"

"天驹！好名啊。"男主人抽了一口烟，说，"我年轻时最爱的那匹马叫'青云'，菊花青，我那时好胜，骑着它参加旗里的赛马会，结果出了事。那天下着小雨，草地又湿又滑，青云跑得又急又快，转弯时摔倒了，把我的一条腿压在它身下。我要是不成了跛子，能娶个比她受看的呢！"他用烟头点了一下女主人，笑了。

女主人瞥了男人一眼，说："当年青云要是把你的脑袋压在身下，你娶的就更丑了——地狱里窝憋着的女人，哪一个不是青面獠牙的？"

男主人哈哈笑了，说："你怎么不说我上了天堂，娶的是仙女呢。"

女主人"呸"了一声，说："你哪有那造化！你只配给我当个厨子！"

她的话大约提醒了男主人在家中的角色，他"啊"了一声，说："我得捞手抓羊肉了，要不煮过了！"说完，提着腿赶紧回灶房。

他们满怀爱意的斗嘴让我更加思念曲信使。枣红马的主人大概看出我有些惆怅,问我:"你从哪儿来?"

"齐齐哈尔。"我说,"刚从满洲里开完会。"

"那怎么从这儿往回走?绕路了啊。"他说。

"我要去巴尔图办点事。"我说,"汽车坏在半道上,就在这儿歇脚了。"

他"噢"了一声,垂下头来。

我问他:"你去哪儿?"

"绰尔。"他说。

我们的手抓羊肉好了。它盛在一个青色的搪瓷盆中,冒着热气呢。我对同毡房的人说:"要不咱们也端回去吃?"

"好。"他说。

于是,女主人帮着我们,把酒菜拿到毡房。月亮还没升起来,草原好像让夜这张黑手给抹脏了,乌蒙蒙的。我付了菜钱,那人付了酒钱。女主人收了钱要离开时,那人又掏出五块,说是喝酒缺不了火这个伙伴,他得把柴草钱付了。女主人摆了摆手说:"今儿过节,我正愁没月饼送你们呢,就送点牛屎饼给你们烧吧!"

她的话把我们逗乐了。

那人抱了几个牛屎饼进来,放进火塘,熟练地生起火来。毡房里有马灯,可有了火,就不用点灯了。牛屎饼燃烧得很斯文,不像秸秆和劈柴,着起来轰轰烈烈的,它无声地发出暗红的光。

我们围着火塘开始吃喝了。我吃手抓羊肉的时候,离不开韭菜花、蒜泥等调料,那人呢,只是蘸少许的盐,他说羊肉像我那么个吃法,鲜味都糟践了。他说在家里吃手抓羊肉,他连盐都不蘸,那样更加妙不可言。出门嘛,骑了一天的马,出了一身的汗,要补充点盐了。我便问他从哪里来。他说:"辉河。"说完,便闷头喝酒了。

"我叫王子和。"我说,"我老婆叫我'王拖拉',您呢?"

"阿尔泰。"他说,"我老婆是个哑巴,从没叫过我的名字。她年轻的时候,喜欢用石子叫我。要是石子朝我飞来了,那就是她吆喝我呢。这几年她病倒了,就摇马铃叫我。"

阿尔泰告诉我,他有两个孩子,大的叫朵云,出嫁了;小的叫朵卧,是个男孩,二十岁,跟他放牧。他问我:"你有孩子吗?"

"还没有。"我说。

"得要孩子呀!"阿尔泰说,"一个家要是没有孩子,就像草原上没有牛羊,空落啊。"他放下酒杯,说是要看看他的马,起身出去了。

牛屎饼因为掺杂了煤渣,很经烧,半个小时了,还没有烧透,所以它们的脸看上去半青半红的。火塘边的食物,全都被镀上一层微红的光,白蘑成了黄蘑,杯中的白酒也被映成琥珀色的了。我想月亮大约快出来了,便起身出了毡房。果然,东方已经冒出了一点红。那对青年男女,相拥着站在他们的毡房外面,等待月亮升起。

秋天的草原之夜带着股寒露的气息,我穿着绒衣,还是觉得身上阵阵发凉。想到酒能暖身,便回毡房取酒,等我捧杯出来的时候,月亮已经冒出了一道弯曲的金边,活泼得像是一条游动的金鱼。这条金鱼越游越自在,顷刻间,它变肥了,成了一条大鱼,月亮探出头来了。我朝地上淋了几滴酒,算是祭月了,然后才把酒送入口中。想必这酒被月光勾兑过了,一股说不出的芬芳在肺腑间荡漾。而我祭给月亮的酒呢,大约它也欣享了,那半轮月亮一副微醺的模样,脸颊边抹抹嫣红。

月亮一旦露了头,就像新嫁娘上了花轿,虽然也羞怯着,但却是喜洋洋地出了闺门了。很快,半个月亮变成了大半个,草原上光影浮动,那股阴郁之气全然不见了。月亮升腾的速度比我想象的要快,眼见着它越来越高、越来越圆,终于,它撑不住自己的丰腴了,"腾——"的一声,与大地分离,走上了天路之旅。新生命的降临总是伴随着哭泣,月亮也一样,它脱胎换骨的那一刻,脸颊湿漉漉的。

草原被这盏举世无双的神灯点亮了。我觉得它的气息都变了,有股微甜的味道,看来月光把它身上的寒露驱散了。我觉得身上温暖了,特别想像马儿一样在草原上撒个欢儿,但我又怕踏碎了这大好的月色。正感慨着,背后传来马蹄声,阿尔泰策马过来,吆喝我:"兄弟,带你去草原上遛遛吧!"未等我答应,他已经下马了,身手是那么的敏捷。我连忙把杯中酒干了,将酒杯送回毡房,由他扶着上马。

这马实在剽悍,我的腿跨在它肚腹上,就像一双荡在水面的桨,下面的水是深不可测的。阿尔泰随之跃到马上,在我身后牵住缰绳。他对我说:"你不用害怕,天驹从不欺生,不会把你颠下来的。它快起来像旋风,慢起来就是一辆老爷车。"

我们走向草原了。

站在地上,觉得月亮就是一枚仙女们缝制时光用的金顶针,遥不可及;上了马呢,却觉得它近在咫尺,恍如摆在桌前的一面镜子。天驹一入草原,就朝东方走去,好像想帮着我们,把那银盘似的月亮摘回来,盛手抓羊肉。天驹大概怕自己的蹄子惊着了草的魂儿,微垂着头，走得小心翼翼的。开始时我有些紧张，连头都不敢歪一下，漫步了十几分钟后，我胆子大了，可以放松地看月亮了。

月亮已经把初升的羞红褪去了，它通体金黄，像是被蜜腌了千年万年。阿尔泰对我说，他哥哥曾经说过，月亮里也举行庙会，每月的阴历十五，月圆的日子，庙会就来了，这一天月亮里是最热闹的。阿尔泰轻声对我说："不信你仔细瞧瞧？"

果然，月亮里影影绰绰的，仿佛有树，有河，有桥，有人，有房屋，有车马，有杯盘碗盏，有琴，有风中猎猎舞动的幌子，甚至有笑语和吃喝声，那里真的好像在举行庙会啊。我不由得对阿尔泰的哥哥产生了好奇，问："他是做什么的？"

"喇嘛。"阿尔泰叹息了一声，说，"他走了好多年了，兴许他现在正在月亮里赶着庙会呢。"

我听他的语气有些伤感，就让他催马快走，我想飞驰的速度会像闪电一样，击落他心底的阴云的。阿尔泰勒紧了缰绳，"嘿——"了一声，天驹昂起头，"咴——"地回应了一声，向着前方奔跑起来。先前的草原在我眼里是静谧、安详的，现在它却突然变成一片涨潮的海了，我眼前的月光化作了涌动的波浪，层层地向我涌来，拍打着我，那么的湿润，那么的温柔，我落泪了。什么叫"喜极而泣"？我懂了。阿尔泰大约听见我的哭声了，他松了缰绳，天驹慢了下来。它真是匹好马啊，这通奔跑，并没让它气促，我只是觉得夹着它肚腹的双腿热燎燎的，好像它也刚喝了一顿烈酒。

天驹停下来，月光却没有停下来，它们仍然在草原上流转着。阿尔泰跳下来，像对待一个孩童似的，将我抱下马。天驹将头偏向我，大约想看看，刚才是谁在它身上洒泪。我这才看清，它的眉心处有道白,像是一湾水,明亮活泼。我伸手抚摸了它一下,它动着四蹄,感恩似的叫了两声。阿尔泰让我先回毡房,他要将马牵回马厩。

牛屎饼烧成了一汪红,我把盛着手抓羊肉的托盘放到火上。很快,羊肉就吱吱叫了,蹿出香气。待阿尔泰返回,我已将酒菜都热了一遍。

我们继续吃喝。经过月光的沐浴,我的脾胃温和了,对辛辣的调料不那么依赖了,我也能仅仅蘸一点点盐,就品尝出手抓羊肉的鲜美了。我们干了一杯酒,为月亮,为草原,为天驹,为毡房的这个夜晚。

我感动地对阿尔泰说:"这是我过的最美的中秋节了。"

阿尔泰说:"要是在我们家过,你会觉得更好。辉河的湿地太美了!那儿的草好,水好。到了春天,蓑羽鹤、白天鹅、灰背鸥都飞回来了,鸟儿在水草中扑棱着,你的心啊,跟喝了酒似的,醉了!"

"那你过节怎么不和家人在一起?你骑马去绰尔有急事?"我问。

他叹息了一声,说:"我跟人约好了,这是去卖马啊。"

阿尔泰的故事,就从马开始讲起了。

我们家原来在乌拉盖,我和哥哥都出生在那里。我父母是牧马人,他们很相爱。我哥哥十三岁、我八岁的那年初冬,母亲赶着马群过乌拉盖河,河水结了冰,但没有冻实,母亲走到河心时,冰裂了,她掉进冰窟窿,淹死了。从那以后,父亲就变了个人似的,他酗酒,脾气暴躁,喝多了不是鞭打马,就是打我们兄弟。媒人给他介绍女人,他连看也不看,只是说"我就喜欢掉进冰窟窿里的那个啊"，说完就哭，所以没有哪个女人愿意进我们家。我和哥哥破衣烂衫的，跟叫花子一样。那时我们最怕的就是过年，父亲会抱着酒壶，带着母亲活着时爱吃的东西，跑到她的坟上，跟她一起守岁。我和哥哥就得去坟地把他找回来。有一年春节，我们把他找回来后，半夜他又出去了。等我们一觉醒来，发现他不在，去坟地找，他已冻僵了。他落下残疾，冻掉了两只脚，从此后只能待在毡房里了。他的精神变得不正常了，不是哈哈大笑，就是呜呜痛哭。有时一顿能吃掉一个羊头，有时三天也不喝一口水。父亲成了这样了，家就得靠哥哥了。有一年春天，牧区的马得了传染病，眼看着马一匹匹倒下，哥哥哭着拉着我的手说："阿尔泰，母亲说死就死了，父亲说疯就疯了，马说瘟就瘟了，人间的苦太多了，我不想受这样的苦啊！"他的话使我疑心他要自杀，我吓哭了。我不知道，那时他已做了出家的打算了。母亲去世五年后，父亲死了。有一天深夜，父亲从毡房爬出来，用一条绳子，一端系在自己的脖子上，一端拴在马身上。他用鞭子狠狠地抽马，马拖着他跑起来，把他活活勒死了！虽然马是无辜的，但从那以后，我见着马，说不出地憎恨啊！

　　阿尔泰说到这里，有点哽咽，他出了毡房，取了两个牛屎饼，把它们添到火塘里，跟我对饮了几口，心境平复了，接着讲他的故事。

　　父亲去世后，我和哥哥离开乌拉盖，到阿尔山投奔伯父去了。伯父原来在根河一带做皮货商，专收山林里的鄂伦春和鄂温克人猎获的皮毛：貂皮、鹿皮、狐狸皮、灰鼠皮、狍皮等等，所以他的家底子殷实。伯父在阿尔山开了家客店，我和哥哥去了以后，就在店里当伙计。哥哥下厨，我管理马厩。这样，我跟马又打上了交道。马很怪，它的脾性往往跟主人相随。只要你看到来的客人一脸横肉、吆五喝六、挑肥拣瘦的，那他的马也难伺候，你得小心对待着，别让它一蹄子给踢着；要是来的客人满面温顺、话语谦和、粗茶淡饭都不计较，那他的马也是温驯的，你不拴它，它也不会溜了。我那时十来岁，父亲的死对我的刺激太深了，所以无论好马坏马，我同等对待，把它们牢牢拴着，用草棍捅它们的屁眼，要不就捏一粒盐塞进马的眼睛里，让它们哗哗流泪。马被我折磨得乱跳时，我心里痛快极了。我的恶习，终于被哥哥发现了。有一天晚上，客人要吃烤全羊，伯父拖了一只活羊在灶房前宰杀，哥哥听不得羊临死的叫声，更闻不得血腥味，就躲到马厩来，正好撞见我把捉来的蚂蚁往马的鼻孔里塞呢。哥哥见了，打了我一巴掌，说："阿尔泰，你这样干，是给自己积攒罪孽啊。"我说："我想妈，也想爸，我恨马，我们为什么要靠它们活着呢？"我哭了，哥哥也哭了，他边哭边说："马一辈子让人骑着，挨着鞭子；羊一长肥了，就得被人宰了吃肉了，阿尔泰，它们比人可怜啊。"

　　第二天早晨，哥哥不见了。伯父骑着马，把阿尔山的每一条街道每一座房屋都寻遍了，也没能找到他。

　　哥哥失踪的那几年，只要客店来了人，伯父就跟他们打听哥哥。那时我已经去牧区小学上学，伯父说将来不管干什么，总要识点字。我早过了上学的年龄，学习在我眼里是个苦差，不如在马厩有趣，所以只混了两年，学了没几篓字，又回到客店。那时很多地方在闹饥荒，吃不饱的人多了。客店的生意越来越难做了，南来北往的人大都面黄肌瘦的，马都成了公家的，不让私养了，伯父一天到晚唉声叹气的。忽然有一天，客店来了一个老主顾，他跟伯父说，春天的时候，他到阿穆古郎的甘珠尔庙去赶庙会，在大殿见到一个年轻的喇嘛正在给佛龛添灯油，从侧面看很像哥哥。他当时正跪着磕头，想着起来后一定跟这个喇嘛说说话，套问一下他的来处。可等他起身后，喇嘛已不见了。伯父听了房客的话后，一拍大腿，说："这人失踪了好几年，活不见人，死不见尸的，我当初怎么就没想到他出家了呢？他要真当了喇嘛，也是我们家的造化啊。"伯父当即打点行装，领着我去阿穆古郎。第二天晚上，我们到了那里。山门已经关了，我们找了家客店住下。第二天一早，伯父带着我直奔寺庙。

甘珠尔庙是座古庙，有一百多年的历史了，它还有个名字，叫"寿宁寺"，是乾隆皇帝赐的名呢。这庙建得跟宫殿似的，很漂亮。伯父嘱咐我，一会儿见了开门的喇嘛，要低下头，以示尊敬。进了庙里不能踩门槛，不能大声说话，更不要吐痰，说佛门是清净之地。

我们没有料到，打开朱红山门的正是哥哥！剃度后的他看上去清瘦了许多，他穿着僧衣，原来眉宇间的愁云不见了，面色红润，目光平和。伯父见了他先是愣了一下，然后突然"扑通——"一声跪在哥哥面前，说："这下我死了有脸见你爸爸去了。"哥哥早已不叫原来的名字了，他给自己起了个法名，叫"尘安"。哥哥看着我们，既不悲，也不喜，他扶起伯父，请我们去了斋堂。吃过斋后，他领我们在寺里逛了逛。我还记得，那是夏天，蚊子很多。蚊子落在我脸上时，我就"啪——"的一下将它拍死。而哥哥呢，他只是用手轻轻把蚊子拂去。我知道，我和哥哥之间已经隔着一条大河，我在这岸，他在那岸了。伯父问哥哥吃斋吃得惯吗，在寺庙里辛苦不辛苦？哥哥说，吃斋饭就像久病初起的人呼吸了一口新鲜口气，那种甘甜是说不出来的。在寺庙里，无论做什么都有兴味，怎么会觉得辛苦呢？他叫我们不要再惦念他了，赶快回阿尔山吧，说完，给我的手腕戴上一串菩提珠，就去大殿念经去了。我到底年少些，一见哥哥撇下我们说走就走了，就哭了。伯父对我说："阿尔泰，不许哭，出家人都是有慧根的，你哥哥造化比你大，你要是哭，就为自己哭，为你哥哥，你该笑啊。"可我哪笑得出来呢？回阿尔山的路上，我看着什么都觉得没意思，绿草在我眼里成了枯草，远方的辘辘车在我眼里就是游动的毒蛇，每看到一条河，我都觉得河里流动的是尿水，想吐。我难过啊，我没了父母，就这么一个哥哥，他还出家了，我怎么就这么命苦呢？

"从那以后你就再没有见过哥哥？"我急切地问。阿尔泰叹了一口气，拨了拨火，吃了两口白蘑，把故事推向了高潮。

我不是说了吗，那些年闹饥荒。从甘珠尔庙回到阿尔山后，一到吃不饱的时候，我就想去哥哥那里。我十七岁的那年，是六月份，我把一张字条留在马厩，告诉伯父我已是大人了，要离开阿尔山了，请他不要出去寻我。我搭了一辆过路车，去找哥哥了。我不知道，喇嘛到了夏天，会"云游"。我去的时候，哥哥恰好去西北的寺庙了。寺庙的住持听说我是尘安的弟弟，就收留了我。寺庙周围开垦了一块地，喇嘛吃的菜，多半是自己种的。我每天在田里干活，挑水浇地，除杂草，捉害虫，菜地被我侍弄得很好。夏末哥哥云游归来，先是给伯父写了封信，告知了我的下落，然后把我介绍给一个姓胡的汉族人，他是个居士，在阿穆古郎做中医，哥哥让我跟他学医，说是做医生能为人解除病苦，行善积德。我在那里干了两年，就受不了了。我不喜欢闻汤药味，辨别不清山上的那些药材。针灸在我眼里比在戈壁掘井还难，把脉呢，跟探宝一样，哪把握得准呢。

我没有跟哥哥告别，就逃离了阿穆古郎，到辉河来了。毕竟是牧马人的后代啊，我本能地又干上了这一行。辉河的牧场很肥沃，马长得壮。我所在的牧场是旗里最好的，那里的人对我很好。我喜欢放马。夏天的晚上，我们会把马群赶到用柳条栅栏做的"围子"里。围子设在草原的高处，通风好，马群不容易受蚊虫叮咬，暴雨来了也不会受气。我们在围子边燃起一团火，这样狼就不敢来侵犯马了。吃过饭后，放马人喜欢唱歌，他们唱的不是酒歌就是情歌，这两种歌听了都让人醉。我在辉河待了三年后，觉得恋它恋得很，这辈子离不开这地方了，就想探望一下亲人，把我的想法告诉他们。我先到了甘珠尔庙看哥哥，然后从那里回到阿尔山看望伯父。伯父能原谅当年哥哥的不辞而别，在他看来那是一场壮举，可是对我的突然离去，他不能理解，他拍着桌子冲我吼："阿尔泰，伯父虐待你了吗？！"我对伯父说："我跟哥哥一样，找到了自己想待一辈子的地方，伯父该为我高兴啊。"他听了这话后，跑到马厩哭了一场，算是还认我这个侄子。我最后到的地方是乌拉盖，我去父母的坟上磕了头。走了这一圈后，回到辉河我的心就踏实了。

我总以为哥哥最后的归宿是甘珠尔庙，他应该在那里圆寂，没有想到，好端端的古庙，在"文革"中竟被毁掉了！哥哥没了栖身的地方，被迫还了俗。他还俗后依然吃素、念经，就是不穿僧衣了。他跟着那个胡居士在阿穆古郎学起了中医。哥哥对中医心有灵犀，一学就通。每年夏天，我会把他接到辉河来住一段日子。牧民在草原上生活，风吹雨淋的，多半有风湿病，哥哥来了之后，就会为那些患病的人针灸和拔火罐，然后采了草药捣成泥，糊到患处。他的这套医法很管用，治好了很多人的病。每年春天，草原的野花开了的时候，牧民就会说，尘安快来了吧。大家把他当作了自己的亲人。哥哥不吃荤，牧民们就给他用新磨的小麦粉做烤饼，还给他做豆腐，采集新鲜的野菜嫩芽做腌菜，生怕他身体亏着了。那时我已过了结婚的年龄了，可是家中这一桩桩突来的变故，让我觉得人生无常，所以尽管也有好姑娘看上我，可我没有成家的打算。哥哥一来，牧民就爱对他说，尘安，说说阿尔泰，他该有个窝了！哥哥只是笑笑，并不劝我。在他眼里，世上的一切皆是"缘"，机缘不到，强求不得。可是随着年龄越来越大，我也觉得毡房里该有个知冷知热的人了。我看上了两个姑娘，一个长得一般，但她嗓子好，她唱起歌来，能把鸟儿引来。她性子泼辣，马骑得比男人还好，酒量和饭量都大，她常给我送吃的。还有一个长得俊俏，但她是个哑巴，比我大两岁。她性格温顺，能吃苦，手巧，她偷着给我织过羊毛袜子。可就是因为哑，没人娶她。现在我不说你也明白了，我把那个哑巴迎进毡房了。我拿不定主意的时候，去问哥哥，他对我说，那个爱唱歌的姑娘好嫁人，可那个哑巴，你要是不娶她，她会一天天老下去，枯萎了。他这一说，让我觉得如果不娶哑巴，就是犯了天大的罪孽！我娶哑巴的时候，爱唱歌的姑娘还在我的婚礼上为我们唱喜歌，她的歌声虽然美，但听起来有点凄凉的味道。我知道她难过，而我也喜欢她呀。看来人生是没有两全其美的事情啊。

我和老婆过得很恩爱，我们生了俩孩子，儿女双全了。可是好日子不禁过，它们就像草原雨后的彩虹，虽然美，可是一眨眼，就不见了。朵卧两岁时,我哥哥去世了。他是为救一只蓑羽鹤死的。有年夏天,哥哥到草原来,一天傍晚,他出去散步,发现一只受伤的蓑羽鹤在河水中扑腾,要沉下去的样子,他就跳到河中去救。那年雨水大,水流急,哥哥不会水,他被急流给卷走了。草原的牧民,都喜欢哥哥,我们把他葬在河边的草地上了。

朵云朵卧一天天长大了,我们却是一天天变老了。前些年牧场可以承包了,我就包了一片,放马养羊。这行当其实也是靠天吃饭,有一年,我们的羊染上了瘟疫,死了多半,把家底赔掉了。朵卧跟我一样喜欢放马,他嗓子好,爱唱歌。他跟着牧人,学了很多民歌,还会拉马头琴。他跟我小时候一样,不爱上学,初中毕业后,就跟着我放牧了。我老婆最高兴的事情,就是坐在毡房里,喝着奶茶听朵卧拉琴、唱歌。凡是听过朵卧歌声的人,都说这小伙子在草原上可惜了,应该把他送到城里去,让搞音乐的人好好带带他,他能唱红全中国!前两年,电视上不是搞青年歌手大赛吗,我们那儿的人看了,都跟我说,阿尔泰,你该让朵卧去北京唱啊,他站在舞台上,只要一张口,咱草原的白云、清风、奶茶味,就跟着飘过去了!我想也是,我问朵卧,愿不愿意去北京唱歌?朵卧说,他没上过舞台,灯光一打,可能会害怕。我说,草原这么大的舞台,太阳和月亮这么大盏的灯,你都不怕,还怕人造的?朵卧被我这一将,说,那我就去试试。于是我就找旗文化局的人问这事,怎么个报名。一打听,还挺麻烦的,要层层选拔,先得在旗里唱,然后再去自治区唱,这两关都过了,才能上北京。而且,参赛报名要花钱,做演出服要花钱,这些钱,都得自己出。我老婆几年前得了怪病,钱都花空了。有天晚上,月亮好,她出去解手,很长时间没回来。我着急，出去找，发现她昏倒在毡房外的草地上。我把她抱回来后，她醒了。她跟我比画着，说是撞见了一个在草地上发光的东西，她凑过去看时，那东西突然飞了起来，把她给吓昏了。出事后，她躺着没事，一站起来，那就等于要她的命了，晕得直吐。我们牧区的人都说，她是撞上了飞碟，外星人把她的骨头给弄软了。这几年，我背着她去了好几个大城市的医院，都说她身体没毛病，说是脑神经出了问题。我就对她说，你没病，不过想像小孩子一样耍赖，不愿起床，那就给我好生躺着吧，我养活你！她听了直笑。我给她的枕头旁放了个马铃，要是有事情，她就摇铃叫我。朵卧要去北京唱歌的事，我跟她说了，她很高兴。可是我们差在钱上，她就让我卖天驹。我家的马，就这匹最值钱。去年，从绰尔来了个贩马的，他在牧区看了个遍，就相中了天驹。说是有个做大买卖的人喜欢马，不惜花大价钱收好马。他当时给我出的价是八千，我没舍得。我出去放牧，最爱骑的就是它啊。它看护羊群最有经验，它远远一望，就知道哪片是草质差的夏牧场，哪片又是优质的冬牧场，知道把羊群带到哪里。它对天气也通晓，暴风雪来临前，它就会阻止我把羊群往远处和低洼处赶。你不是牧民不知道，得到匹好马，就跟娶了个好媳妇一样，让人受用啊。可是为了朵卧，我得卖天驹了，别的马卖不上价钱啊。我给绰尔的马贩子打了个电话，他一听说我要卖天驹，特别高兴，不过他说这马又长了一岁，牙口如不如从前好他不知道，他会买，但要看了它以后再定价，说是不管怎么着，也不会低于五千块的，让我尽快把马带到绰尔。我对马贩子说，中秋节一过，阴历十六我就能把天驹送到。兄弟啊，我实话跟你说吧，我为什么选这个日子？我知道天驹身体的秘密啊，一到月圆的日子，它就兴奋，我择这个日子卖它，就是想让马贩子看它精精神神的，肯出个好价钱啊。刚才你也见了，它在月亮下就不是一般的马了。它就是地上的灯，明得晃人眼啊。现在你要是由着它的性子跑，它都能跑到月亮里去啊。

阿尔泰讲完了故事，借着幽幽的火光，我发现他的眼里闪烁着泪花。我给他斟了一杯酒，他颤抖着接过，一饮而尽，说："朵卧跟我说了，他明年要是在北京唱红了，有了钱，他就去绰尔，再把天驹买回来。别看他是大小伙子了，心思有时跟小孩子一样呢！他以为天驹去的是当铺，想抵就抵，想赎就赎，这小子啊！"阿尔泰笑了，他的笑是颤抖的。我轻声问他："那个爱唱歌的姑娘后来怎么样了？你们还有联系吗？"阿尔泰似乎不愿意过多地透露给我关于她的消息，只是敷衍着说："女人嘛，最后总得嫁人啊。"

我放下酒杯，跟阿尔泰说要出去小解，出了毡房。月亮正在中天，如果说夜空是座王冠的话，那么月亮就是王冠上的一颗明珠。我站在飞舞着月光的草原上，把兜中的钱摸出来。信封袋里装着即将还给阿荣吉的欠款，共计五千二百三十六元，我把零头抽出来，又从自己带的钱中点出八百，塞进信封，凑足六千，回到毡房。我把那个信封口袋递给阿尔泰，说："这是六千块，你拿去给朵卧用吧，天驹就不要卖了。将来你有了钱，可以还我。就是不还，能让天驹留在你身边看护羊群，能让朵卧去参赛，我也觉得值了！"

我以为阿尔泰要么会自尊地拒绝，要么会感激涕零地接受，然而他只是平静地接过那个口袋，掂了掂，又递给我，说："兄弟，把你的地址留在这上面吧。"

我掏出笔，凑近火塘，把单位地址写在信封口袋的背面，交给他。阿尔泰把它揣在怀里，对我说："乏了吧，早点歇着吧，明天你不是还要到巴尔图去吗。"说完，转身出去了。我听见毡房外传来哗哗的水声，他在解手。这泡尿很长，好像他憋了很久。我有些怅然若失，因为刚才把钱交给阿尔泰时，他没有丝毫的激动。这就仿佛是看一出戏，高潮没有出现，就平淡地结束了。我确实累了，躺倒睡了。夜里我被扰醒了两次，一次是阿尔泰帮我盖毯子，他那有力的大手像铁一样碰疼了我的肩膀；还有就是凌晨时，我被毡房顶上一阵扑棱棱的声音扰醒，阿尔泰也醒了，他嘟囔道："哪只鹰起得这么早啊。"

我和阿尔泰起床时太阳已经出来了，毡房里洋溢着一股牛屎饼燃烧后留下的气味，我们一起去吃了早饭。当我要结算食宿费时，被阿尔泰抢先了一步。客店的女主人说好了不收牛屎饼钱的，可她现在却沉下脸，非要收十块钱。阿尔泰没有跟她计较，和颜悦色地把钱交了。我跟阿尔泰去牵马时，男主人打着晃儿跟到马厩。他不好意思地说，他太喜欢天驹了，为了闻闻好马身上的体味，昨夜他睡在马厩里。他说："我老婆这人有个说道，平常你不理睬她没事，但凡年节的，你得搂着她睡。这大八月十五的，我守着马来了，她恨天驹，就怪罪它的主人了，这才收牛屎饼钱。她原本不是个小气的人啊。"男主人说着，从兜里掏出十块钱，递给阿尔泰。阿尔泰打趣道："兄弟你留着吧，要是她发现你兜里少了十块钱，还不得让你天天睡马房啊。"我们三个男人一起笑起来。

我和阿尔泰牵着马来到公路边。阿尔泰说，他要等我搭上了去巴尔图的车后，才走。他从挂在马鞍的羊皮袋中取出一样用黄色丝绒布包裹的东西，慢慢地展开来，一只细腻光洁、花色斑斓的海螺号现身了——它看上就像一个大大的惊叹号！阿尔泰说，这是他哥哥留下的诵经的法器，蒙古人称它为"冬"。这个"冬"来自甘珠尔庙，他哥哥生前一直带在身边。阿尔泰说："出自古庙的法器，能给人带来吉祥，你收下吧！"这礼物我很喜欢，但我知道它对阿尔泰来说是多么的重要，一再推辞。阿尔泰急了，他说："你不收下'冬'，就是让我卖天驹啊。"我只得把海螺号小心翼翼地接过来，放入背囊。

我们截到了两辆运货的卡车，一辆是到柴河去的，不顺路；另一辆倒是去巴尔图的，可是车上的货物看上去超载，极不安全。这样一直等了两个小时，终于迎来了昨天坐过的那辆坏在半路的中巴车。司机见了我猛地一踩刹车，探出头来哈哈笑着说："兄弟，咱们有缘啊，上车吧，今天这驴子脾气好！"说完，得意地按了按喇叭，让它发出滴滴的叫声，好像让这头"驴子"跟我打招呼似的。我在上车的一瞬突然想起了在列车上写的那几行诗，连忙把它翻出来，递给阿尔泰，说："这是我进到草原写的，送给朵卧吧！他要是喜欢，就给它谱个曲儿，唱一唱！"

我和阿尔泰就此告别了。我上了车，坐定后回头张望，阿尔泰和天驹已经无影无踪了。好马和好驭手就是这样啊，来去如风。

我没有钱还给阿荣吉了，打算着到了那儿以后，跟他撒个谎儿，就说是路遇强盗了，请他宽限几日，等我回到齐齐哈尔，立刻把钱汇来。

到了巴尔图，我先给曲信使打了个电话。她正在熙熙攘攘的大街上，投递途中。我问她中秋节过得好吗，吃月饼了吗。不知是市井的喧闹之音削弱了她声音原本的清脆，还是她没有休息好，她怅怏无力地说:"昨晚这里下雨,没见月亮。月饼呢,太甜腻了,我只吃了半块。"我告诉她,我已经到了巴尔图,办完事会尽快回去。她"哦——"了一声,挂了电话。

吃过午饭,我便去找阿荣吉的女儿。她在巴尔图为一家奶站收牛奶,常跑下面的牧场,听说我是去找她父亲的,她热情地对我说:"刚好我要下牧场去,路过那儿,你跟着走吧。"

那是一辆小型卡车,看上去挺新的。阿荣吉的女儿坐进驾驶室,而我跐着车轮,爬到卡车的大厢上。车上装着几十个圆肚形的奶渍斑斑的塑料桶。几个脸膛黑红的牧民,靠着车厢头抽烟。他们见我上来,甩给我一颗烟。我跟其中的一个人刚对着火儿,车就开了。如果天气好,坐在卡车上实在是一种享受,无边的风凉。这一带大概霜来得早,草黄了,而且草质也不是很好,常常会看到一块块的沙地,好像草原生了疮疤。我问牧民们生计可好。一个说"凑合",一个说"现在草原沙化得厉害,畜生没得好吃的,人也就没得好吃的啊"。他的话惹得大伙笑起来。车开得飞快,我们不时被颠起来,叫着。头顶的白云张着雪白的翅膀,一片片掠过,好像在跟卡车赛跑。阿荣吉所在的牧场离巴尔图确实不远,也就半个多钟头吧,卡车停下来,阿荣吉的女儿从驾驶室跳下来,吆喝我:"小王,到了!"

顺着她指的方向,我步行了十来分钟,到了阿荣吉的牧场。牧场上有两座毡房,一处圈牲口的围子。远远地,就见阿荣吉在垒草垛,看来这是为羊储备冬草。我喊了他一声,他扔下手中的耙子,朝我走来。想想他每年去厂子送羊时,见到的人多了,对我可能印象模糊,我连忙做了自我介绍。阿荣吉"哦"了一声,拍着自己的后脑勺说:"难怪我见你眼熟呢。"

阿荣吉把我让进毡房后,取出一只海碗,拎过暖水瓶。我以为倒出来的会是白开水,谁知竟是滚烫喷香的奶茶!他说,他老婆今早起来时,说是昨晚梦见一条大蟒蛇爬到毡房前,啪啪地拍门,判定今天家里要来客人了,所以出门前煮好了奶茶,灌到暖瓶中。

阿荣吉的毡房很零乱,被子叠得七扭八歪,脏衣服像乌云一样堆在地上,桌子上是没刷洗的碗盘和筷子,苍蝇嗡嗡地飞舞。幸好坐人的草墩还算干净。阿荣吉不好意思地对我说:"我老婆子在草原上自在惯了,不爱收拾家。"我连忙说:"太干净了我还不敢坐呢。"

喝了一碗奶茶后,我跟阿荣吉说了来这儿的目的,一听说是代表厂子来还钱的,未等我讲下文,他就兴冲冲地打断我的话,说:"你们领导真是好主儿啊,如今四处都是讨债的,哪还有主动上门还钱的?小王,今晚咱得好好喝一顿啊。"说完,撂下我出去了。

我尴尬地坐在那儿,心想自己若是孙悟空就好了,立马把那沓钱变出来。在这种气氛下,不管我找什么理由不还钱,都是难以启齿的。

我离开毡房,去找阿荣吉,想把话说透了,让他别空怀着希望。

阿荣吉正弯着腰,从地窖往上提东西。草原的牧民,一般会在毡房外挖一个地窖,地窖通常三五米深,三米见方。地窖冬暖夏凉,是天然的保鲜箱。夏天的时候,牧民喜欢把鲜肉藏入地窖中。他们嫌下窖周折,一般是用一根绳子,一端拴着肉,另一端拴在窖口的木桩上,将肉吊在窖中。取肉的时候,只需把绳子拉上来就是。果然,阿荣吉提上来的是半扇羊肉。他把它掼在草地上,问我:"你喜欢肋巴扇的前撇还是后撇?"说着,从兜里掏出一把弹簧刀,"咔——"的一声打开,刀锋像雪线一样晃着了我的眼。我惊叫着:"这是管制刀具啊,你怎么有?"阿荣吉说:"集市上卖它的多了,我们买它图的是方便、好使,又不去杀人,怕啥嘛!"他蹲下来,把刀刃逼向羊肉,等待我选择。我觉得自己没有资格享受羊肉,于是咬了一下嘴唇,对阿荣吉说:"我从满洲里开完会回来,昨晚在一家客店过夜,半夜毡房里窜进来一个强盗,把我带给您的钱抢走了!"阿荣吉握着刀子的手抖了一下,他一屁股坐在地上,呆呆地盯着那扇肉,半响才缓过神来。他抬头看了看我,然后在羊肉上动着刀子,转眼间就切割下一块肉。他把余下的肉吊回地窖,拎着卸下的对我说:"钱没了,口袋亏了,不能再亏着嘴啊。"我连忙表示,我一回到齐齐哈尔,就会把钱汇来。他这才舒了一口气,说:"你丢了钱,就得自己赔吧?"我说:"那是啊。这事千万不能让厂领导知道,影响不好,好像我是个废物,以后领导哪还敢交办我事啊。"阿荣吉叹息了一声,说:"你也真够倒霉的,五千多块可不是小数目啊。"

我们回到毡房,他把羊肉放在案板上,怕苍蝇叮咬,上面罩了一块泛黄的纱布。阿荣吉坐在草墩上,卷起一支烟来抽。那烟很冲,他吐出的烟是青蓝色的,直呛嗓子。我坐在阿荣吉对面,发现鞋带不知什么时候散了,低头便系。这一倾身,手机从上衣兜滑落下来了,我顺手把它捡起。等我直起腰的时候,发现阿荣吉瞪着眼睛,愤怒地看着我。他额头的青筋一蹦一蹦的,喘着粗气,我不明白自己怎么惹恼了他。

阿荣吉抽完烟,将烟蒂狠狠地扔在地上,用鞋子踩了又踩,突然站了起来，指着我说："小王，你撒谎，你看我们牧人好糊弄是不是？"

我不知他这话从何而来，连忙说："怎么可能，我尊敬您，我确实遇见了强盗。这样吧，我今晚就往回赶，我不把钱汇来了，我亲自把它送还给您，三天之内！您看行吧？"

阿荣吉冷笑了一声，说："你看看你吧，手机揣着，手表戴着，强盗怎么单单喜欢我的钱，没把你身上这些值钱的玩意儿一家伙打劫了？你分明是撒谎！你们这些年轻人啊，我也听说了，出门时爱寻个刺激。那些在满洲里做生意的男人，爱找俄罗斯小姐。你一准是把钱都扔在她们身上了！"不容我辩解，他接着数落："小王啊，你也是有老婆的人吧？女人帮咱守着家，容易吗？"

事情到了这地步，我只好实话实说了。我拣紧要的说，阿荣吉边听边皱眉，他似乎对我的真话也起了怀疑。果然，听完我的讲述，他说："小王，你说的这个事情要是真的话，你可上了大当了！你知不知道，这几年，草原上出现了一种骗子，他们骑着马，四处游走，专门找那些客店去行骗。他们不打劫，就是编些瞎话来骗人，比方说是家中人得了绝症了，比方说牛羊得了瘟疫吃不饱饭了，花样多着了，让人可怜他，给点钱。像你这样的，一家伙被人骗掉好几千，是没有过的啊！"

我说："这绝不可能，我知道他住在辉河，他叫阿尔泰。他还让我留了地址，我猜他将来会还我钱的。"

阿荣吉"哼"了一声，说："他骑着马，说是哪儿来的就是哪儿来的。草原上叫阿尔泰的人，跟羊群一样多。我问你，他给你打欠条了吗？"

"没有。"我说,"我没要求他。"

"那他怎么会还你钱,做梦去吧!"阿荣吉说,"我手里要是没攥着你们厂子给我打的欠条,领导能打发你来吗?"

我没有跟阿荣吉争辩,但我不相信阿尔泰是个骗子,一个骗子怎么会讲出如此感人的故事呢?

阿荣吉继续数落我:"他的故事一听就是假的,什么母亲掉进冰窟窿,父亲让马拖死,老婆是哑巴,哥哥是喇嘛,儿子要去北京唱歌,他要卖马,怎么都赶上他一家了?你稍微长点脑子,都不能信啊。"

见我耷拉着脑袋,阿荣吉大概动了恻隐之心,住了嘴。他见蒙着肉的纱布上落了苍蝇,便取来蝇甩子,拂赶着。

我起身告辞,对阿荣吉说:"要不我再给您写个还款保证书?"

阿荣吉生气了,他一把将我按回草墩上,说:"你给我好好坐着,远道来的客人,我要是让他空着肚子走,我老婆回来还不得剥我的皮啊。你消停待着,今晚就住这儿了,我煮羊肉去!"

我说:"我还是走吧,没把钱送到,我一会儿也没脸见大婶。"

"你这人啊,真是小心眼!我说了你几句,是为你好!如今骗子太多了,你不能不防啊。你要是走,那笔钱我就不要了!"阿荣吉说,"要是你留下来呢,这事我给你保密,跟我老婆子一字不提。她又不知道你是来还钱的,我只跟她说,你是顺路来玩的,这还不行吗?我也看出来了,你是个善心人,那笔钱呢,你回去后不用寄来,等我年底去齐齐哈尔送羊时,你请我喝顿酒,把钱还我,不就结了吗?"

阿荣吉的一番话令我感动,我答应留下来。

他开始生火煮肉，我问他我能帮着做点什么。他说："你要是闲得慌，就帮我垒草垛去，也不知道你会不会使耙子。"

"猪八戒都会使，我有什么不会使的？"心里一轻松，我开起了玩笑。

阿荣吉说："你可别小瞧了猪八戒，人家的前世可是天蓬元帅啊！"说完，他笑了。

草垛可不是那么容易垒的，这跟女人用棉花絮冬衣一样，是个手艺活。要想让草垛圆润挺拔，须转着圈絮，而且得均匀，哪一耙多了，哪一耙少了，可能会使草垛像害了中风似的歪斜，弄不好就倒了。我虽然是在沈阳上的大学，但家在农村，少年的时候，类似的活儿也做过。秋末的时候，我们会把夏天打的草挑起来，攒成草垛，冬天用来絮猪窝。虽然多年不使耙子了，但我熟悉这活儿，做起来得心应手。随着一耙一耙的草挑起，草垛越来越丰满，它就像微缩了的故乡，无比亲切地伫立在我身旁。我干了一个小时，又一个小时，这时太阳已经向西了，我出了一身的汗，脱下外衣，坐在草地上歇息。阿荣吉提着暖水瓶和碗过来了，他远远地吆喝我："快穿上外衣，可不能图风凉，秋天的风可邪性了，万一把你吹感冒了，我的罪可就大了！"见我套上了外衣，他一边给我倒奶茶，一边夸我干活挺像样的。我对他说，我们厂子今年效益好，领导说了，让他把羊喂肥点，每斤多给他三毛钱。阿荣吉说："现在想把羊养肥不那么容易了！你也见了，这干草枯瘦枯瘦的！买精饲料呢，没那么多钱，喂不起啊。我刚承包牧场的时候，草还不赖，这几年呢，牛奶走俏了，养奶牛的多了，奶牛吃草才疯呢，这附近的草场退化得厉害，我这儿也受了牵连。说到底，不是牛羊的嘴巴害了草原,是人的嘴巴害了草原啊。人要喝奶,要吃肉啊。"

我一边喝着奶茶一边说:"我看了报纸,说是为了保护草原,政府禁止在有些地方放牧了。就是不禁止,也限制数量了。草场怎么还会退化?"

阿荣吉说:"你还相信报纸上的话?他们对外是那么讲的,对内呢,多养一头牛他们多收一份税,双方都有油水,你说限制得了吗?比方说我这片牧场,他允许我养三百只羊的话,我私下给他俩钱,我养五百也没人管啊。"

我无语了。我知道,生活中埋藏着许多我所不知道的真实。从这个角度来说,我们其实生活在虚构中。

太阳落得真快,滚滚地,它在天上赶了一天的路,脸都饿黄了,要奔回家大吃一顿的样子。阿荣吉说,他老婆快赶着羊群回来了,他得去给她烧点热水洗脸。他说:"你别看她不爱收拾家,她爱收拾自己,她放羊都得穿着袍子,进毡房就要洗脸洗手。"

我问:"你怎么让女人放羊?"

阿荣吉说:"她这人爱在草原上唱歌,放羊能让她唱个痛快啊。每年夏天,她都要离开我几天,说是找地方唱歌去。"

"她也不跟你说她去哪儿了?"我好奇地问。

"她不说,我也不打听。在我想来,男人的心事就跟小河里的石头一样,一眼能望穿;女人的心事呢,就是大海里的鱼,不好捉摸呀。"阿荣吉叹息了一声,说,"不过她对我挺好的,给我养活了一儿一女呢。"说完,他提着暖瓶回毡房,烧水去了。我呢,赶紧把余下的那点干草挑到草垛上。

干完活,太阳已经落下了,暮气像鞭子一样抽打着草原,把它的身子打青了。在这伤痕般的青灰色中，突然涌现出一团团的奶白，是羊群归来了。羊群在前，阿荣吉的老婆在后，远远一望，羊群像是翻卷的波涛，而人就像一条颠簸的小舟。阿荣吉说得没错，他老婆的确好嗓子。我从她吆喝羊归围子的声音中听出来了，清脆透亮，像正午的阳光。羊群进了围子后，她把门关好，朝毡房走来。

她穿一条过膝的蓝色斜襟袍子，立领上滚着几圈红黄相间的花边，盘扣上镶嵌着一颗圆润的珠子。她中等个，微瘦，不像别的蒙古族妇女包着头巾，虽然她的头发已有白的了，但她将头发中分，梳着两条辫子。她的脸布满皱纹，上宽下窄，眉毛稀疏，有点夹眼角，这使她本来就小的眼睛更显小了。她的下巴微翘着，可是唇角却有点下陷，这使她的神情看上去有点苦楚。我正要跟她打招呼，阿荣吉从后面走过来，向她介绍说："这是齐齐哈尔拖拉机厂的小王，打这儿路过，来看看咱！"

她"噢"了一声，问阿荣吉："你给客人做了啥？"

"他已经喝了两碗你煮的奶茶了。"阿荣吉说，"晚饭呢，也妥了，烤羊排，羊汤烩萝卜，还有芝麻盐烤饼，我这一下午都没闲着。"

女人"哼"了一声，说："你让客人帮你挑草，瞧他的头发，像冬天的猪刚从窝里拱出来。"

她说得非常的形象。冬天的猪从窝里拱出来时，确实满身的草屑。我连忙哈着腰，抖搂身上的草，对她说："大婶，是我自己想干的，我在城里待得腿脚软了，想干点活长长力气。"

女人这才不说什么了。阿荣吉在前，她在中间，我在后，我们一起朝毡房走去。她走路风快,话语很少,到了毡房,只问了我一句:"你是头回来草原吧?"

她果然爱收拾自己,进了毡房,就拿过一把小笤帚,通身扫了一遍。然后将辫子解开,抓起一把牛角梳子,理顺了发丝,重新编起辫子。最后,她才洗脸洗手。阿荣吉已经把饭食摆好,除了他说的那两道主菜,还有皮蛋、花生米和奶酪,他说这都是平常他和老婆下酒的小菜。落座前,阿荣吉点起了蜡烛。

我们三人围在桌前吃喝了。阿荣吉手艺不错,他烤的羊排外焦里嫩,滋味醇厚。他跟我说,草原有一种草可以用来做肉食,草结籽后,会散发出香气。每年他都要采回一些草籽,在石板上碾碎,装进罐子。烤羊排的时候,撒上一些,特别入味。我连啃了三块羊排,赞不绝口。牧民一般都有好酒量,阿荣吉和他老婆都很能喝。阿荣吉喝酒时发出响亮的声音,他的话也多,从春天的大风说到夏天的旱情,从夏天的旱情又说到秋天的早霜。他说:"老天爷坏了脾气了,夏天不来雨,草旱得长不高;秋天呢,霜又来得早,这等于是使出两把刀子,要断牛羊的口粮啊。"他发牢骚的时候,他老婆一声不吭地喝酒,吃肉。她的牙齿真好,啃羊排速度快,而且啃得也干净。我喝了三盅酒后,人就有些飘然,我给这女人敬酒,说:"我听说大婶的歌唱得特别好,能不能赏脸唱上一曲,那我就没白来草原一趟啊。"

阿荣吉的女人将一根刚啃完的羊肋骨撇到阿荣吉面前,阿荣吉就像古代的士兵接到出征的令牌一样,赶紧对我说:"她这人啊,唱歌不能在毡房里,得到外面。小王,要不我给你来一个?"

大概怕我尴尬吧,阿荣吉张口就唱,他的歌音色不美,但吐字

清晰,他唱道:

> 我脚下的土地啊,是我们牛羊的天堂;
> 我头顶的天空啊,就是我们牧人最后的家园。

他的歌声刚落,一阵雷声轰隆隆地响起,雨说来就来了。阿荣吉嘟囔道:"旱了一夏天,秋天倒来雨了。我打的那点干草,可别给沤烂了。"

雨声越来越响,阿荣吉的老婆似乎很喜欢雨,她边喝酒边用手指有节奏地敲击着桌子,很逍遥的样子。她的酒下得很快,阿荣吉得不停地为她添酒。她越喝越活泛,越喝越灿烂,目光灼灼,面如桃花。她对我说:"小王,我这辈子,最盼着谁抢婚把我抢去了,可是没有啊!"我知道蒙古族人有抢婚的习俗,像铁木真的母亲柯额伦夫人,本是外族人赤列都的女人,但铁木真的父亲也速该,却把她抢到自己的部落。如果没有这场抢婚,也不会有一代天骄成吉思汗的出世了。

"我是见天地盼着有人能把你抢走,省得一天到晚伺候你!可是你跟我过了几十年了,头发白了,腰也不直了,一脸的老褶子,也没人来抢你啊。"阿荣吉打趣道,"兴许你走的那天,有人来抢你?那我是愿意啊,省得我花钱打发你上路。万一打发不好,你在地下还不得给我这牧场一天来一场暴风雪啊。"

阿荣吉的女人被逗笑了,她不顾我在场,起身表达爱意。她把阿荣吉的头抱在怀里,抚摸着,一迭声地叫着:"哦,我的阿荣吉,哦,我的阿荣吉,你真是个好人哪。"

阿荣吉不好意思地拔出头来，拉着老婆的手，哄小孩子一样地说："你坐回去好好喝啊，今年我再上齐齐哈尔送羊时，给你买两块好料子，再买上几团鲜亮的丝线，你多做两件袍子穿！"

"他们不给你现钱——"阿荣吉的老婆指着我说，"你拿什么买？"

"领导这不让小王带话来了吗，去年欠的和今年的一起都给咱，给现钱！我要是再拿不回钱的话，你看我身上哪块肉好，割下来下酒！"阿荣吉撒开老婆的手，拍着胸脯说。

"你身上没有哪块肉是我得意的。"阿荣吉的老婆拍了一下她男人的肩膀，坐回来，嘟囔道，"要不我早割了下酒了！"说完，哈哈笑了起来。她的笑声是那么富有穿透力，似乎能击碎外面的乌云，还天地以晴朗。

我醉了，话不连贯，视线模糊。蜡烛快尽了，阿荣吉要送我去另一座毡房休息时，被他老婆阻止了。她说："我去那儿，你跟小王留这儿。下了雨，他喝多了，要是晚上一个人出去撒尿，万一滑倒了怎么办？"

阿荣吉的老婆从床下拽出一只脸盆，将木梳和毛巾放进去，端着它出了毡房。门一开，一股清新的湿气飘了进来，沁人肺腑。雨已停了，月亮出来了，所以湿气是裹挟着奶白色的月光的。我支持不住了，躺倒在床。阿荣吉一边收拾桌子一边跟我嘟囔："我这老婆子啊，一喝多了酒就抱怨自己这辈子没被人抢婚。我真想休了她，等她跟别人成亲时，再骑着马把她抢回来，让她圆了这梦！可是她这把年纪了，我不要她，谁要啊！"

我无力回答他，蜡烛帮了我的忙，它颤抖着熄灭了。从门跨进来的月光蓬蓬勃勃、飘飘洒洒、白白亮亮的，好像老天送给阿荣吉家的一条哈达。阿荣吉嘟囔道："不点蜡了，我也睡，明天起早收拾。"

我醒来时，已经快九点了，只觉得浑身发软，头昏脑涨的。正穿着鞋子，阿荣吉进来了。他"嗬"地叫了一声，说："小王，你到底年轻啊，觉真大！我起早收拾东西，没弄醒你；苍蝇往你脸上飞，也没弄醒你。我老婆都出去放羊了！刚才我姑娘路过这儿，问你走不走，要是回去的话，她晌午收完奶回巴尔图时，把你捎上。"

我说："我得回去了。"

阿荣吉说："我也不拦你，你有工作啊。再说，你想老婆了。昨晚你说梦话，一个劲地叫'曲信使'，曲信使是你老婆吧？"

我不好意思地点点头，阿荣吉呵呵笑了。

正午，我离开了阿荣吉的牧场。坐在装载着牛奶桶的卡车上，闻着从桶内飘逸而出的浓浓的奶香，我觉得自己就是一只温驯的羊。短短几天，我被草原驯服了。

在火车上颠簸了一夜，我在凌晨回到了齐齐哈尔。回家时，顺路买了早点。尽管我是轻轻开门的，曲信使还是被惊醒了。她从被窝中钻出来，倚着床头，穿着纯棉的白地蓝花睡衣，静静地望着我。她一言不发的样子让我很奇怪，以往我出差归来，她会大叫一声"王拖拉——"，朝我奔来，在我身上又踢又踹，以她的方式撒娇。我放下行囊和早点，奔向她，而她却一缩头钻回被窝去了。她用被头蒙着脸，说："你不能碰我，我现在身上正'倒霉'呢！"原来如此！我心安了，隔着被子拍拍她说："这不是你'倒霉'，是我倒霉啊。你再眯一会儿，我先去洗个澡啊。"

等我洗完澡，一身清爽地从浴室出来时，曲信使不见了。床铺她已整理过了。她没有吃早点，也没有跟我打招呼，这么早就去上班，一定是发生了什么事情。我连忙拨打她的手机，可她关机了，这分明是躲避我！我百思不得其解：自己究竟做错了什么事？

我来到单位，先跟领导汇报了一下会议的情况，然后说我去了阿荣吉的牧场，钱已还。领导问："他的羊养得怎样？"我说："挺肥的！"领导笑了，咂了一下嘴，说："咱们拖拉机厂的人今年可以过个好年喽。"

从领导那儿出来，我去了办公室。办公桌上横着一封来自沈阳的信，信封上那娟秀的字迹让我一惊：这是大学时的女友写来的啊！算起来，我们已四年没有联系了。这样一封信，就像一座老屋，我不知打开它后，飘荡出来的是暖洋洋的旧物气息呢，还是呛人的尘土气息？

我拆开信，打开老屋的门。

子和：

你好！

虽然四年没有和你联系了，但我一直牵挂着你！去年，我在北京碰到长善，他告诉我，你结婚了，娶了个邮递员。不知怎的，我当时眼泪就流下来了。我知道自己对不起你，你在情感上受了委屈！

你现在过得好吗？有孩子了吗？我儿子两岁了，正淘气的时候。先生忙于公司的业务，每年大约有半年在外地。在沈阳的时候呢，只要他回家，总是深夜，而且醉醺醺的。这个时候，我常常会想起你来，想起你身上的清爽气，想起爱，想起我们一起度过的那些好时光。

我比过去瘦了，你呢？说真的，我很想去看看你，又怕你突然看见我，会不高兴。你常出差吧？如果你不想让我去齐齐哈尔看你的话，能不能在出差时告诉我你的目的地，我也赶到那里？现在孩子有保姆带，单位的事又比较清闲，我随时可以出去。

随信寄上大学的暑假我们俩在故宫的合影，记得你手里没有这张。那天的太阳真毒啊，你一个劲儿地往我这儿靠，说是要借我凉帽下的一点阴凉。

你收到这封信时，中秋节也快到了。愿花好月圆。

林廷

林廷在照片背后，用圆珠笔工工整整地写着她的手机号码，并在这号码后缀了一句玩笑话：我二十四小时待机啊。

我明白了，曲信使为什么会对我这种态度。这封信一定是中秋节前就到了。婚前，我曾跟她说过，我在大学交过女友。曲信使没问太多的细节，只是说："那她现在做什么呢？"我把林廷在沈阳的单位告诉了她。

我爱上曲信使，正与信函有关。刚来齐齐哈尔时，每到新年，我都会收到同学们寄来的明信片。我们厂子，正在曲信使分投的片区。记得有一天下着小雪，我路过传达室，门半敞着，我听见里面有个姑娘在大声说："你们单位这个王子和，怎么有这么多人给他寄明信片，昨天分拣这些烂纸片，把我的胳膊都累酸了！"她的牢骚听起来像是雨过天晴的阳光，是那么的清新可爱。我推开传达室的门，只见一个穿着墨绿色邮服的姑娘，正气鼓鼓地把信报往桌子上掼。她中等个，挺直的鼻梁，圆润的唇角，微黑的圆脸上的一双眼睛格外明亮。传达室的老师傅冲她眨眼睛，说："这就是王子和，你跟他说，让他那些朋友往后少给他写明信片，你好少挨累！"曲信使的脸红了，她怯怯地看着我。我对她说："以后我告诉那些同学，少寄这些烂纸片！"曲信使笑了。这个笑从此让我茶饭不宁，我想见她，常常以看信的名义，在她快来的时候，去传达室。次数多了，连传达室的老师傅都看出我的心思来了，有一回他在我屁股上踹了一脚，说："看上人家还磨蹭个啥？请顿饭，把话说透了不就得了？你再磨蹭，人家嫁了人，你不干瞅着吗！"

老师傅的话，给了我勇气。我约曲信使吃了一次饭，饭后看了一场电影。之后我又请她吃了一次饭，饭后逛了龙沙公园。当我第三次邀她吃饭的时候，她说："你要是想娶我的话，我得为你省着点，去饭馆太贵了，不如在家自己做，好吃、便宜，又卫生！"她此言一出，我还有什么好犹豫的？我们很快领取了结婚证。洞房之夜，曲信使依偎在我怀里俏皮地说："王拖拉，我是你的一封信，今儿你要给我盖上一个邮戳了。这封信盖了你的戳儿，一辈子只能投你这儿了！"我紧紧地抱着曲信使，泪水悄悄滑过脸颊。在经历了爱的背叛后，我是多么感激上苍赐予我这样一位健康善良的好姑娘啊！

婚后，凡是我的信函，曲信使都直接带回家中，我再也没有在单位看到过署名"王子和"的信。

林廷寄来的这封信，可谓精心设计。她在信封的收信人一栏写着"王子和亲收"的字样,背面又标记着"内有照片,请勿折"。林廷大概从长善那里知道我娶的邮递员分投我们厂子的信件,她这样做,用意很明显,她巴不得曲信使打开信,让她看到那张亲昵的合影。其实她完全可以从长善那里,获知我的电话号码啊。

我气坏了,掏出手机,想立刻给林廷打个电话,我要告诉她,我在情感上没有受到委屈,我爱我的曲信使,我永远不会背叛她!号码才拨了一半,有人敲门,是财务室的出纳员小杨。她问我钱还给阿荣吉后,厂子打给他的那张欠条收回来了吗,她下账要用。我懊恼地说忘记朝他要欠条了。小杨说:"那他掐着欠条再朝厂子要一回钱怎么办?"我火了:"你怎么这么想阿荣吉?我告诉你,草原的牧民是不会干这种下流事的!"小杨"砰——"的一声摔门而去。

这"砰——"的一声,让我平静下来。我觉得没必要跟林廷通话了,我不想听到她的声音,只给她发了条短信。

> 林廷:函悉,我刚从草原归来。我非常爱我的信使妻子,如果说一个人的生命中必得有一盏灯陪伴的话,她就是我的那盏灯!祝你幸福!王子和。

我将这条短信连发三次,确保万无一失。

下午,我很早就离开单位,去菜市场买了曲信使爱吃的鲫鱼和排骨,回家做了豆瓣烧鲫鱼和排骨炖豆角,焖了一锅米饭。晚上,曲信使回来时,饭菜已经在餐桌上了。我把林廷寄来的信,当作餐巾,摆在她的餐具旁。曲信使坐定后,用颤抖的手抚着那封信,抽噎着说:"王拖拉,这封信我都看了,这封信到我们局时,根本就没封口啊。我记得你跟我说过,过去的女友在沈阳工作,我猜是她写来的。我往出抽信和照片时很费劲,信瓢里有透明胶带粘着它们,所以信才没在半道掉出去啊。我看过后,把胶带小心揭下来,又把信和照片放回去,给它封了口,投递到你单位去了。"曲信使大哭着:"王拖拉,你是大学生,我配不上你啊。我偷看了你的信,我犯了法,不是个好信使了!"

我没有想到林廷竟是如此的邪恶,她故意用胶带粘着信,不封信口,分明是向曲信使洞开一个虎口啊。我心疼地抱住受了伤害的妻子,为她揩去泪水。

那个夜晚,我和曲信使紧紧地依偎在一起。我给她讲在草原所经历的一切,她本已不哭了,可是阿尔泰一家的故事,又让她流出泪水。她说即使真像阿荣吉说的那样,阿尔泰是个骗子,我们也不后悔。曲信使还说:"王拖拉,年底阿荣吉来送羊时,咱除了还他钱,还得给他买点礼物,他这人多通情达理啊。"

我把阿尔泰送我的海螺号捧给曲信使,告诉她蒙古人称它为"冬"。曲信使把它放在唇下,轻轻吹起来。屋子里立刻回荡着一股幽幽的乐音,如同春风在敲窗。

曲信使放下海螺号的时候说:"咱们要是有了儿子,就叫他'冬'。"

"如果是女儿呢?"我问。

曲信使想了想,说:"要是女孩的话,就叫她'冬冬'!"

秋天过去了,冬天来了。冬天一来,年也快跟着来了。曲信使听我说草原的牧民大多患有风湿病,就亲手给阿荣吉夫妇各织了一副护膝,她还给阿荣吉的老婆买了一块宝蓝色的织锦缎子,让她做蒙古袍。

腊月十九,阿荣吉用卡车载着羊来了。那天下着雪,卡车驶进厂院,正是下班的时候。人们围聚过来,看阿荣吉卸羊。这批羊毛色洁净,体态丰腴,仿佛来自天庭。它们大约知道自己难逃被宰杀的命运,哀怜地叫着,叫得阿荣吉直叹息,很舍不得的样子。这批羊卖了个好价钱,阿荣吉拿到了比以往要多的现钱,很高兴。我约他去酒馆喝酒时,他拍着胸脯对我说:"小王,今年挣着了,我回牧场时,得多给老婆子买点东西啊。"

我选的是一家小酒馆,这儿可以大声说话,而且菜做得也地道。

喝酒前,我先向阿荣吉转赠了曲信使送给他们的礼物,他抚摸着护膝感慨地说:"小王,看来你老婆是个知冷知热的人,你好福气啊。"接着,我掏出一个信封口袋,把它交给阿荣吉说:"这是那五千多欠款,您点点。"

阿荣吉拿过信封,将信封袋放到自己眼皮底下,袋口冲上,觑着眼朝里看了看,呵了一口气,说:"待在里面怪好看的。"那语气就像在说藏猫猫的小孩子。他问我:"那个阿尔泰,是不是一直没有跟你联系?"

我点了点头。

阿荣吉这次没有用痛心疾首的语气教训我,他把信封袋摆在桌上,开始一张一张地往外抽钱,就像捉偷懒的孩子似的,每抽一张他都要说一句:"给我出来啊——"我以为这是他的数钱方式。然而抽完第十张,他住手了。他把一千元钱码到一起,递给我,说:"小王,这钱你收下吧,算是我跟你打个赌!你走后我寻思了又寻思,那个阿尔泰,也未见得是骗子。能够在草原上骑好马的人,脾性不应该是坏的啊!这样吧,他有一天跟你联系了,有了音信,证明他不是骗子后,你再把这一千块钱还我!"

"要是他永远没有音信呢?"我问。

"这一世要是没有音信的话——"阿荣吉停顿了一刻,叹了一口气说,"下一世他悔过了,也会有音信的。"

我感动地接过了那一千块钱,我觉得接过的是希望。

阿荣吉和我碰杯的一瞬,忽然想起了什么,他笑了一声,放下酒杯,从裤兜摸出一个纸球,递给我说:"这是欠条,你走后,我以为它没啥用处了,就团了扔掉。后来一想万一人家朝你要呢,又捡了回来。你们单位要是用它,就让他们自己揉搓开。"

我把纸球揣进兜里,说:"这可是颗大珍珠啊。"

我们在开心的笑声中将杯中酒一饮而尽!我向阿荣吉打听大婶可好,她喝多了酒的时候,还跟他唠叨"抢婚"的事吗?

阿荣吉说:"她呀,每月不说上一两回'抢婚'的事,就好像没过日子似的,我也听习惯了!我估摸着她岁数再大些,心也就收回来了!离群太久的羊,滋味也不好受啊。"

我和阿荣吉喝着,聊着,不知不觉夜深了,酒馆打烊了。我们喝醉了,相互搀扶着走出酒馆。阿荣吉住的旅馆离酒馆不远,我送他回去。阿荣吉边走边唱,他每唱一句我都叫一声"好",畅快极了!到了旅馆,我发现曲信使站在门口,这真让人喜出望外!我连忙把她介绍给阿荣吉。阿荣吉在曲信使的脸蛋上掐了一把,说:"够瓷实,像咱草原的牧羊姑娘!"曲信使被掐红了脸,她帮着我,把阿荣吉扶回房间。

出了旅馆，曲信使说，她猜到我和阿荣吉会喝多，不放心我一个人回家，知道我会送阿荣吉回旅馆，所以来这儿等我。她说："开始我想去酒馆了，又怕扫了你们的兴，以为我看着你们喝酒来了，再喝不痛快。"我感动得直想哭，我伸出手，像阿荣吉一样在她脸蛋上掐了一把，说："真是个好姑娘！"

年说走就走了。

春天了，曲信使怀孕了。每天晚上，我都要在枕畔，为她吹海螺号。一个夏末的傍晚，曲信使一进家门，就兴冲冲地叫着："王拖拉，年底你能把那一千块钱还给阿荣吉了！"她举着一张汇款单，喜滋滋地奔向我。这单子是从内蒙古辉河发来的，署名是"朵卧"，汇款金额是三千元。这么说，阿尔泰确实不是一个骗子，我欣喜若狂！可是为什么寄款人的署名不是"阿尔泰"，而是"朵卧"呢？曲信使说："阿尔泰不是识字少吗，他去邮局填不明白邮单，当然得朵卧代劳了！"我觉得曲信使说得在理，也就打消了疑虑。

汇款单到了一周后，有一天曲信使又带回家一个小巧的特快邮包。

邮包是朵卧寄来的，里面有一封信，还有一盘磁带。

我们先看信。

王子和叔叔：

您好！

我叫朵卧，我的爸爸是阿尔泰。去年中秋节，爸爸去绰尔卖马的路上，认识了您。爸爸回来告诉我和妈妈，他碰到了好心人,所以天驹没有卖。他拿出六千块钱,说是您给的。爸爸对我说,朵卧,不管你将来唱不唱出去,这笔钱咱一定要还王叔叔!

去年冬天,我到旗里跟着专业音乐老师学习了两个月。文化局的人说我嗓子好,他们推荐我,帮我报了名。回来后,爸爸带着我,去裁缝铺做了两套演出服,是蒙古袍,用的都是最好的料子,一件是大红的,另一件是天蓝色的。可是春天的时候,我正要代表我们旗去自治区参加选拔赛,爸爸出事了!

草一绿,吃了一冬干草的羊就撒欢儿了。它们早晨出去,晚上不爱回来,所以春天放羊是最累的。有一天,爸爸赶着羊群回来时,月亮都出来了。我帮着他把羊圈进围子后,一家人开始吃晚饭。晚饭后,爸爸妈妈睡了,我去马厩给马添了点草,也睡了。半夜时,我被一阵羊叫惊醒,我以为狼来祸害羊了,赶紧叫醒爸爸。我们打着手电筒跑出毡房,发现一辆卡车停在围子旁。两个男人正扯着羊,站在明晃晃的大月亮地里,往卡车上装呢。手电筒的光扫到他们身上后,他们知道主人出来了,扔下羊,跳上车,开车就逃。爸爸跑到马厩,骑着天驹去追。我呢,骑了另一匹马,也跟着追。天驹一到月圆的日子,就成了神马,它跑得飞快飞快的,眼看着要追上卡车了。我想我们的羊有救了!可就在这时,卡车上的人冲天驹连打了三枪,天驹倒在地上,爸爸被甩出好远。

王叔叔,出了事后,我连夜骑着马离开牧场,进城去报案。公安局的人天亮前在沿途的路口设下卡子，拦截卡车，可是它还是逃走了，案子到现在还没有破。爸爸死了，天驹也死了，我们失去了二十多只羊，我的心都要碎了。唯一能给我安慰的是，爸爸在时，妈妈起不来床，爸爸走了，妈妈想爬起来送送他，没想到竟然站了起来，又能走路了！

我不想去唱歌了，可是都花了钱了，报了名，演出服也做了。爸爸在时，是那么希望我去唱歌，我不想让他的灵魂不安，这样，埋葬了爸爸，我还是在旗文化局的人的陪伴下，到了自治区。我唱的两首参赛歌曲都是草原上的牧歌，可是我上了舞台，想起天驹，想起爸爸，我一个劲儿地流泪，一句也唱不出来！我失败了，回到了牧场。我以为只是站在舞台上唱不出来，面对草原，我仍然能用歌声让羊群回家。可是我虽然能唱出歌来，但那声音是嘶哑的，我的嗓子废了！但我并不难过，这样我能永远留在草原上了，陪伴着妈妈，陪伴着羊群。

我先还王叔叔三千块钱，余下的，我会慢慢还清的。爸爸回来时，还带给我一首您写的诗。他对我说，朵卧，你王叔叔说了，你要是喜欢，就给它谱个曲，唱一唱。我喜欢这首诗，可惜我不会谱曲，但我有一个婶婶，她虽然也不懂曲子，但她看几遍歌词，就能唱出歌来。这个婶婶是爸爸的好朋友，每年夏天，她都要来我们的牧场，唱几天歌。她今年来后，知道爸爸死了，难过得到他坟上唱了一天的哀歌。我知道爸爸不在以后，她是不会来这儿了，就把您写的诗给她看，求她帮我唱成歌。她答应了。我用录音机，在草原上录下了她的歌声。我的嗓子不行了，但琴声还行，我拉了一曲马头琴，也录在里面，献给叔叔。我为参赛准备了两首牧歌，一个叫《牧歌的黄昏》，一个叫《牧歌的早晨》。我给您拉的是《牧歌的早晨》，《牧歌的黄昏》有点悲伤，我怕您不喜欢。

最后祝愿叔叔身体健康，工作顺利！有一天您来我们的牧场，我给您做手抓羊肉，爸爸说您很喜欢吃这个。

朵卧

读完信，我和曲信使已是泪流满面。曲信使边哭边拍打我的胸脯，说："王拖拉，老天怎么这么不长眼啊，阿尔泰一家人的命为什么这么苦啊！"我抱着曲信使，抽泣着，无言以对。

我们没有吃晚饭，把那盘磁带插进录音机，听来自草原的声音。马头琴奏响了《牧歌的早晨》。它是那么的清澈、柔软，如一缕春风，在暖化着坚冰。我仿佛又回到了草原，回到了和阿尔泰离别的那个早晨。朵卧是忍着哀痛，用一颗感恩的心为我们演奏的啊。曲信使本已不哭了，可是这令人心动的乐曲又催下了她的泪水。琴声袅袅消失之后，是一段短暂的空白。我的心狂跳着，因为即将出场的，将是一个生长在草原的女人，为我即兴写下的诗所做的演唱。还没等我做好心理准备，随着一声舒缓而苍凉的"草原啊——"的叹息似的独白，歌声开始了，或者说是一条大河带着湿润之气，滔滔向我奔流而来了。我从来没有听过这样美好的清唱，低回婉转,刚毅而柔美。

　　草原啊,
　　你就是我的神甫,
　　当我的心灯因尘世而蒙垢,
　　你总会用清风,
　　拂去尘埃,
　　并用你那碧绿的汁液,
　　为我注满生命的灯油!

　　那个夜晚,我和曲信使反反复复地倒着磁带,一遍又一遍地听着琴声和歌声。子夜时分,曲信使刚刚躺下,便腹痛难忍。半个小时后,在去医院的路上,她流产了。她痛惜失去的孩子,哭个不休。想到孩子可能是男孩时,她哭的时候叫着"冬";想到流掉的孩子可能是女孩时,她叫着"冬冬";而想到她怀的很可能是一对龙凤胎时,她哭叫的就是"冬、冬冬啊",听了令人心酸。为了让她淡忘失去的孩子,我陪她去扎龙自然保护区散心。那儿是丹顶鹤的故乡。在一片芦苇丛中,我们发现一只丹顶鹤孤独地站着,时不时迎风展开翅膀,发出阵阵哀鸣。饲养员告诉我们,这只雌鹤的伴侣,因为吃了农民施用了农药的玉米,不久前死去了。丹顶鹤对爱情格外忠贞,一只鹤去了,另一只鹤绝不会再觅配偶。丹顶鹤的寿命可以与人类相等,失去了伴侣的鹤,意味着漫漫余生只能与清风明月为伴了。曲信使指着那只鹤,泪涟涟地对我说:"朵卧的妈妈,以后就是这样的鹤了。王拖拉,你可要好好的,别让我成为这样的鹤。"我紧紧地握着曲信使的手。

又到了年底,又到了阿荣吉来我们厂子送羊的时令了。我为他准备了一份新年礼物,是一个袖珍录音机,里面插着的磁带,是我转录的朵卧的琴声和那个不知名的女人的歌声。

阿荣吉看上去比以前瘦了一些,但人却很精神,他穿着一件簇新的羊羔皮皮袄,腰间别着一个绣花的烟荷包。他得意地告诉我,皮袄和烟荷包,都是他老婆今年秋天特意给他做的。

阿荣吉依然住在老地方,我们也依然约在老地方喝酒。他来酒馆的时候,提着一袋晒干了的草原白蘑,说是送给曲信使的。

我们要了一个烧羊蹄、一个辣子鸡丁,外加四个下酒的小菜:萝卜皮、笋尖、海带丝、豆腐干。干了一杯酒后,我从兜里掏出一千块钱,递给他。阿荣吉惊叫着:"怎么,那个阿尔泰真的有消息了?"

我点点头,把整个故事慢慢讲述给他。我想平静地讲,可是最后还是没有控制住感情,我哽咽了,阿荣吉也哽咽了。他把钱揣进兜里,流着泪对我说:"小王,朵卧是好孩子啊,他有志气!有志气的孩子是不会接受别人施舍的,他还回的钱,我们不能不收着啊!"

我擦干眼泪,把袖珍录音机拿出来送给他,说:"我把朵卧寄来的磁带转录了一盘,您带回去和婶子一起听吧。"

阿荣吉揉着眼睛说:"现在就给我放吧,我要听听那个女人唱的,赶不赶得上我老婆子!"

我帮阿荣吉戴上耳塞,摁下放音键。磁带在里面轻柔地旋转了。我见阿荣吉眯起眼睛,神色开朗了一些,并且用手指轻轻叩着桌子，看来是朵卧的琴声感染了他。可是听着听着，他突然打了个激灵，嘴唇颤抖着，眼里泛起了泪花。根据时间判断，他该听到那个女人的歌声了。能让阿荣吉惊魂的歌声，一定是他生命中的至爱啊。直到这时我才醒悟，那个年年夏天来阿尔泰家牧场唱歌的，是阿荣吉的老婆子啊。

2008 年

布基兰小站的腊八夜

老齐每次交完班,都要蹲在铁轨旁,风雨不误地抽上一颗烟,然后再出站。这习惯,是他认识云娘后养成的,快十年了。

但老齐今天换下制服后,就心急火燎地奔顺吉客店去了,连空饭盒也忘了提。

布基兰是个林区小镇,两三千人口吧。这儿的火车站,是个四等小站,每日上行和下行的客运列车各有两列。往来的货车呢,淡季三四辆,旺季不过五六辆。货车运出的,多是板材和木炭;而运来的,则五花八门,食品药品、日用百货、电器建材等等。总之,输出的是"有",引进的是"无"。那亮铮铮的铁轨,无意间充当了交易员的角色。

这个小站只有三间黄房子,它们连在一起,一高两低。中间高的是候车室,两侧矮的则是客运室和调度室。老齐是车站的信号员,他在这个岗上,干了二十多年了。他白昼用信号旗,夜间则高举信号灯,寒来暑往地引导着南来北往的火车,人们便送他一个绰号"齐司令"。每当老婆孩子不听他的话时,老齐就会梗着脖子喊:"我一摆小红旗,火车就得打着哆嗦停下来;一挥黄旗子,它就是跑得再欢,也得减速。火车那可是地上的龙啊,都得听我的,你们连龙身上的一片鳞都不如,还敢跟我怄蹶子?!"

老齐的老婆张立秋在菜市场卖调料,身上总是带着股辛辣的气味,她说话也冲:"你真当自己是司令啊?火车进出站,就跟新娘子出阁一样,进哪家门,人家自己心中有数。你挥着旗子戳在那儿,就是瞎子眼前的一根蜡——摆设!你要是能让不该停的火车也停下来,那才算本事!"

老齐的女儿齐小眉也说:"首长的专列要是从布基兰过,你敢摆旗子让它停下来吗?"

老齐哑口无言了,这时候,他只能龇牙咧嘴地揉脖子。一到发怒的时候,他脖子上的青筋就会像铁轨一样清冷地暴突出来。

布基兰车站背靠着滴拉恰山,面对着的,则是小镇。小镇像个方方正正的棋盘,横平竖直的街道为这盘棋打好了疏朗的格子,而均匀排布着的房屋,则是一颗颗棋子。有的棋子看上去气韵非凡,无往而不胜的样子,如镇政府的三层红楼和电信局的二层灰楼;有的看上去萎靡不振,一派颓势,如别雅山下那两趟歪歪斜斜的土房。站前广场两侧的小客店,由于地处偏僻,逼仄矮小,看上去就像是被吃掉的棋子,弃在一旁。可老齐平素最爱的,就是这几颗不起眼的棋子。

出了火车站,下二十几级台阶,向右一转,就到了顺吉客店。从鹿蹄沟、十二里桥和佛爷岭来的旅客,一般在这儿歇脚。客店大约有五十平方米,分三部分,里侧是客房,中间是灶房,入门处则是饭堂。客房只有一间，四个床位，即便这样，空床的时候仍是很多。反倒是灶房，总是一团忙乱，饭堂里的六张餐桌，很少有闲着的。这儿的酒菜，风味独特，不光外地人喜欢，本地人也得意，布基兰那些懂吃的主儿，是这儿的常客。

进了腊月的太阳，就好像失恋了，早晨八点多才寡白着脸出来，下午四点钟就缩着头下山了，整日没魂似的。老齐六点钟交班的时候，天已黑透了。他下了台阶，看了看天，发现一颗星星也没有，便知入夜又要有雪了。

老齐一进客店，就看见了云娘。她一身黑衣，包一块紫头巾，坐在靠近火炉的方桌前，守着一碟肉干，弓着背喝酒。

"云娘，您有仨月没来了吧？我想您啊。"先前老齐满心的不痛快，见着云娘，云开日朗，喜出望外地说，"看来嘎乌好了！"

云娘咂了一口酒，眨了眨眼，看了老齐一眼，撇着嘴说："你今天没给铁轨敬烟啊。"

"到底是神仙啊！"老齐大叫着，"我今儿急着来，哪顾得上它呢！再说了，我敬了它这么多年有什么用？想让火车在这儿停一分钟，联系了半下晌儿，连站长都出面了，好话说了一箩筐，也没成，我心里堵得慌啊。您说这铁轨保佑了我们什么呢？我看它伸出的那两条长腿，贱得跟小西天的女人的腿一样，该劈！"

小西天是布基兰最短的一条小街，在自来水公司的后身，不足百米，有三家练歌厅。那儿的点歌小姐，暗中是卖色相的。老齐的话，让两个知情的食客，一个笑得喷出一口粥，咳嗽起来；一个乐歪了嘴，撇下筷子。

云娘没笑，她放下酒盅，打起了盹。八十岁后，她每喝一顿酒,都要打两三回盹。老齐看着她眯起了眼睛,便从她的碟子里抓了几条肉干,边嚼边往灶房走。谁知云娘在他背后嘟囔道:"五十的人了,还像小孩子,偷吃。"

老齐笑了,他知道自己无论做什么事都逃不出云娘的眼睛。她的眼睛,合着跟醒着一样,明察秋毫。

客店的男主人刘泉戴着桦树皮做的高筒帽子,正掂着马勺,嚓啦嚓啦地翻炒着猪肝,他的老婆顺吉则垂着头洗豆芽。以往老齐进来,顺吉总要笑眯眯地叫一声"齐司令到",可她今天只是抬头望了他一眼,没打招呼。她的两个颧骨通红通红的,看来又进山打猎去了。

刘泉用铲子敲着锅沿儿,说:"老齐,好几天没见了,今儿想吃什么?"

老齐说:"我约了派出所的老刘,来俩硬菜!"

布基兰的人,习惯把以荤菜为主的菜称为"硬菜",如熘肉段、浇汁鱼、红烧排骨、油爆肚等。

刘泉说:"今儿腊八,都是硬菜!顺吉新打的飞龙你吃不吃?"

老齐说:"要是我自己,可舍不得吃野味,我这一个月才开六百来块,享受不起啊。不过请老刘,就豁出去了!给我用飞龙胸脯炒个榨菜,再来个五花肉炖酸菜粉!"

"齐司令请老刘,酒水我就免费了。"顺吉仰起头说,"再送你们每人一碗腊八粥,我用新鲜的狍子肉煮的肉粥,里面加了老山芹,撒了晒干的山葱末,鲜着呢。"顺吉的话音刚落,灶房外就有客人吆喝:"老板娘,这粥好香,再添一碗!"

顺吉答应着,盛了粥,端着,一瘸一拐地往外走,老齐连忙问她这是怎么了？顺吉没吭气，刘泉看着老婆出去了，这才小声对老齐说："昨儿上山打猎，让野猪给咬了一口！正跟野猪生闷气呢。"

老齐说："伤得重不重？没去医院看看？"

刘泉一边把炒好的猪肝往盘子里扒拉，一边说："她穿着狍皮裤，里面还套着条毡裤，就是这样，腿肚子还被咬了道两寸长的口子，流了不少血！幸好没伤着骨头！"

"要是嘎乌跟着去就好了，可惜它这两年不能进山了。"老齐说，"都说熊瞎子祸害人，野猪咬人，我还是头回听说呢。"

刘泉说："野猪杂食，估计头几天下的大雪让它找不着吃的，这才奔人来了。顺吉说了，成群的野猪不咬人，最怕的，就是她遇见的这种孤猪！那家伙看上去起码有三百来斤，一嘴獠牙，妈的，它还想吃顺吉的肉！"

顺吉举着手回到灶房了，她手上黏糊糊的，看来粥漾出碗了。刘泉连忙抓起抹布，帮她擦手。顺吉见猪肝已炒好，刘泉只顾着聊天，忘了上菜，便嘟囔一句"猪肝要是回锅，可就没个吃了"，刘泉赶紧端起盘子出了灶房。

老齐笑着问顺吉："这次进山，忘了敬山神爷了吧？"

"怎么没敬？"顺吉委屈地说，"山神爷八成不想让我帮着镇上打猎了，这才放野猪咬我！进了腊月，孙镇长打发费主任来了三趟了，催我进山，说是快过年了，攒不够野物，对上送不上年礼，就把我的猎枪缴了。"

"这是威胁！"老齐说，"他们再这么说，你不会也威胁他们，就说这儿已经禁猎了，可他们鼓捣你打猎，违犯《野生动物保护法》！"

顺吉叹了口气说:"我哪硬气得起来呢?我爱打猎,这个小店不全依仗着那些野味出彩吗?要是真把猎枪给没收了,断了客店的财路不说,我也受不了不进山的日子啊。"

老齐说:"那就听人家吆喝吧。他们要送多少年礼啊?你打了半冬的猎了,还不够?"

"费主任说今年得要二十对飞龙,十只雪兔,五只狍子。你也知道,我打的猎物,自己吃了些,再加上野味也是店里的招牌,客人点,咱也偷摸地给做点儿,到现在没有一样猎物够数呢!再说了,野猪咬我这一嘴,可能十天八天都进不了山了,今年要凑够数,悬啊!"

"那你今天还把飞龙拿出来干啥?"老齐说。

"云娘不是来了吗?"顺吉压低声说,"她好几个月不来了,我不把野物摆在灶台上,她还不得把锅给我砸了啊。"

"云娘来了,嘎乌今晚就该来接她了吧?"老齐说。

"谁知道呢?"顺吉忧心忡忡地说,"云娘今天把装神偶的鹿皮口袋拎来了,也不知要干什么,我心里发慌啊。"

"云娘要作法?!"老齐吃惊地说,"她有多少年不干这个了!"

"她带来的是空口袋,神偶没拿来。"顺吉说,"这个口袋肯定要装点什么东西回去啊。"

"你怕她装你打的野物?"老齐问。

"她要装野物就好了。"顺吉说。

"我看今晚要下雪,没准她会装点腊八雪回去呢。"老齐笑着宽慰顺吉,"云娘不是说过吗,她的神偶口袋能盛春风,盛月亮光,盛百合花的香气,盛鸟儿的叫声,盛炊烟。她盛的那些东西,都神,你用不着往坏处想!"

顺吉长吁了一口气,说:"也是啊。"

老齐回到饭堂时,云娘又在吃喝了。老齐发现云娘对面的椅子上,果然搭着装神偶的鹿皮口袋。老齐知道这样的座位是不能坐人的,就拉过一把椅子,坐在云娘身旁,提起酒壶,给她斟酒。云娘眯着眼,问老齐:"你知道腊八为什么要喝粥吗?"

老齐说:"都说'腊七腊八,冻掉下巴',我估摸着腊八这天喝粥,就是为了暖身子,保下巴!"

云娘"噗嗤"一声乐了,说:"腊八是释迦牟尼成道的日子,寺院里要煮粥供佛,这风俗后来传到民间,老百姓才在这天喝腊八粥啊。"

老齐说:"我喝了大半辈子的腊八粥了,都不知道为什么,看来年年喝的都是糊涂粥啊。"

云娘说:"我一来,顺吉就告诉我那个剁手指的人的事儿了。他的手指接上后怎么样了?能动弹吗?"

"云娘啊,我这半下晌儿忙乎的就是这个人的事啊。他的手指接上后,一直都是好动静,知冷知热,不痛不痒,可昨晚上突然就不行了。三根手指,有两根没知觉了,而且那指头乌紫乌紫的,估摸着不过血脉了!照这样下去,他的手指恐怕保不住了!闵医生说这里治不了了,帮他联系了哈尔滨的大医院,让尽快转院呢。您这仨月不出门不知道,两个多月前,火车大提速了,这一提速不要紧,从栖林发来的开往哈尔滨的快车不在咱这儿停了,只有一趟去齐齐哈尔的慢车了!要是乘慢车去,再转到哈尔滨,得晚七八个钟头啊。他那手指,多耽搁一小时,就少一分存活的希望啊。你说一个靠力气吃饭的人,丢了手指,跟丢了魂儿有什么区别!派出所的老刘求我,想让快车今晚能在布基兰站停上一分钟。我跟站长商量后,与管辖的铁路局的车务段联系了,说是布基兰有危重患者,要乘快车走,可人家听了情况后,说这人没有生命危险,不能给他停车!"老齐拍了一下桌子,说,"我要是在快车进站前给它一个紧急停车的信号,它也不敢不停!可是它停了后,我也就下岗了,没那胆子啊。"老齐哆嗦着嘴唇,垂下头。

"快车为啥不在咱这儿停了?"云娘问。

"庙小,客流量小,人家当然不待见了。"老齐说,"小站在提速中成了火车线上的毒瘤,人家说切就切,你有什么辙啊,刀又不握在咱手中。现在我明白了人们为什么都爱往大地方奔了,方便啊。"

云娘抿了一口酒,说:"你怎么不让那人从公路坐车到高桥,再从那儿搭快车走?高桥是大站,火车不会不停吧?"

"云娘,前几天的那场大雪,把公路给封了,汽车停运了四天了!"老齐说,"要是能那样走,我才不求火车呢。"

云娘张开嘴,打了个长长的呵欠,冲老齐摆摆手,轰他走的样子,又打盹了。老齐无声地笑了,他再一次把手伸向碟子,抓了几条肉干,边吃边朝外走,打算迎迎老刘。

老刘是派出所的警察,比老齐大两岁,五十二了。腊月初四的早晨,小镇发生了一起案子,兴发刨花板厂厂长郭大头家的仓房被盗了。虽然丢的东西不多,但郭大头非常在意,认为这个贼有来头,因为仓房里大米白面豆油猪肉应有尽有,贼只偷了他一袋面、一条肉,好像有点警告的意思。郭大头想知道是谁在算计他,因而报案的时候许诺派出所,如果能尽快破案,他就给每个干警发两坨带鱼，作为年礼。

这案子落到老刘手里，不出三个小时就破了。原来现场留下的脚印很清晰，是老式的大头鞋印，四十三码左右，三接头的，如今几乎没人穿了。老刘知道，过去山场的伐木工，才穿这种鞋。现在封山育林了，木材开采量逐年减少，大部分山场撤并了，伐木工要么失业，要么转产干别的去了，所以在布基兰，这种鞋快绝迹了。老刘循着留在雪地上的鞋印，一直跟踪到镇南头公共厕所前的十字路口。奇怪的是，到了那儿，大头鞋印消失了。老刘把交叉着的小路仔细看了，再没发现那种脚印，看来贼到了这里以后，意识到留在雪地上的鞋印是不安全的，采取了保护措施。老刘蹲在公厕前，抽了颗烟后，心想贼如果是有预谋的，那么他会换上另一双鞋回家，让线索彻底中断；可如果贼是突然醒悟的，情急之下，完全有可能脱下鞋，赤脚行走。老刘再一次察看十字路口，果然发现了两行与众不同的足迹，它们没有鞋的禁锢，是真正的脚印！那脚印一行深重，一行清浅，老刘根据它们的特征和所指的方向，判定贼是用左肩扛着那袋面，因而左侧的脚印灿烂，右侧的朦胧。老刘顺着脚印，寻到别雅山下。那儿的两幢土房，是镇子里最破的，板夹泥的墙体已经下沉，房顶的油毡纸也老化了。住在这儿的，多是盲流。他们夏天采山、打鱼，冬季则在镇子里打零工。脚印最终指向一座破败的门楼，门楼下吊着两扇对开的木门，一扇关着，另一扇因为上头的合页掉了，中风似的，侧歪着身子。老刘进得院子，只见一个瘦高的中年男人正佝偻着腰整理废品，地上堆着废纸盒、空的易拉罐和矿泉水瓶。那男人面色萎黄，胡楂上挂着霜雪。他见进来的人穿着制服，便打起了寒战。老刘说："你是个左撇子吧？"

那人"嗯"了一声,老刘又说:"脱了鞋从公共厕所光着脚往回走,有三百来米吧,是不是冻伤了脚?"那人又"嗯"了一声,眼里泛起泪花,转身回屋了。

老刘跟进屋,恍如掉进了冰窖。虽然太阳已经很高了,可玻璃窗上的霜花还没融化。屋子不大,两个小间,外加一个灶房。灶房里戳着三口缸,一大两小。大的是酸菜缸,小的是咸菜缸和米缸。老刘把每个缸盖儿都拉了一下,发现酸菜还剩多半缸,咸菜是小半缸,而米缸快见底儿了。进到东屋,见只有一床一桌一椅,床头上贴着一张世界地图,叠得整齐的被子上放着一个暖水袋。桌上摆着一盏台灯、一摞书本和一块没啃完的萝卜。老刘转到西屋,第一眼就扫见了床底下搁着的一双笨头笨脑的大头鞋,老刘指着鞋说:"四十三码的吧?"那人点了下头。老刘又问:"以前是伐木的?"那人说:"在贮木场开绞盘机来着。"说完,出了屋子。不一会儿,他喘着粗气,拎着一袋面和一条猪肉进来了。他把它们放到地上,扑通一声给老刘跪下了,耷拉着脑袋说:"求求你别抓走我,我把东西原封不动地还回去。我家豆瓣才十三岁,我进去了,他就成了没爹没娘的孩子了呀。"

这个贼叫刘志,鹿蹄沟人,三十八岁,可老刘觉得他满面沧桑的样子,像是五十岁了。刘志以前在鹿蹄沟贮木厂工作,六年前林场精减人员,他下岗了。他和老婆开了个豆腐房。四年前,鹿蹄沟来了个做木材生意的商人,他爱吃豆腐,刘志的老婆每天都去他的住处送豆腐,一来二去,两个人有了私情。商人离开鹿蹄沟时,这女人抛下丈夫和儿子,跟着跑了。从那以后,刘志只要出门,碰见他的人都会开他的玩笑:"刘志啊,你是真冤啊,人家一吃,吃了你两种豆腐啊！"刘志受不了这羞辱，带着儿子，投奔布基兰的哥哥刘同来了。刘同是筷子厂的工人，老婆一身的病，孩子刚上大学，他自己又贪酒，所以根本接济不了弟弟。刘志花了一千块钱买下南山这两间破旧的平房，跟儿子住了下来。这几年，他风里雨里的，蹬三轮，打鱼，采山，捡废品，该吃的苦都吃了，与儿子相依为命。儿子豆瓣学习好，又懂事，放学后常帮着父亲捡废品。所以虽然日子过得清苦，却也温暖。谁料夏末，刘志遭了场灾，得了急性阑尾炎，术后第六天，刚拆完线，他就下河打鱼了，致使伤口感染，不得已又回到医院，这两年辛苦攒下的那点钱，一家伙都被病给卷走了。他囊中羞涩，所以入冬以来，人要吃的粮食和火炉要吃的煤，全都吃紧了。他一天只吃两顿饭，火炉只在做饭的时候才点着。人的肚子空落落的，屋子冷飕飕的。进了腊月后，刘志想着不能让儿子过年吃不上顿饺子，就动了偷窃的念头。

老刘问刘志："郭大头家的仓房那么多好吃的，你怎么只偷了一袋面、一条肉？是拿不动吗？"

刘志说："我想着这些东西过年包饺子绰绰有余了，就没拿别的。还有，我以为有钱人家丢这点东西，就跟掉了根头发丝似的，算不得什么，不会报案的。"

老刘又问："你儿子知道你偷东西的事吗？"

"哪能让孩子知道呢，那样我还有什么脸当爹！我是趁他睡熟了，凌晨两点来钟，偷、偷的。"刘志说到"偷"字，突然结巴起来，他别过脸，哭了。

老刘没有抓走刘志。他离开他家，一路蹚着罪犯的脚印往回走，把唯一的线索搅浑了。回到派出所，他向所长汇报，说是案发现场除了留下的大头鞋印，再没有其他的物证。而那串脚印，在中途就消失了，所以无法判断贼的去向，再加上没有目击证人，估计这个案子很难告破。所长一挥手说："破不了算了，一袋面一条肉的，不是吃不上喝不上的，谁偷这个？郭大头悬赏的每人那两坨带鱼，咱也不稀罕！他那么有钱，平时要是多接济点穷人，能遭贼吗？"

就为了这番话，那天晚上，老刘把所长请到顺吉客店，痛痛快快地喝了顿酒。酒后，趁着粮油店还没关门，他买了一袋大米、一桶豆油，用自行车驮着，送到刘志家。昏暗的灯影下，刘志和儿子正围坐在灶台前，一人擎着一只海碗，喝着菜粥。那个叫豆瓣的孩子，老刘一眼就喜欢上了。他很单细，是个豁牙子，左脸上长着一片姿态妖娆的癣，看上去像挂着一幅地图。大约家中不常来人的缘故，他看人时有点怯生生的。老刘一进来，他就把自己坐着的板凳拎起来，递给他，唤客人坐。

老刘没坐，他放下米和油，对刘志说："正月没事，领着豆瓣去我家串门去吧。我家就在派出所后身，把东头。"说完，怜爱地抚摸了一下豆瓣的脑门，走了。

老刘以为事情就此结束了。谁料第二天上午，九点来钟，他刚上班，刘志竟然来了。他穿着大头鞋，黄棉袄，光着头，面色苍白，瑟缩着，用左手提着一个巴掌大的布口袋，见了老刘，哆嗦着递上口袋。老刘狐疑地抻开袋口，一看，里面竟然装着三根血糊糊的断指！

原来，刘志用左手，剁掉了自己右手的三根手指：二拇指、中指和无名指。他说只有这样，才能洗心革面，报答老刘的恩情。本来不想让它水落石出的案子，经刘志这一折腾，无人不晓了。

布基兰镇医院，只有一名外科医生，姓闵，本已退休了，但因为没有年轻医生愿意来布基兰接替他的工作，医院只好把他返聘回来。闵医生能做的手术，无外乎阑尾切除、胆囊摘除，以及外伤缝合的小手术。痔疮手术他也能做，但他嫌做了那手术后，总要恶心两天，所以坚辞不做。镇医院的外科，不像内科和儿科那么忙碌，很清闲。闵医生常常是上午十点钟上班，午后三点多就回家了。在班上，他也一副老爷的派头，夏天摇着檀香木的扇子，用透明的玻璃杯沏着菊花和枸杞，滋润着五脏；冬天则把着盏紫砂茶壶，慢慢地品着乌龙茶。他懂得养生，烟酒不沾，所以即使六十多岁了，鬓角还看不到白发。布基兰的人，对他印象都不大好，除了不信任他的医术外，还因为他死了老婆后，入夜常去小西天取乐。人们都说："六十多的人了，还好那个，不要脸！"

老刘看着刘志的断指，气得七窍生烟，数落他："你一个靠力气吃饭的人，断了手指，就是断了生路，愚蠢啊！"老刘不由分说，提起装有断指的口袋，拉着刘志要去医院，可刘志说什么也不去，说是右手有大拇指和小拇指把持着，跟刘备拥有了关羽和诸葛亮一样，文武双全，可以畅行天下了。老刘不得不用武力，和另一位警察，强行把他拖到医院。

一般来说，断指再植，不能超过六小时，而且要求肌肉、血管和神经没有完全断裂，这样，成活率才高。虽然刘志的断指离体时间较短，可闵医生从来没有做过这样的手术，因而看着断指，就像看着一道解不开的题，一脸迷茫。老刘见他退缩，就说："你就死马当作活马医吧，不成，也怪不得你。"闵医生说："我不能给他做，要是失败了，我这一世的英名，还不得毁在一个贼手里？"老刘想："你一个比屠夫高明不了多少的医生，有个屁英名？"但嘴上还得鼓励他，说以他的妙手，定能让刘志的手指起死回生。闵医生这才不情愿地给刘志的伤口清创，开始了再植手术。他用了三个小时，缝合肌腱和神经，重建血循环，闭合创口，将三根断指接上了。第二天，刘志的断指有了知觉，第三天，中指能微微颤动了，连闵医生都认为奇迹出现了，谁知风云突变呢。

老齐站在路灯下，想起老刘上午对自己说的话，心底起了寒意。刘志的哥哥刘同，竟然跑到派出所去闹，说是刘志的三根手指要是活不成，老刘应该对弟弟进行伤残赔偿。按照他的逻辑，饶恕是最残忍的刑罚，老刘正因为施用了这看不见的酷刑，才害了刘志。埋怨老刘的，除了刘同，还有郭大头。他说："案子本来破了，愣说没线索，害得我睡不安稳，买来两条大狼狗看家护院，这不是糟践人吗？你们不抓贼也行，悄悄把实底儿告诉给我啊，省得我担惊受怕的，连过年的心思都没了！"

冬夜的布基兰是安详的。如果是晴天，又有月亮的话，你能看见滴拉恰山和别雅山上的条条雪痕。滴拉恰，是鄂伦春语"太阳神"的意思，而"别雅"，指的是"月亮神"。七八十年以前，游荡在这一带的，只有以狩猎为生的鄂伦春人，所以这里的山脉、河流，大都是鄂伦春人命名的。他们起的名字，充满了神性色彩。比如布基兰，按照云娘的说法，是由她曾做过萨满的父亲给起的。萨满，是部落的神，他们穿上神衣，通过作法，可以上天入地，为人除病消灾，脱离苦难。"布基兰"指的，就是缀在萨满神衣上的饰物，它用铁片制成，状如小喇叭，据说可以招财祈福。汉族人进驻以后，森林大开发开始了，很多地名都被说成有迷信色彩而被抹去了，改换成"红卫""战辉""兴林"一类的，但布基兰的地名却沿袭下来，它周围的山脉的名字也留了下来。

老齐想起布基兰地名的由来，不由得仰天长叹，说了句："这儿不是神衣上的小喇叭吗，今晚就让它给咱吹个响吧，让快车在这儿停上一分钟！"说完，低下头来，跺了跺脚。腊月里，在户外站上一刻，脚就会冻得发木，得活动活动。

老刘终于大踏步地来了，他走路始终保持着警察的作风，干练迅捷。

老齐用脚踢了一下路灯杆，说："怎么没换下制服？又夜班？"

老刘气喘吁吁地说："镇政府门前的那两盏大红宫灯，昨晚丢了一盏，把孙镇长气疯了，说是竟敢偷到他眼皮子底下，胆大包天！这不，为这事儿，我今儿得加夜班。后半夜那趟慢车进站时，我得去查验上站的旅客携带的物品。"

"一盏灯笼，至于吗？"老齐说，"又没撬金柜，他干吗抓肝挠心、兴师动众的？"

"所长偷着跟我说，这两盏红灯笼，是一个算命先生，指点孙镇长挂在镇政府门前的。说是只要灯笼没事，保他鸿运当头。这灯笼挂了整四年了，孙镇长人旺运旺，听说过了年，就要提拔到县里当副县长了。丢了灯笼，就跟挖了他一只眼一样，疼得他直跳，把打更的老张头给开回家了，说他老眼昏花的，只知道睡，连盏灯笼都看不住，属猪的！"

"我看哪，这是哪个小孩子淘气，偷回家玩去了。"老齐说，"要不就是孙镇长整天耀武扬威的，有人看不惯，偷盏灯笼解解气。"

"你说得在理。"老刘说,"他们也真傻,说是偷灯笼的人不敢在布基兰点,肯定要把灯笼转移出去,恨不能在每个路口都设下卡子盘查,看来真把灯笼当作神灯了!要真像你说的,偷灯笼的人就为了给孙镇长点颜色看看,我看人家早把它填到炉膛里,一把火烧了,哪儿找去啊!"

老齐说:"就是啊,你今儿就在这儿消停地喝酒,管它灯笼不灯笼的呢。"

老刘擤了把鼻涕,说:"反正我也得送刘志上那趟慢车,既然到了车站,顺便查查吧,也算是给所里一个交代。"说完,跟着老齐进了客店。

云娘醒了,她正独自咯咯乐着,大概打盹的时候想起了什么有趣的事情。那些纵横交织的皱纹,便在她脸上结成了一张网。平素这网沉潜着,波澜不惊,可是这阵笑,让这网拉紧了,悬浮起来,每个网眼里都漾着活泼的光影,使云娘看上去充满了生气。老刘像老齐一样,见着云娘,兴奋地说:"您老出来了,看来嘎乌好了!"

常来顺吉客店的人都知道,自从云娘下山后,她习惯下午三四点钟,从滴拉恰山脚下的木屋出来,横穿铁道,到顺吉客店喝酒。晚上九点多钟,嘎乌会准时来接它的主人回去。未提速时的列车,晚上十点三刻进站,云娘和嘎乌会赶在这之前,越过铁道,回到山下的木屋。

布基兰小镇,大约有六十多个鄂伦春人。鄂伦春的猎民,三十年前就下山定居了,只有云娘,一直坚守在山里。十一年前,她因为衰老,被迫下山。不过她不喜欢住在镇子里,而是在滴拉恰山脚造了木屋,带着嘎乌住在那里。嘎乌是云娘心爱的猎犬,在鄂伦春语中,"嘎乌"是"撑杆"的意思,而嘎乌在云娘的生活中,也确实起着"撑杆"的作用。云娘在山中游猎时,后期眼神不济,猎枪打出的子弹十有八九走空,全仗着嘎乌帮着追捕猎物。嘎乌捕获过比它弱小的野兔,也让比它高大的狍子丧命于爪下。喜欢这条猎犬的人,都知道嘎乌的身世。有一年早春,云娘游猎到潮旺河,在河畔的矮树丛中,从一群哑哑叫着的乌鸦身下,发现了一条猎犬的尸体,它已被乌鸦啄食得血肉模糊,残破不堪,嗜血的蚊子和小咬在它身上飞舞着。云娘不知道这是谁的猎犬,它为何脱离了主人,死在这里?云娘赶跑了乌鸦,动手挖坑,想把它埋葬了。就在这时,一阵猞猁的叫声温柔地传来,云娘诧异,循声而去,在一个脸盆大的草棵中,发现了三只狗崽!其中的两只,侧卧着,已没了气息,而活着的那只,毛色灰黄,趔趄着,努力想站起来。云娘这才明白,那条猎犬是因生产而死的,它留下了三只嗷嗷待哺的幼崽。死去的两只狗崽,估计是吮吸不到奶水,活活被饿死的。云娘把死去的母狗和它的两条狗崽埋葬在一起,然后把那条活着的带回营地,喂它米汤,使它一天天精神起来。

  嘎乌似乎是专为云娘而来的。那时陪伴在云娘身边的猎犬奥伦,正因为云娘的男人、老猎手乌鲁达的死,而深深悲哀着。十五岁的奥伦整日嗅着主人留下的衣物,满含泪水地看着挂在柱子上的主人用过的猎枪,不吃不喝。嘎乌到后的第七天,奥伦死了。云娘用丈夫训练奥伦的办法来训练嘎乌,在它幼小的时候,就把打来的灰鼠、野兔和狍子放在它面前,让它仔细地闻,增强它对猎物的嗅觉,而当它长大可以出猎了,在出发前,总是不让它吃饱,这样,它就会奋勇追逐猎物。嘎乌长到两岁时,云娘才看出了它不是一般的猎犬。它的躯体开始往瘦长发展，尾巴粗大蓬松，犬牙突出，再看它竖起的耳朵和微微向上偏斜的眼睛，云娘明白了，嘎乌的父亲是条狼！那条死去的雌性猎犬，看来是在深山中与狼交配，才生下了这样一窝特殊的狗崽。云娘想起丈夫乌鲁达就死在狼手下，便动了抛弃嘎乌的念头。她先后三次，把它带到山谷里，用铁丝套把它的一条腿缠上，绑在树根上，然后转身离去。这样，嘎乌挣断那个套儿，起码要一两个小时，而她会走得远远的了。然而，前两次嘎乌不出半小时就挣断铁索，赶上了主人。第三次时，云娘一狠心，绑了它一前一后两条腿，心想你有天大的本事，也找不到我了。那天晚上，嘎乌果然没有回来。但第二天黄昏，它居然又出现在营地。它被绑过的腿伤痕累累，见着云娘，嘎乌歪着头呜呜叫着，满眼泪水。云娘感动得落泪了，她终于决定把嘎乌留在身边了。

　　嘎乌不仅救过云娘的命，也救过顺吉的命。要下山的那年秋天，一个大雾的早晨，云娘带着嘎乌出猎，由于看不清林子，她迷路了，差点跌入被人称为"鬼门关"的一线谷。如果不是嘎乌死死咬住主人的裤脚不松口，云娘在那个雾天就化为谷底的幽魂了。下山以后，比云娘更适应不了小镇生活的，是嘎乌。它清晨起来，就站在木屋前，将头偏向滴拉恰山，久久望着。晚上，它常常在山脚下徘徊，发出低沉的叫声。云娘明白，以嘎乌的血统，让它离开山，它比其他猎犬更痛苦。有好多次，云娘拍着它的身子说："嘎乌，回山里吧，云娘不埋怨你！"嘎乌似乎听懂了主人的话似的，云娘一这么说，它立刻夹起尾巴回屋，蜷缩在云娘的铺底下，似乎是在告诉主人：我这一生，将与你厮守了。最终让嘎乌可以时常回到山里的，是顺吉。为了招待时常来检查工作的上级领导，镇政府选中了鄂伦春中最优秀的猎手顺吉,让派出所把收缴上来的猎枪还她,差她上山打野物。这样,云娘就让顺吉把嘎乌带上了。顺吉出猎的日子,就会去滴拉恰山下接嘎乌,出猎归来,嘎乌会立刻脱离顺吉,一路飞奔回家。有一年深秋,顺吉进山后,差点遭遇不测。由于秋季的山峦五彩斑斓,顺吉根本没注意到树丛中有一只黑熊,等它一耸身站起来,直立着冲向顺吉时,顺吉已经来不及举枪了。就在这生死攸关的时刻,嘎乌像闪电一样扑向黑熊,撕咬它的颈部,顺吉得以脱身。所以顺吉跟云娘一样,把嘎乌当作生命中的至爱。云娘每次来客店吃酒,嘎乌并不一同来,它会守着木屋,等到晚上九点多再接主人回去。嘎乌一挠客店的门,顺吉就会把特意备下的吃食拿出来,款待它。她从不把客人剩下的饭菜给它,觉得那样待嘎乌是不敬的。近几年,嘎乌的身手不如从前敏捷了,它跟着顺吉出猎,往往到中途就跑不动了。毕竟,它已经十九岁了。对于一条猎犬来说,这已是高龄了。所以,这两年,顺吉不带着嘎乌进山了。云娘说,她活够了,只是她不能死在嘎乌之前,她要等着它去西天了,才离开。所以几个月前嘎乌突然耳聋眼昏,起不来了,云娘就开始缝制寿衣了。她守着嘎乌,都不来客店吃酒了。

云娘的本名叫孟善云,只因她无儿无女,爱戴她的鄂伦春儿女们,都唤她"云娘"。她下山后,顺吉曾要接她来家住,可云娘说她喜欢和嘎乌住在滴拉恰山下,那样,跟山还连着心。云娘是个闲不住的人,布基兰有一家私人开的桦树皮工艺礼品店,专门收购鄂伦春人做的各种精美的桦皮制品,销往大城市。云娘便在家中做起了桦皮盒。她在桦皮盒上针刻出的图案,无论是花朵、树叶还是蝴蝶,都是那么的朴拙、优美,别有神韵。刘泉上灶时戴的高筒桦皮帽子，就是云娘做的，她在那上面刻了云彩和飞鸟的图案。刘泉开玩笑说，戴着这顶帽子，老觉得它会把自己带上天。除了做桦皮盒，云娘每日必做的事情，就是把父亲遗留下来的装神偶的鹿皮口袋打开，说上一些别人都听不懂的话。有一年大旱，云娘背着神偶口袋出来了，她到了河边，取出其中的两件神偶，扁形的刻有鱼鳞纹的木制雷神，以及长条形的用薄木片做成的有角有爪的龙神，开始了祈雨。也怪，那天本来晴空万里，可傍晚时分，空中突然浓云滚滚，雷声隆隆，大雨倾盆而下，使旱情得到了缓解。还有一回，镇委书记的儿子吴作文来到客店，要分文不付地拿走两只野兔，顺吉不从，吴作文就要挟她，说是要把她押到派出所，以非法打猎来治她的罪，顺吉哭了。正在这时，云娘推门而入，她的肩上，背着神偶口袋。她没有跟任何人打招呼，径自坐到火炉旁的椅子上，慢慢地从皮口袋中取出一件神偶。那件神偶是用木头块做成的，上面描画着的人身披铠甲，威风凛凛。云娘对着这件神偶，拱手拜了三下，然后眯起眼，念叨着什么，旁边的吴作文就像抽了羊角风似的，嘴斜眼歪的，浑身颤抖起来。当时，老齐刚好在场，他大叫着："云娘，这是哪路神仙啊？"云娘说："卡稳神来了，他是个常胜将军，专门惩治坏人！要想活命的，就别拿你不该拿的。"吴作文吓得面如土色，连忙撇下了手中的野兔，逃之夭夭。也就是那天，云娘对老齐说，这世上，没有没有魂灵的东西啊，草木啊花朵啊石头啊河流啊，包括你整天看着的铁轨，都是有灵的。猎人进山得敬白那查山神，你也应该敬铁轨啊。老齐问，我怎么个敬法啊？云娘说，你每天下了班，蹲在铁轨前，点上一颗烟，心里想着你这是敬铁轨呢，感谢它保佑了你的工作，把烟抽了，它也就心领了。

老齐虽然嘴上说:"它是钢铁做的,有什么心?"但他还是从第二天开始,在交了班后,蹲在铁轨前抽上一颗烟,敬铁轨。有时候,月亮出来得早,月光在铁轨上一跳一跳地发出白光,老齐就认定那是神灵领受了他的好意,在跟他说话。

云娘鹿皮口袋里装的神偶,有象征团结互助的连在一起的九个小人的"阿尼冉神",有驱除黑暗的单腿的"乌六浅"神,有表示忠贞爱情的"库力斤"神,有意喻光明的太阳神和月亮神,还有鹰神、草神等。这些神偶有的是木制的,有的是草编的,还有的是用兽皮缝制的。一般来说,云娘只有把神偶拿出来,别人才有幸看到它们,否则,那个口袋是不能碰的。所以那里究竟装着多少神,没人知道的。

老刘跟云娘寒暄的时候,发现了装神偶的空袋子。他说:"云娘,里面的神偶哪儿去了?"

"各回各的路去了呗。"云娘撇着嘴说。

"神仙们怎么能抛下云娘不管呢,我不信!"老刘笑着说。

云娘问老刘:"你饶过那个贼,惹了大麻烦,落埋怨了吧?"

"在所里是没落埋怨,所长是个好心人,您也知道!"老刘说,"就是在家里受不了老婆的唠叨,说我好心没得好报,自作自受!这不,我让她晚上煮点腊八粥,她说什么?你那么好心,全布基兰镇的人都知道你是大善人,去谁家不混碗粥喝啊,以后就别回家吃了!这不老齐看我可怜,请我来喝粥吗!"

"那人不是自己剁掉手指的吗?"云娘说,"怎么又张罗着出去治了?"

"云娘,这贼倒刚强,不主张去哈尔滨治,说是手上有了大拇指和小拇指,天地两全,没什么好怕的,可是他哥哥胡搅蛮缠,不干啊!还有这贼的儿子,一个挺招人稀罕的孩子,知道他爸剁了手指,他的手指也跟着疼起来,连铅笔和圆规都拿不住了。这贼跟我说了,不为别的,完全是为了儿子,才想着救活那三根手指啊!"老刘忽然压低声,眨着眼睛,神神秘秘地说,"云娘,您有本事接上他的手指吧?"

"我九点多就回家了。"云娘说,"到时嘎乌就会来接我了。"

"您要是答应给他接骨,我让他早点过来不就行了?"老刘说,"您吹一口仙气,他的手指头可就是旱苗得了春雨,有救了!那样,他也不用往哈尔滨折腾了。"

老齐也说:"云娘,您一提着神偶口袋出来,肯定是要帮助有灾有难的人,这个贼挺不容易的,您看在他孩子的分上,帮帮他吧,啊?"

云娘收起笑容,皱着眉,放下酒盅,用手指敲着桌子,冲灶房吆喝着:"顺吉,还不快把老刘老齐的菜上来,好堵住他们的嘴?"说完,吁了口气,又打盹了。

老齐跟老刘耳语道:"咱哥俩把云娘惹不高兴了。她能求雨不假,可是让她接骨,难为她啊。再说了,她今儿带来的神偶口袋,是空的!没神偶,她怎么作法?咱真不该说那话啊。"

老刘说:"没事,一会儿云娘醒了,咱每人敬她一盅酒,她也就消气了。"

顺吉左手拎着一壶酒,右手端着一盘榨菜炒飞龙,从灶房出来了。因为年轻时的一桩经历,顺吉每次见了老刘,都要害臊,虽然她也五十岁的人了。二十多年前,顺吉从山上嫁到布基兰,新郎官刘泉是汉族人，在供销社卖货，顺吉是在下山买酒的时候认识他的。在她想来，嫁给一个卖酒的，一辈子都是好气味。然而婚后的第二天早晨，顺吉背着猎枪，气冲冲地来到派出所。接待她的刚好是老刘。顺吉把猎枪往办公桌上"啪——"地一横，说是昨天亏了这杆枪，不然她就没命了！老刘连忙问怎么了？顺吉说："怎么了？他吹了蜡，变成了野兽，往我身上扑！幸亏我力气大，踢开他，抓起猎枪顶住他的脑袋，把他镇住了！你们汉族人这是欺压我们鄂伦春人，我让你把他抓起来！"老刘那时已成家，做了爸爸了，他笑着说顺吉："不是汉族人欺压鄂伦春人，那是汉族男人向鄂伦春姑娘求爱呢！"顺吉不信，她离家出走，回到山里。一周后，云娘把她送回来了。从那以后，她才温驯地和刘泉过起了日子，而且在不到三年的时间里，一连为他生了两个儿子。顺吉的大儿子命运不好，十九岁时下河洗澡淹死了，她的小儿子运气不错，考上了大专，学美术。云娘说，这孩子只要打来电话，不出三句话，就是要钱。她很后悔把小儿子送到城里上学，说他留着长发，抽着烟卷，穿着故意露着膝盖和胳膊肘的衣裤，学坏了。

顺吉往桌上摆酒菜的时候，老刘跟她开起了玩笑："顺吉，见着我这么高兴啊，连路都不会走了！"

老齐哈哈笑了起来，说："哪儿啊，她这是让野猪给咬了！"

"野猪竟敢欺压顺吉，赶明儿我去山里把它抓起来！"老刘话中有话地说。

顺吉红了脸，有些气恼地说老刘："看你这一脸的胡子，快赶上野猪的了！"

老刘摸着下巴说："这两天我的剃须刀不见了，记着是放在办公桌上的,可死活找不着了,三天不修理,它就噌噌往上长。"

顺吉说:"我刚才在灶房听齐司令跟云娘说,那个人的手指不行了,你说要是万一真保不住了,他家还不得讹上你啊?"

"一个敢剁了自己手指的人,怎么会讹别人呢?!"老刘拍着胸脯说,"我老刘看不差人,虽说他是个贼,但是条汉子!招人烦的是这贼的哥哥,完全是个无赖!我帮着筹措的看病的五千块钱,他竟想要扣除五百,说是他弟弟出去看病,他这个做伯伯的得照看侄子,没钱不行!"

"结果呢?"顺吉问。

"那孩子争气啊,他说不需要大伯照顾,他自己能生火做饭,一个人在家没问题。"老刘慨叹道,"穷人的孩子早当家啊。"

"他家不是住在别雅山下吗,离客店又不远,就让孩子每天来这儿吃吧。"顺吉说,"从他家到这儿,走个十五分钟也到了。"

"这主意倒不错!"老刘说,"我们顺吉就是菩萨心肠。"

灶房里传来"咣——咣——"的响声,客店的老主顾都知道,刘泉呼唤顺吉,喜欢用铁铲敲打马勺。老齐逗顺吉:"快去吧,他可是一分钟都离不开你啊。"

"哼,准是又找不着东西了。"顺吉往灶房走时,猫腰看了一眼云娘,回身小声对老齐老刘说:"还真是睡着了啊。"

来喝腊八粥的客人,个个都是满意而归。店里每走出一个人,就会有一团白炽的寒气,趁着开门的瞬间,鬼影似的扑进屋来。好像寒气也想喝上一碗粥,暖化了自己。老齐叫的菜已经上齐,酒过三巡,当店里只剩下老齐、老刘和云娘时,老齐问老刘:"那个叫刘志的,他看病的五千块钱,你是不是从儿子那儿掂掇的?"

"让你猜着了。"老刘说,"儿子开着汽车修理铺,比我上班强多了,年年都不少挣!老子平时不花他的钱,现在急用,借他个三千五千的,他敢不给?"

正说着,老刘的手机响了。他从裤兜掏出电话,"喂——"了一声之后,不耐烦地说:"我正值勤呢,你又找我干什么?刘志的事儿我托铁路上的朋友联系了,他又不是有生命危险的人,快车怎么可能为了这点小事停呢!"

对方不知又说了一些什么,只听老刘冷笑了一声,说:"有本事就自己造一个吧!"气咻咻地挂断了电话,把它撇在桌子上。

"是刘志的哥哥吧?"老齐问。

老刘点了点头,苦笑道:"这混账,那天去办公室闹,拿走了我的剃须刀!他刚才胡子刮到一半,没电了,仔细一看,这才明白它是充电式的剃须刀。你猜他跟我说什么?让我把充电器找出来,送到他家去!"

"妈的,这也太拿人不识数了!"老齐说,"把他抓起来,塞进笆篱子,让他吃个十天半月的牢饭,他也就老实了!"

"这家伙可是没少喝酒,刚才话都说不利落了。"老刘叹了口气说,"理解他吧,日子过得不遂心,人会焦躁。说点过头话,干点过头事,担待着吧。咱哥俩别为这事儿坏了情绪,来来,这么好的菜,可不能糟践了,再干一个!"

老齐撸起袖管,将一条腿支在椅子上,说:"你值夜班,都敢喝酒,我一个交了班的,怕什么?大不了喝多了回不了家,住在这儿!"

"你可不能住这儿,要是醉得人事不省,万一半夜欺压了顺吉,刘泉用铁勺敲碎你的脑壳,我可就有忙活的了!"老刘端起酒盅,一饮而尽。

老齐哈哈笑着,对老刘说:"我不瞒你,我这辈子,就欺压了我老婆这么一个女人啊,想想真是亏啊。你跟我说个实话,你不会像我这么废物吧?你现在眼袋下来了,腰弯了,脸上的褶子也多了,可你年轻的时候,浓眉大眼,腰板溜直,穿制服,戴着大盖帽,听说那时帮你洗衣服的姑娘一拨一拨的?"

"我呀,就出了一次轨。"老刘挤着眼睛说。

"跟谁?"老齐再次撸了撸袖子,亢奋地问,"我认识吗?"

"麻家烧烤店的老板娘啊。"老刘说,"那年她不是晕倒在街上了吗,赶巧我路过,嘴对嘴给她做人工呼吸。结果呢,她缓过来了,我快背气了,她那满嘴的孜然味,把我给熏的,反胃了一个礼拜啊。"

"嘿,喝得这么高兴啊。"刘泉忙完了灶上的事情,摘下了桦皮帽子,叼着烟出来了。他这两年歇顶了,所以一旦不戴帽子,看上去老气横秋的。

老齐说:"来来,你也喝两盅,反正店里没人了。"

"喝一盅吧。"刘泉说,"这刚七点钟,一会儿要是来了客人,我喝多了,再把白糖当作咸盐给使了,还不得坏了这店的名声啊。"

"这一段生意好像不如从前红火了,为啥?"老齐问。

"为啥你该最清楚啊。"刘泉使劲吸了一口烟,说,"火车一提速,快车不在这儿停了,好多旅客都不在咱这儿上下站了,人家宁肯坐汽车到高桥站去搭快车啊。旅客少了,生意当然比不得从前了。我这客店受影响还不算最明显的,像隔壁的水果铺,营业额比以前减少了一半，人家正张罗着兑店呢！"

"我看哪，如今开啥铺子，也比不上开澡堂子和练歌厅红火！"老齐对刘泉说，"你的店要是挨着它们，火车怎么提速也不会受影响！那些洗完了耍完了的主儿，总要吃点食儿吧？"

男人们哈哈大笑着，云娘在笑声中睁开眼睛，打了个呵欠，说："好不容易眯着了，又让你们吵醒了。你们这些可怜的男人啊，非得在外面没女人管着，才笑得出来！"

三个男人连忙起身，给云娘敬酒。云娘努着下巴，摇着头说："顺吉不出来，喝酒没意思啊。"

刘泉说："顺吉在里屋换衣裳呢，就出来。"说完，他扯着脖子喊："顺吉，快点，云娘叫你了！"

顺吉穿着一件鹿皮长袍，羞答答地出来了。这件袍子前后开衩，袍边和袖口镶有黑皮云字花边，衣襟的一溜儿纽扣是用鹿骨打磨成的，亮如晨星。与袖口相配的黑色腰带，松松地束在腰际，宛如白夜时的地平线，虽然分开了天与地，但上下却是通体的光明。这件飘逸的长袍，在夜晚的灯光下，显得是那么的柔美。顺吉好像脱胎换骨了，美若天仙。

"呀，顺吉，今儿外面没月亮，我在屋里却见着了！"云娘畅快地喝了一口酒，侧过身，得意地说，"老齐老刘，能把顺吉打扮成月亮模样的，也只有我云娘吧？"

"这是您给做的？"老齐问。

"那是我年轻时的手艺啊。"云娘骄傲地说。

刘泉嘬了一下嘴，说顺吉："不年不节的，怎么穿上这个了？一会儿来了客人，我看你怎么端茶上菜？"

"云娘来了，嘎乌一会儿也该来了。"顺吉说，"他们都好了，就是节日啊。"

"今儿还是腊八，该穿得漂亮些！"老刘对刘泉说，"咱老刘家的男人别那么没出息啊，一会儿来了客人，你自己招待，不就掂个马勺拿个碗筷什么的吗，让顺吉好好歇歇，美美！"

"今儿来的，都是喝粥的。"顺吉说，"粥还剩半锅呢，现成的，来了客，盛上就是了！"

"我看你穿上皮袍，就是因为老刘老齐都来了。"刘泉酸溜溜地说，"女人嘛，不管多大岁数了，都爱在男人面前浪。"

这个"浪"字，因为与顺吉的脾性太不相符了，大家全被刘泉逗笑了。

先前云娘有些沉郁，顺吉穿上皮袍子后，她变得快活起来了。她起身，端起面前的酒菜，跟大家坐在了一起。于是，老齐他们争先恐后地给云娘敬酒，云娘是来者不拒，每盅酒都干得一滴不剩。顺吉怕云娘喝多了，帮着她喝，结果自己也跟着喝兴奋了，伸出酒盅，一个劲儿地让人给她添酒，气得刘泉直瞪眼。顺吉没喝酒前，只是两个颧骨红着，喝多以后，整张脸都红了。云娘指着顺吉的脸说："刚才是月亮，这么一会儿就变成红灯笼了！"老刘听了，便拍着老齐的肩膀说："这回我不用去找灯笼了，这不在顺吉脸上挂着吗！"老齐笑得前仰后合，说过年都没有这么高兴过，这顿饭请得真是值！

十几盅酒落肚，顺吉离座跳舞去了。她仰着脖子说不是她想跳，而是身上的皮袍子鼓捣她跳。她年轻的时候在山里，在夜晚的营地，围着篝火，无数次地穿着皮袍跳舞。她跳舞时，常有夜鸟飞落到营地的撮罗子上。

顺吉虽然腿有些瘸,但她的舞姿仍是轻盈的。当刘泉看着她一手掐腰,另一只手高举过顶,晃着头,缓缓旋转的时候,气恼地说:"野猪怎么不把你的腿咬断呢!"他觉得顺吉真是丢人现眼。

顺吉边舞边唱着鄂伦春族萨满在春祭时唱的神歌:

我用四平头的鹿茸做我的梯子,
登上天空进入我的神位,
我要用双手向人间撒满金子,
用双手向人间撒满银子,
用双手把成群的鹿赶到主人身边,
用双手把成群的紫貂送到主人手中,
让我的主人得到春天般的温暖、幸福。

顺吉的歌声刚落,云娘的就起来了,她拍着巴掌,动情地唱道:

动物神啊,
你要爱护我们。
碰到女人和儿童,
不要咬伤他们,
碰到老年人要可怜他们。
动物神啊,
我要让四月的暖阳亲你的脑门,

让五月的花香摸你的鼻子，

让六月的小鸟梳理你的羽毛，

让七月的彩云当你的手帕，

让八月的河水做你的镜子，

让九月的彩虹为你做向导，

引导你来到天堂。

动物神啊，

你千万不要伤害我们啊，

伤害了我们，

你就成不了仙啦。

云娘的歌声与顺吉的是不一样的，顺吉的歌声高亢清亮，如一片雪白的云飘过；云娘的低沉柔美，像弥漫在森林的晚雾。就连快快不快的刘泉，也被歌声感染了，他像老齐老刘一样，为她们的歌声喝彩。就在顺吉想接着云娘，开始唱另一首歌的时候，客店的门"砰——"的一声被踢开了，一个二十多岁的毛头小伙子闯进来。他胖墩墩的，一身酒气，团脸，小眼睛，蒜头鼻子，头发卷曲着，像绵羊。在场的人没有不认识他的，他就是布基兰镇政府办公室的费主任。他虽然年轻，但很忌讳别人叫他"小费"，大家便唤他"费主任"。他一进来，就像警犬一样凑到客人的桌子前，把盘盘碟碟里的东西仔细打量一番，然后怒气冲天地指着顺吉说："总说打的猎物不够数，你自己看看，盘子里跟榨菜炒在一起的是不是飞龙？粥里面的肉是不是狍子肉？那碟肉干是不是野兔肉？你得知道，你打的猎是为谁服务的！孙镇长说了，过了小年，就得用这些野物了，你怎么还敢把它们做给别人吃！"

老刘不高兴了，他蹾了一下酒盅，说："姓费的，说话注意点，这屋里的，哪个不是你叔叔和婶婶？再说了，法律规定了吗，这东西只能你们吃？"

小费扫了一眼老刘，语气稍稍和缓了一些，说："我也没办法，刚才陪上面来的领导吃饭，孙镇长把我叫出去，一顿臭损！说我弄个猎物都这么费劲，干脆看门得了！"

"我看行。"老刘说，"不是说看门的因为丢了一盏灯笼被辞退了吗，刚好闲着个位子！"

"腊月二十，我来收猎物！"小费倒没计较老刘的话，他挥着胳膊下着最后通牒。

"能不能宽限几天啊？"刘泉可怜巴巴地说，"你婶子这次进山，让野猪咬了一口，估摸着这周是进不了山了。这野物年三十前凑够数不就行吗？"

"你们懂什么？年礼都得提前送！"小费看了一眼顺吉，说，"布基兰就你手里有猎枪，你跟着沾了多少光心里清楚！要是完不成任务，自己掂量掂量手中的枪，还能不能攥在你手里！"

顺吉一开始还低眉顺眼地听着，小费最后那句话，把她激怒了。她吆喝着："小东西，你等着，我有东西给你！"说着，进了灶房。等她出来时，肩头扛着一杆长筒猎枪。小费以为顺吉喝多了，要拿猎枪对付他，吓得面如土色，一个劲儿地后退，哆哆嗦嗦地说："这是干什么？干什么？大婶您可别乱来啊，派出所的人可是在这儿呢。"

顺吉把那杆沉甸甸的猎枪掷到小费脚下，说："收走吧，收走我也就自由了,不打猎我照样可以进山!"

刘泉急了,他扯着顺吉的袍襟,小声说:"谭谭,喝糊涂了吧——"顺吉姓谭,刘泉有求于老婆时,才叫她"谭谭"。

"我可从来没有像现在这么清醒过!"顺吉说,"我谭顺吉再也不让你们当枪使了!"

"大婶,您消消气。"小费抹着额头的汗,吁了一口气说,"猎枪我可不能收走。"

"你不收是不是?啊,想把它放在我这儿,让我继续当奴才啊?美得你们!"只见顺吉冲到小费面前,捡起地上的猎枪,忍痛支起伤腿,将枪横在腿上,两手抓住它的两端,"嗨——"地大叫一声,猛一发力,这杆枪立刻就断为两截。顺吉哈哈大笑着,忘情地原地旋转了一圈,说:"啊,我从来没有这么痛快过,齐司令,刘警官,你们给我倒酒啊,这杆枪,现在成了烧火棍了!"她趔趄着走到云娘面前,扑到她怀里,说:"云娘,您想吃什么,我马上用这枪烧火,给您做去!"

小费一副欲哭无泪的表情,呆呆地看着断魂枪,转身出了客店。

云娘推开顺吉,说:"别赖在我身上,用这烧火棍炒盘狍子肝吧,我刚才在灶上见着了,正好这些日子我眼涩。记着,嫩着炒啊。"

顺吉俯身,把残枪抱在怀里,满面哀伤地跟它贴了贴脸,去灶房了。客店陷入沉寂,只有电灯射出的乳黄的光影,在屋子里无声地舞蹈着。不久,灶房里传来炒菜的声音,在这声音中,夹杂着顺吉低低的哭声。老刘拍着刘泉的肩膀,轻声说:"进去劝劝顺吉吧。"

"妈的,顺吉就不能穿这件袍子!"刘泉苦着脸说,"每回穿都野得不知姓啥了。我这客店,算是完了。"他唉声叹气的。

云娘嘟囔一句:"男人叹气是会折寿的。"踉跄着回到火炉旁的桌子前,抖抖地坐下,又打盹了。

刘泉点起一颗烟,摇着头去灶房了。

老齐老刘面面相觑着,都有些兴味索然。

老齐说:"没帮你联系成紧急停车的事儿,本想约你来散散心的,谁想到会这样?这腊八节过的!"

"这有什么?我看是好事儿!顺吉以后就不用受他们摆布了。咱不吃这野味,嘴里也不觉得缺什么。"老刘说,"老齐,你心里可有个数啊,我听说,这个姓费的小子正追求你家小眉呢。有人看见,他们一起下过馆子。你家小眉当着老师,工作好,模样也不错,还是找个本分人可靠啊。"

"真的?"老齐火了,"我家养着猫和狗,还有鹅和猪,虽说没有绵羊,可也不能让小眉把这个卷毛货牵进家来!"老齐抓过老刘的手机,立马给女儿打电话。电话接通后,大概齐小眉问了句:"你是谁?"只见老齐脸红脖子粗地吼叫着:"我是谁?我是你老子!你可听清楚了,你要是敢把那个姓费的领进家,我就先用剃头推子把他的卷毛推光,然后再把他扔进猪圈里!他是头蠢猪,该和猪合群,知道吗!"老齐挂断电话后,用手揉搓着脖子上勃勃跳动的青筋,连连说:"我的血管要崩了!"

老刘说:"咱光顾着喝酒,腊八粥忘了喝,快凉了。正好胃里有火,喝点凉粥败败火吧。"说完,捧起粥碗,刺溜刺溜地喝了起来。老齐见老刘喝得香,也捧起来,风卷残云般地把那碗粥一扫而光,他赞叹道:"野味做的肉粥倒是不一样啊,以后恐怕是喝不到这么香的粥了。"语气中竟有了一种伤感。

老刘正想接着老齐的话说点什么,客店的门"嘎吱"怪叫了一声,门犹犹豫豫地开了,先溜进来的是一团毛茸茸的寒气,它像一条白狗,摇头摆尾地进来了。跟着,一个面色苍白、穿大头鞋、戴着狗皮帽子的高个子男人缩着脖子进来了。他进来后发现老刘,愣在了那里。

老刘说:"后半夜得上火车,你怎么不在家收拾收拾东西,休息休息?"

老齐明白,这个人就是那个叫刘志的贼了。

刘志戴着笨拙的棉手闷子,土黄色的,这种手套厚实肥大,是过去发放给林业工人的劳保用品。他用左手摘掉帽子,把它擎在手中,东张西望着,似乎在寻什么人。他的额头汗涔涔的,看来刚才走得急。当他发现角落里的云娘时,暗淡的眼睛蓦然一亮,热切地唤了声:"云娘——"

"你认识云娘?"老刘问。

刘志摇了摇头。

"那你怎么知道是她?"

"邻居跟我说,云娘要是不在滴拉恰山下的木屋,就在火车站旁的顺吉客店。只要看见一个穿黑衣服、包紫头巾的老人,一定是她。"刘志说,"我刚才去木屋了,没人,才奔这儿来的。"

"你没挨着狗咬?"老齐说,"你听说了云娘,也该听说嘎乌吧?它看家,生人休想进去!"

刘志说:"我看屋里有亮,敲了敲门,没人答应,就推门进去了,结果踩到一条狗上!它一动不动,哼也不哼一声,我以为它没气了,低头一摸,身上还是热乎的。这样的狗,怎么可能咬人?我看它老得不行了,都爬不起来了。"

"那它今晚是不会接云娘回去的了。"老齐喝了一口酒,叹息着说,"我还怪想嘎乌的呢。"

三个男人说话的时候,云娘仍然打着盹儿。

老刘对刘志说:"你找云娘,是为了手指吧?"

刘志并拢双腿,努力直了直腰,毕恭毕敬地说:"是啊。我又问了闵医生,他说我这手指,就是到了哈尔滨,也不大可能保得下来。他说我非要手指的话,可以考虑把脚趾切下一两个,移植到手上。你说那不是拆了东墙补西墙吗?我想要是手指真的没救了,今晚就上不了哈尔滨了!正愁得没主意,邻居来看我,他是个鞋匠,来布基兰七年了,他告诉我,布基兰有位神仙,鄂伦春人,叫云娘,能呼风唤雨,他说云娘兴许能帮我接上骨。"

"你这个人也是,瞎逞能什么?害得刘警官里里外外不是人,还得帮你筹钱看病,我呢,也得帮你联系快车在这个小站停靠,结果腊八节的,碰了一鼻子灰,让人扫兴!"老齐气恼地说,"你这个人真是死心眼,为啥一连剁掉三根手指?你剁掉一个,表表心意不就行了?一只手缺一根手指没什么,缺三根,那可就是房子少了好几根柱子,会塌啊。"

"我想一只手有了大拇指和小拇指,等于有了顶梁柱,够用了。再说中间的三根手指挨着,一块剁了顺手。"刘志皱着眉说。

"你这人真是木啊,怪不得老婆跟人跑了!"老齐说,"肝和胆连在一起,医生要是做胆囊摘除手术,也得连带着把肝给切了是不是?"

刘志低下头,满面尴尬,无言以对。

顺吉红着眼圈,端着一盘炒狍子肝从灶房出来了。她大概听见了他们的谈话,因而看待刘志的眼神满怀同情和怜悯。她把盘子轻轻放在云娘面前,沙哑地问:"要酒吗?"云娘用手指叩了一下桌子,表示同意,顺吉便把云娘挪到老齐他们桌上的酒菜又端了回来。

云娘睁开眼,先是把手凑近火炉,烤了烤火,然后才拿起筷子,品尝狍子肝。她只吃了一块,便放下筷子,说:"咸了,可惜了啊。"

"我跟平时放的盐一样多啊。"顺吉说,"您好几个月不来了,是不是变得口轻了?"

"你放了两道盐啊。"云娘端起酒盅,将残酒一饮而尽。

顺吉急切地辩解着:"云娘,我记得清清楚楚的,就放了一回盐啊。"

"这两道盐,一道是从盐罐子里舀出来的,一道是从你眼睛里流出来的啊。"云娘说。

顺吉这才明白,云娘是说她把眼泪流到菜里去了。

老刘起身,把刘志介绍给云娘,说:"这就是我跟您说的那个断了手指的人,专门上这儿求您来了——"

云娘抬眼看了看刘志,平静地指了指身旁的椅子,示意他坐过来。大家以为刘志落座后云娘会让他伸出受伤的手,帮他看一看,谁知她慢条斯理地对顺吉说:"他一天没吃东西了,给他盛碗腊八粥吧。"

顺吉去了灶房,很快端上一碗粥来。

刘志低头看了看粥,抽了抽鼻子,伸出左手,拈起雪白的粥勺,呼啦呼啦喝起来。他喝粥的时候,右肩一直颤抖着,看来伤指痛得不轻,扯动着整条胳膊都跟着痛。

刘志喝完粥,伸出舌头,舔了舔嘴唇。他的舌头好像笤帚,把附着在唇上的粥汁打扫得干干净净。顺吉见状,端起空碗,准备给他添粥去。刘志抬起头对顺吉说:"我吃好了,多少钱?"

顺吉说:"腊八节,不收你的钱,再喝一碗吧。"

刘志摇了摇头,说:"不饿就行了,习惯了。"

顺吉便把空碗又放回桌上。

刘志突然起身,"扑通——"一声跪在云娘面前,还没容他说出乞求的话,刘泉一手拎着酒瓶,一手提着桦皮帽子,哼着小曲,从灶房晃荡出来了。他见地上跪着个人,便顺手将桦皮帽子扣到刘志头上,拍着他的肩膀,说:"兄弟,别难过,一群小鸟在你头上飞呢!头上有了鸟,你就是天空了!一个男人是天空了,还有什么可怕的?快快起来喝酒、跳舞吧!"说着,抓着刘志的胳膊,将他拉起来。

他的话,让这个揪心的时刻,忽然间变得欢快起来。老齐嘿嘿笑了,老刘也抿着嘴乐了。顺吉和云娘虽然没笑,但她们相互望了一眼,眼里也漾着笑意。

刘泉喝醉了,他把酒瓶响亮地蹾在桌上,像鸟儿一样张开双臂,一手搂着老齐,一手搂着老刘,问顺吉:"说个真话,我们仨,哪个最中你意?"

顺吉用手指弹了弹皮袍袖边的黑皮云字纹,说:"你们都是好人,好人都中我的意!"

"啊,这话我听了高兴!我喝完酒,就去磨刀——"刘泉撒开老刘和老齐,跳着脚,说,"老子要进山宰了那头咬了顺吉的野猪!妈的,老子都不舍得咬,它敢下嘴!"他大声嚷着:"老齐老刘,明晚你们一定要来,我请你们吃野猪肉!"老齐老刘赶紧说"好,好"。刘泉笑了,又晃到云娘面前,说:"您带上嘎乌也来,我把新鲜的心肝都留给你们吃。"云娘说:"那敢情好。"刘泉笑得更欢了,他走到呆立着的刘志跟前,指着他的大头鞋说:"我要用它的皮,给你做双轻便的靴子,你把这双鞋撇到火炉烧了吧,如今谁还穿这个?"刘志茫然地看着刘泉,张了张嘴,没说什么。刘泉急了,他敛起笑,梗着脖子冲刘志嚷:"给你换好鞋,你还不乐意?"刘志连忙点了点头。刘泉顺心顺意了,他最后拍着自己的胸脯,说:"我还要用它的毛,给客店做上十几把硬毛刷子,刷锅!"

刘泉说完,摇晃了几下,终于不胜酒力,软绵绵地倒在地上。他两手伏地的一刻,嘟囔道:"我这不成了嘎乌了吗。"话音刚落,便打起了呼噜。那一声声呼噜,就像一个个句号,宣告着这个腊八夜,他是局外人了。老刘老齐有些扫兴,起身抬起刘泉,把他弄到床上。

刘志把桦皮帽子摘下来,放到桌子上,心犹不甘地坐回云娘身边,可是云娘并不看他一眼,而是把帽子当作转经筒,一边转着圈,一边低声唱着歌:

我在今夜,
请来至爱的神灵。

让河神洗去我们的罪恶，

让花神除去我们的污秽，

让爱神把我们的忧愁化成烟，

让火神把我们的烦恼烧成灰！

我们不哭，

人间的眼泪，只应该

挂在出水的鱼鳃上，

浸在清晨的鹿蹄窝里。

唱完歌，云娘咳嗽了几声，偏过头，问老齐老刘："几点了？"

"八点多了。"老齐说。

"该来了。"云娘说。

"云娘是说嘎乌吗？"老刘问。

"该来了。"云娘只是重复着这句话，并不回答。

"嘎乌要是不来，我和齐司令送您回去！"老刘说，"您别担心！"

客店的门，在这个腊八夜，又一次开了。这回它是被轻轻推开的，不像小费开门那么粗暴，也不像刘志开门那么拖沓。它开得不急不缓，温温存存，就连跟进屋来的寒气，也一派仙女的姿态，袅袅婷婷的。

来人一男一女，五十上下的样子，身上挂着雪。男人比女人略矮一些，清瘦，小眼睛，塌鼻子，泛白了的八字胡，面色黧黑，戴灰毡帽，穿深棕色对襟棉袄，斜挎一个帆布包，手提一只及膝的水桶。女的稍胖，鹅蛋脸，大眼睛，敦厚的嘴唇，扎一条红绿格子相间的三角围巾，穿一件簇新的印有百子图的软缎蓝棉袄，肩上背着一个蓝色旅行包,手上还拎着个三角布兜。他们进门后,没有往深里走,而是站在门口,放下手中的东西,拍打着身上的雪花,又跺了跺脚,把沾在鞋上的雪抖掉,这才提起大包小裹,把它们归置到墙角,找了张闲桌坐下来。

"下雪了。"老齐对老刘说,"也不知下得大不大。"

"不大。"那个男人摘下毡帽,笑了笑,说,"小清雪。"

他这一张嘴,可以看见他缺了一颗门牙。有的人缺了门牙,看上去很老相,而有的则显得天真。他属于后者。

"你们从哪儿来啊?"顺吉一边问,一边送上热茶。

"佛爷岭。"女人摘下围巾,抖了抖,把它围回脖子上,说,"这屋子烧得怪暖和的,这一路,我的脚都要冻麻了。"说完,坐在椅子上,跷起脚来。豁牙男人赶紧蹲下来,帮女人把棉鞋脱掉,说:"缓一缓就好了。"

女人的脚又肥又大,穿着红袜子。她弓着腿,两只脚相互搓着,打量着客店,对男人说:"收拾得真是干净,怪不得咱家海龙说这儿跟家里一样舒服呢。"

从她的话中,人们明白这是一对老夫妻。

从佛爷岭到布基兰,六十多公里的路途。发往那里的客车,旺季时一天两趟,淡季时隔天一趟。那儿住着七八十户人家,大多以烧炭为生。

"才下客车?"顺吉问。

女人说:"可不,一个多小时的路,走了两个来点。路滑,不敢快开。还有,走到半道,车坏了,修了好半天。一路上我的心一直提溜着,怕耽搁的时间长了,再赶不上火车。"

"你在这里先暖和着,我去票房子把车票买了。"男人说。

这一带的人,习惯把火车站的售票厅叫"票房子"。

女人说:"赶趟,还有两个来点呢,你也暖和暖和,要俩菜,喝上口酒,舒坦舒坦筋骨!

"你们这是去哪儿啊?"老齐问。

"去山东。"男人说,"我们坐十点多钟的快车到哈尔滨,从那儿倒车,到烟台,再从烟台坐汽车到威海。"

"去这么远的地方啊。"老齐说,"晚上十点多的那趟快车现在提速了,九点多就到布基兰了。不过它现在不在这儿停了,你得坐后半夜去齐齐哈尔的慢车了。"

"什么?那趟车不在布基兰站了?"男人抹了一把胡子。霜雪融化后,他的胡子湿漉漉的。

"是啊。这趟快车提速后,沿途有好几个四等小站都不停了。"老齐说。

"怪不得车坏在半道时,司机告诉我别着急,说是火车改点了,我还以为他瞎说呢。"女人对男人说,"咱多少年不出一回门,哪知道啊。"

"这可怎么好。"男人急得团团转,说,"我只知道从哈尔滨怎么去山东,到齐齐哈尔怎么个走法?"

老齐有个习惯,闲暇的时候,喜欢翻看中国地图册和各地的旅客列车时刻表。地图是永恒的,而列车时刻表就像孙悟空,说变就变。所以每隔一段时间,老齐就得更新自己的记忆。不过,不管它们怎么变,省内几个大站的列车换乘时刻,他都了如指掌。

老齐说:"齐齐哈尔有两趟发往北京的火车,你们可以从那儿先到北京,再从北京到烟台,之后到威海;要不然呢,就换乘齐齐哈尔到大连的火车,再从大连乘轮船到威海。只是呢,从栖林到齐齐哈尔的慢车运行时间长,再加上这趟车晚点个一两个小时是家常便饭,所以到了那儿可能天就黑了,其中两趟下午发的车,你们要赶上,挺悬!另一趟去北京的倒稳妥,后半夜的,那样的话,你们得在齐齐哈尔等上八九个小时。"

这突如其来的消息让男人泄了气,他腿软了,一屁股跌坐在椅子上,失神地说:"火车怎么会不停了呢?我一会儿上站,求车站的人帮个忙,能不能让它停上一分钟呢?哪怕咱给俩钱也行啊。要是坐慢车走,得晚上半天到一天,折腾到威海,就来不及了。"

"他就是火车站的!"老刘指着老齐对那人说,"今天还有重病号要转院到哈尔滨呢,为了这,联系了一下晌,想让快车停上一分钟,没成啊!"

顺吉劝慰道:"火车哪能像汽车,说停就停呢。我看你们也累了,就在店里多待几个点儿,歇歇脚吧。我给你们端两碗腊八粥来。"

"那我们就赶不上儿子的婚礼了——"女人的眼泪哗哗流了下来,她对男人说,"这可怎么好啊。"

"别哭啊——"男人柔声说,"儿子结婚是喜事。"

"噢,原来是为了赶儿子的婚礼啊。"老齐吁了一口气,问,"哪天?"

"腊月十一。"女人说,"俺们都算计好了,初十晚上到威海,第二天早晨就给儿子办婚事。"

"怎么选个单日子结婚?"老刘瞟了一眼西墙上挂着的月份牌,

伸出手指推算了一下，说，"腊月十二多好啊，是礼拜天，日历牌上的日子还是红色的！再说了，这一天阳历阴历都是双，吉利！"

"俺们就定的这天，非这天不可！"男人仍旧在地上转着圈，说，"看看还有没有别的门道？"

"既然这么急，该把时间打算得宽绰的，早两天走啊。"老刘说。

"今早晨才物色好新娘子，这才赶着去的。"男人解释说。

老刘说："哦，现在的小青年，谈恋爱喜欢一见钟情，结婚呢，爱来个闪电式的！"

"是不是要抱孙子了，才这么忙三迭四的？"老齐开起了玩笑。

男人女人对望了一眼，没说什么。老齐以为触到他们的难处了，连忙岔开话题，说："不叫前几天那场大雪，布基兰到高桥的路没封，你们可以雇台车到高桥，再搭快车。"

"高桥那儿下那么大的雪干啥呀。"女人说，"俺们那儿也下雪，没有那么大，路还能走啊。"

"我想到了一个快招儿，不过你们得在钱上破费了。"老齐说。

"怎么走？"男人不再转圈了，他急切地问老齐。

"慢车到了齐齐哈尔后，你们坐直达哈尔滨的动车，一天好几趟呢。到了哈尔滨，直奔飞机场。哈尔滨到烟台和威海，虽然不是每天都有航班，但能保证每天至少有一班，不是去威海，就是去烟台的。那样的话，你就等于给自己安上了翅膀，肯定能在腊月初十到。"

"那得多少钱啊？"女人说，"虽说是穷家富路，俺们多带了点钱，可是买飞机票，怕是折腾不起啊。"

"我在电视上看新闻了,进了腊月,飞机票打折的少了,差不离都是全价,你们俩到那儿,少说也得三千块啊!"老齐说。

"我在窑厂烧炭,起早爬半夜的,一个月才挣五百来块!三千多,是我大半年的工钱啊。"男人犹豫着。

"俺们从来没坐过飞机,不敢坐那玩意儿。它上了天,还不得跟鸟似的,想落哪儿就落哪儿啊。"女人跟老齐说完,又把头转向丈夫,"再说了,喜凤能跟着上飞机吗?"

"不光你们俩走,还有一个人啊?"老齐问。

"是啊。"女人指了指角落里的水桶。

"那是什么?"老刘问。

"喜凤啊。"女人喜滋滋地说,"你们过来瞧瞧,多俊!"

老齐老刘和顺吉凑过去,一看,水桶里竟然游着一条约一尺长、二三斤重的红鱼!它俊美的身形像细鳞鱼,圆鼓鼓的脑袋和亮晶晶的眼睛像鲤鱼,飘逸的尾巴像鲫鱼,而性感的嘴唇像重唇鱼的。不过细鳞鱼鲤鱼鲫鱼和重唇鱼,没有这么红的,它们不是鱼尾处漫着红色,就是肚腹那儿点缀着几抹红。而这条鱼,除了鱼脊微微泛着青色,其他部位,几乎都是红色的。大家啧啧称赞着,就像看到了一场壮丽的日出,无比惊讶和感动。

老齐说:"你要是带着活物,还真上不了飞机!我听说,要是动物跟着坐飞机,你得给它开个检疫证明,再办理货物托运手续,最后呢,还得给它交一笔费用,麻烦着呢。"

"喜凤不能上飞机,那咱就更不能坐了!"女人抹着眼泪对男人说,"它不去,海龙的婚怎么结啊。"

"这鱼怎么叫着个姑娘的名字?"老齐问。

"俺儿子叫海龙,她是他的新娘,就得叫喜凤啊。龙凤配嘛。"女人说完,从三角布兜中取出个馒头,掰了一角,搓成粒,撒到桶里。银白的馒头渣四散开来,漂浮在水面,宛如荡漾的星光。红鱼耸着身子,游上来,撮起嘴,一颗一颗地摘着星星。

大家呆立在那儿,看着那对男女,有点害怕,以为撞见了鬼。

男人大约觉出客店的气氛有些凝重,他解释说:"腊月十一是我儿子海龙一周年的忌日,我们想在这一天给他操办个婚礼。"他停顿了一刻,长长叹了口气,说:"是阴婚。"

大家这才松了一口气。

"他二十二岁从海里走的,对吧?"云娘突然问。

"是啊。"女人湿着眼睛看着云娘,说:"您怎么知道他二十二啊?"

云娘说:"为了救一个女人?"

"是啊——"女人的眼泪扑簌簌落下来,"去年这个时候,他救起一个捞海螺的女人,可他自己却被大浪卷走了,再没有回来。"

"他在威海做什么?"老刘同情地问。

"当兵。"男人从裤兜里摸出一条灰格子手帕,帮女人擦着眼泪,说,"要是不出事,今年就复员了。"

"看来他的骨灰没落葬佛爷岭?"老齐小心翼翼地问。

"他失踪后,部队派出三艘船,打捞了三天三夜,也没见着尸首。"男人说,"我估摸着龙王爷把他给拽进龙宫了!"

他的话,引人发笑,可又让人笑不起来。

"孩子出事后,你们没去威海?"老刘问。

"部队上给他开追悼会时,邀请我们去,说是给报销往返路费,可咱一想，去了也见不着儿子的面，只能看着空落落的海，这不是糟蹋人家的钱吗，就没去。"男人说。

"他们也没给俩钱？"老齐说，"如今见义勇为牺牲的，都有奖金。"

"给了，五千块。"女人说，"去年春节就给汇来了。"

"五千，太少了！"老齐慨叹道，"一条人命啊。"

"那个被救起的女人也没对你们表示表示？"老刘问。

"那女人四十来岁，离婚了，没工作，带着个有癫痫病的孩子，日子过得挺紧巴。"男人说，"就是这样，她还汇来一万块钱，可咱一听她家的情况，揪心啊，把钱给她退回去了。"

"钱退回去后，她给俺们邮来一大包海货：虾米、海蛏子、海螺肉、黄花鱼干、海带，这个俺们收下了。"女人说。

"我明白了，你们这是提着红鱼给儿子结'鱼婚'啊。"老齐说，"我也是五十多的人了，长这么大，头回见这么鲜亮的鱼，哪儿打的？"

男人见女人不再落泪了，便把手帕揣回裤兜。他清了清嗓子，说："今早晨，太阳刚冒红，我还睡着，老婆就把我推醒，说是梦见大海里有一条鱼，像小船那么大——"

女人抢过话说："那鱼有七八尺长吧，闪着银光，在湛蓝的海里，扑腾扑腾地游着。我正看得带劲，冷不丁的，那条大鱼像龙一样飞起来，它跳起来的时候，嘴里吐出一条红线，这红线越飘越长，翻山越岭的，一眨眼的工夫，落在了佛爷岭下的托哈特河。我醒来后，一想儿子是海里走的，那条大鱼，肯定是他化成的。他念着这儿的山水，所以吐出一条红线，让它飞到这儿，给他找这儿的媳妇啊。我赶紧把俺男人推醒,让他快去托哈特河溜网。"

男人见大家把热切的目光都放在他身上,明白人们想尽快知道他是怎么在托哈特河打到了这条红鱼的,赶紧接过老婆的话,说:"快过年了,我想弄点年货,进了腊月,就在托哈特河上凿了口冰眼,下了两片网,每天早晨都去溜溜网,看逮着鱼没有。说实在的,每年我下网,总能挂上鱼来,可今年却怪了,我是回回溜网,回回落空,一个多礼拜了,连条小鱼都没逮着。我正想撤了网,挪个窝子呢。今早晨,老婆跟我说了梦后,俺俩一起去溜网。提第一片网时,我就知道是空的,因为轻飘飘的;再提一片,还是那样,网上什么都没有。我正要埋怨老婆瞎做梦呢,只听冰眼里'扑通扑通'地响了几下,跟着,一条红鱼'噌——'的一下,从冰眼里蹿出来,跳到冰面上。它见了我们,先是有些害羞,趴在冰面上缩着身子,尾巴也不摇一下,可是我老婆用手指碰了碰它的嘴唇后,它就像认了人似的,摇头摆尾地连跳了几下。咱这下明白了,海龙忘不了托哈特河,这条红鱼是为他来的呀。我和孩子他妈一算计,腊月十一,海龙正好走了一周年了,看来他是想在这一天成亲啊。孩子有了归宿,找到了他喜欢的,咱心里也有了着落了。要不然,晚上老是做噩梦,梦见他在海里漂,总也上不了岸,怪难受的。"

女人说:"以后再在电视上看见海,就不会像这一年似的,跟见了坟似的难受,咱会想那是孩子的家,乐意多瞅上几眼呢。"

顺吉说:"你们是想着初十赶到威海,腊月十一早晨,带着喜凤去海边跟海龙结婚?"

男人点了点头,叹息了一声:"谁想快车不在这儿停了呢。以前海龙回来,净坐这趟车了。"

"咱先别往坏处想，兴许这次坐的慢车不晚点，到了齐齐哈尔，能痛痛快快换上去北京的车呢。到了北京咱也赶点，能顺利到威海。"女人宽慰着男人，也宽慰着自己，蹲下身子，拉开帆布包，颤抖着手，捧出一把花花绿绿的糖球，说，"来来，这是海龙和喜凤的喜糖，大家都尝一颗。"

老齐首先忍不住，用手连拍了两下桌子，顿着头哭了。老齐一哭，老刘的眼泪也下来了，他召唤顺吉，说："灶上还有什么好菜，都给我做了！今儿我给海龙和喜凤摆喜宴！"

大家看着女人手上的喜糖，谁也没拿一颗。只有刘志，突然起身，大踏步地走到女人跟前，哆嗦着左手，泪流满面地捏出一颗，含进嘴里。刘志咂摸着糖，朝灶房走去。很快，人们听见那儿传来"咔嚓——"一声响，老刘最先反应过来，他"哎哟"了一声，率先冲进灶房，老齐也明白过来，跟了过去。只见刘志颤抖着，正用左手，把砍掉的三根手指，当作柴，扔进炉灶。

"你这么做，对得起帮你的这些人吗！"老刘吼道。

刘志的断指处滴着血，他哆嗦着，说："让你们为这三根手指操心，我愧得慌啊。把它们彻底剁了烧了，也就不闹心了。"

"快上医院把手包上吧！"老齐说，"要是伤口感染了，那只手废了，我看谁管你儿子！"

"我的嘴里有喜糖，不用上医院了。"刘志颤着声说，"我想在这儿吃海龙和喜凤的喜酒。"

刘志出了灶房，老刘老齐无奈地摇摇头，也跟着出来了。

刘志坐下后，顺吉取来药箱，用晒干的止血草，为他包扎了伤口。佛爷岭来的那对夫妇，听说客人剁掉了手指，大惊失色，他们不安地说:"我们说错了什么吗——"

没人回答他们,大家都沉默着。可喜凤不沉默,它在水桶里快活地游着,尾巴时不时扫着桶壁,发出"啪嗒——啪嗒——"的声响,好像在提醒众人,它就要出阁了!

顺吉放好药箱,进了灶房,把菜刀和案板上的血迹冲刷干净,又把刘志滴到地上的血迹擦干,然后将粥放到火炉上温了温,盛了两碗,端给佛爷岭来的人,说:"先喝碗腊八粥吧,回头我去弄酒菜。"

男人看了一眼碗里的粥,说:"这是什么肉啊?"

顺吉说:"狍子肉。"

女人说:"有没有白米粥?俺们不吃用野物肉做的粥。"

"你们吃素?"顺吉问。

男人摇摇头,说:"猪肉牛肉都吃,就是不吃山上野物的肉。"

女人对男人说:"海龙喜凤要在水里安家了,往后鱼咱也不能吃了。"

男人连连说:"那是那是。"

顺吉惆怅地说:"喝一碗吧,我这客店,往后就没有这样的粥了。"

"你们吃吧。"男人推开粥碗,说,"俺们真的不能吃。"

老齐说:"猪肉牛肉你们都吃,这个有啥忌讳的?"

女人说:"野物有灵性,救过俺公公的命,俺们不能辱没恩人啊。"

"狍子还能救人?"老齐不信地问。

"是黑小子。"女人说。

这一带的人,习惯把黑熊叫作"黑瞎子"或是"黑小子"。

"黑小子最能祸害人了——"老齐撇着嘴说,"妈的,这家伙在林子里玩儿,光是给自己打个'场子',就得撅折一片小树,一副老爷的做派!"

"可是黑小子真的救了我爹。"男人说,"四十年前吧,我爹在佛爷岭给人看山场。开春的时候,冬眠过来的黑小子找不着吃的,饿得发昏,就来山场偷吃的。那时看山场的都有枪,我爹枪法不错,有两回撞见偷吃的黑小子,都想开枪把它打死,因为它吃一顿,赶上五个伐木工吃一天的了。可是我爹看那黑小子不大,也就两三岁的样子,挺调皮的,想着它还有好光景过,就没舍得打。这黑小子从此认得我爹,一到开春,逮不着吃的,就上山场来。有一年夏天,一个早晨,我爹突然肚子疼,恶心,他以为吃了什么不干净的东西了,也没在意。可是到了下晌,他肚子疼得越来越厉害,发起烧了,一想事情不好,赶紧下山。从山场到山下,三十来里的路。我爹走到一半,支持不住,昏倒在林子里,想着这条命算是交代了。可是到了傍黑,我们这些在山下玩耍的孩子,看见一只黑小子,猫着腰,横抱着个人,晃悠着,'嚓啦——嚓啦——'地从林子里出来。它没有进屯子,看见我们,把人扔在地上,掉头走了。我不说你们也知道了,那只黑小子救了我爹。卫生所的大夫说,要不是黑小子发现他,把我爹弄出来,他的阑尾会穿孔,恐怕就没命了。听说黑小子抱着个人,直立着走,并不容易。它得走走歇歇,中间要把人放下不知多少回。从那儿后,我们家就不吃野物的肉了。"

"哦哟——"老齐晃着脑袋,说,"真有这么仁义的黑小子?"

男人说:"我可没编排。"他对顺吉说:"有白米粥就给我们上两碗,要是没有的话,啥现成,就吃啥。"

顺吉说:"暖水瓶里有开水,倒在闷罐里,添把米,加把柴,白米开锅就烂,十来分钟就熟了,你们等着,就妥。"说着,踮着脚去灶房了。

老齐想活跃一下气氛,他拎起酒壶,唱着"三更夜,五更寒,听着北风难入眠;小新娘,穿花衣,搂进被窝是春天",挨个地斟酒,说是今晚要醉在客店,不回家了。轮到给云娘倒酒时,酒壶空了,他站在地上,跺着脚,像个负气的孩子,冲灶房大声吆喝着:"顺吉,给齐司令上酒!"

顺吉在里面答应着:"就来——"

老齐用手指弹着空酒壶,对云娘说:"您还没看红鱼呢,真是俊啊!"

"叫喜凤!"女人纠正道。

"哦,对,是喜凤!"老齐说。

云娘喝了口酒,咂了咂嘴,问佛爷岭来的女人:"托哈特河现在还是那么清亮吗?"

女人说:"是啊,这河清得跟小羊羔的眼珠似的。"

"你知道,它为啥叫托哈特河吗?"云娘问。

"我听说,这河的名字是鄂伦春人起的,是'小镜子'的意思。"女人说,"它也真能当镜子使啊,夏天的时候,你站在岸边,能清楚地看见穿的衣裳是什么花纹的,脸上长的痦子有多大,耳朵吊着的耳环是什么样式的。"她抖了抖衣襟,说:"要是夏天,我穿着这件喜服站在托哈特河旁,能从水里清楚地看到衣服上这些招人稀罕的小人呢。"

顺吉拎着一壶酒出来了。

云娘缓缓站了起来,努力直着腰,将左手放到心口上,颤抖着嘴唇,说:"我这辈子,最不愿意见的,就是托哈特河啊。"

云娘把埋藏在心中七十多年的隐痛说了出来。

云娘九岁的那年秋天,跟着父母在鹿蹄沟一带游猎。一天早晨,母亲领着她在林子里采蘑菇,遭遇到黑小子。黑小子大概太喜欢那片鲜美的蘑菇了,它不能容忍有人争食,于是朝她们母女扑来。云娘的母亲怕黑小子袭击女儿,便主动迎了上去。结果黑小子在她脸上连抓了几把,确认"入侵者"被重创后,会被逐出领地,这才罢手。

云娘老泪纵横地说:"妈妈的脸,原来是那么光溜,可黑小子那几巴掌,把它抓得血糊淋拉的,没法看了。那个冬天,妈妈就在撮罗子里养伤。那时我们没有镜子,她总是问爸爸和我:'我这脸还能看吗?'我们不敢告诉她实情,骗她说只有几道疤痕,不碍事。开春的时候,我们一家到了佛爷岭,哪知道那儿竟有这么一条世上最清的河啊。妈妈站在河边,看着水中的影子,吓得直打哆嗦,说是河里有鬼,我们赶紧跑过来。结果她在她说的鬼影旁,看见了我和爸爸的脸,她明白那个鬼影原来是她自己,她叫了一声'我哪里去了',用手捂着脸哭了。那个夜晚,妈妈失踪了。第二天中午,我们在那条河的下游找到了妈妈的尸首。那条河原来是没有名字的,爸爸成了萨满后,把它命名为'托哈特河'。从那以后,我和爸爸,再也没有到过那条河。"

云娘哭泣着,她的哭声是那么悲凉,裹挟着岁月的累累风尘,浸润着时光的缕缕伤痕，在场的人无不为之泪垂。

云娘踉跄着走向水桶，俯身说："喜凤，我妈在林子里的时候，说她一生最大的心愿，就是有一天能看见大海。喜凤，我妈妈那辈子没见着海，这辈子托你的福，能跟着看海去，你可得好好带着她呀。"

喜凤忽然间变得欢腾起来，它一跃身，差点从桶里跳出来。在它飞起落下的瞬间，水桶上水珠四溅，分不清哪些是托哈特河的水滴，哪些又是云娘的眼泪。云娘欣喜地叫着："顺吉，瞧瞧人家喜凤的这身新衣，比你当年穿的不知要鲜亮多少倍啊！"

"我和海龙他爸还想呢，孩子的姻缘，也不知谁给结的，到哪儿去寻媒人呢？现在可算是找到了。"女人用袄袖擦着眼泪，对男人说，"还不快给恩人敬酒？"

男人激动得翘起了八字胡，那胡子看上去就像燕子的翅膀，要飞起来似的。他连连说："我敬，我敬——"

云娘喝了男人敬的酒后，颤颤巍巍地又坐回靠近火炉的小方桌前。她的眼睛似睁非睁，不知是醉了，还是疲倦了。

"你的手不疼了吧？"云娘问刘志。

"剁了它们，反倒是不疼了。"刘志一盅连着一盅地喝着酒，醉醺醺地说，"心也不乱糟了，真敞亮啊。"

"心中没了烦恼，能不敞亮吗？"云娘说完，摘下头巾，把它搭在肩头，就像驮着一片紫云似的，又打盹了。

九点一刻了，顺吉端上了两碗新煮的白米粥，端给佛爷岭的那对夫妇。粥里的米粒晶莹剔透，莹白如玉。女人看了一眼，抽了抽鼻子，说："又好看，又香，这才叫粥啊。"她喝了一碗，不过瘾，对顺吉说:"再添一碗吧,腊八节的粥就是比平时好喝啊。"顺吉拿着空碗,刚走了两步,女人又叫住她,说:"算了,一会儿坐火车,得看东西。喝多了,老想着上厕所,麻烦。"

男人说:"你喝个够吧,我一碗就中了,东西我看。"

老齐看了一下表,说:"那趟慢车还得四个点儿才能到布基兰呢,三碗两碗的粥,两泡尿也就没影了,放心喝吧,腊八节喝粥,得喝个痛快啊。"

老齐的话,又让女人难过了,她眼泪汪汪地说:"快车要是在这儿停一下多好啊,那样的话,腊月初十准到威海了,也就不用提心吊胆的了。"

车站忽然传来了汽笛声,男人女人不由自主地站了起来。

老齐伸出手,向下顿了一下,示意他们坐下,说:"这是从齐齐哈尔发往栖林的货车,它到了向阳站时,会和提速的快车会车。"

"是这样啊。"男人失落地问,"那趟快车几点到?"

"再过二十来分钟吧。"老齐叹息一声,"人要是鸟就好了,从站台就飞上火车了。"

男人坐下来,心烦意乱地用勺子敲着空空的粥碗。

女人埋怨男人:"别敲碗,俺妈说敲碗的人会受穷。"

男人赶紧放下勺子,把双手放在膝上,规规矩矩地坐着。

女人说:"我得出去看看雪下得大不大。要是雪大,慢车就得成了老爷,哼哈地走,火车没完没了地晚点下去,咱可就真没指望了。"

"不是大雪和暴雪,问题就不大。"老齐宽慰道。

女人出去了两三分钟,很快袖着手,嘶嘶哈哈地缩着脖子回来了。就这么一忽儿的工夫,她的颧骨冻得通红,她一边把手从袖筒中拔出来,一边说:"雪不大,不过天可真冷啊,真是要冻掉人的下巴啊。"

"越到晚上,越冷啊。"男人心疼地对女人说,"快去火炉那儿烤烤。"

女人搓着手,说"没事儿",然后小声问顺吉:"屋里有没有便所啊?"

顺吉指着通向客房的小走廊说:"往里走,靠右的小黄门就是。"

男人说:"我也去。"

他们去便所的当儿,老刘对顺吉说:"他们不吃野物的肉,你就掂掇几个小毛菜吧,炒个豆腐,炝个芹菜,炖个酸菜白肉,再来个醋熘土豆丝。阴婚也是婚,喜宴该摆还得摆,喜酒该喝还得喝啊。"

"该喝!"刘志大声附和着,他已经喝得面红耳赤的。

顺吉去灶房了。

男人女人解手回来,掩着嘴偷着乐。老齐问这是怎么了。女人拽了一下男人的袖子,不让他说,可男人忍不住,"嘿嘿——"笑着,说:"客房里有个男人,打着打着呼噜,突然说'来碗腊八粥';打着打着呼噜,又说'来盘野猪肉',真有意思啊。"

老齐老刘也笑了。

灶房里传来了炒菜的声音。男人走到水桶旁,蹲下身子,拿出馒头,又要喂喜凤的时候,女人说:"你可别撑着它啊。"

男人把馒头收起,扶着桶沿儿,出神地看着那条悠游的红鱼。不一会儿,顺吉端着一盘炒豆腐出来了。老刘正要张罗大家凑到一个桌子来喝酒时,火车站又一次响起汽笛声。

老齐落寞地说:"快车进站了,它提速后,真是准点儿啊。"

客车过站的汽笛声,比先前货车的要嘹亮,"哞儿——哞儿——"的,悠长,丰沛,底气十足。突然,长声汽笛急转为短声,而且是连续的短声,好像一个人被噎住了,在剧烈地咳嗽。老齐霍地站了起来,冲佛爷岭的男女大声说:"快,这是紧急停车信号,带上喜凤,上站!"

大家手忙脚乱地奔向墙角,男人提起水桶,其他人则拎起包。

老齐见刘志醉得鸡啄米似的,头直往桌子上磕,便抢过老刘手中的包,指着刘志说:"你看着他吧,我和顺吉去够手了。"

就在人们拥向门口的时候,云娘忽然睁开眼,深情而悲凉地叫了一声"我的嘎乌——",颤巍巍起身,穿上皮袄,一把扯过搭在椅背上的装神偶的鹿皮口袋,抢先出了客店。雪夜中的云娘好像忽然间变得年轻了,她走得风快,登台阶的时候,既不气促,也没有磕绊,轻松稳健,一跃而上,率领大家,两三分钟的工夫,就到了车站。老齐打开客运室的门,人们来到站台。

布基兰的站台,每隔二十五米,竖立着一根灯柱。灯的形状像鹅颈,斜伸的灯托,吊着奶白色的球形灯盏。离灯柱较近的雪花,被映照得灿烂光华,宛如流星雨。快速列车停在了铁路与公路的交道口,距离站台大约有两百米,老齐不停地吆喝着:"快——快——"

交道口那儿人影憧憧,老齐他们到达时,事故好像已经处理完了,几个穿着蓝制服的人正准备上火车。当班的信号员王录对老齐说:"小事故,嘎乌过铁道口时,被撞死了。"

老齐顾不得嘎乌,他对火车司机说:"刚好,我这儿有两个客人急着去哈尔滨,你们捎上他们吧,票上了车再补。"

火车司机在撞嘎乌的那个瞬间,以为撞到了人,吓得腿都软了。紧急停车后发现是条老狗,这才稍稍心安一些。他当然愿意做点成人之美的事给自己压惊,于是就对身旁的列车长说:"车长,他们这么赶巧,你看——?"

列车长吁了一口气,一挥手,说:"上吧。"

佛爷岭来的夫妇,带着喜凤,跟着列车长,从宿营车的车门,如愿地踏上了列车。当列车重新启动,缓缓地离开布基兰的站台时,老齐觉得列车上那每一个发着亮光的窗口,都是一团一团的火,它们让这个凄清的寒夜,变得温暖和明亮了。

嘎乌侧卧在站台上,似在熟睡。撒在它身上的,除了朦胧的灯影,还有像纸钱一样飞舞的雪花。云娘蹲下来,抚摸着嘎乌,轻声说:"嘎乌,云娘要背你回家了,你可听话啊。"她抖搂开鹿皮口袋,把嘎乌轻轻地装进去。那个口袋对嘎乌来说有点小,它进去后,头还露在袋口外,好像它还不忍别了这世上的灯影和雪花,要与它们做最后的告别。

老齐说:"云娘,我帮您把嘎乌背回去吧。"

云娘摇摇头,说:"我背得动。"

顺吉说:"今晚没月亮,我回去取个手电筒,帮您照着亮儿吧。"

云娘说:"嘎乌在我肩上,我眼里就有亮儿,再黑的夜也不怕啊。"

云娘背起嘎乌,慢慢地越过交道口,朝滴拉恰山下的木屋去了。老齐要跟着,被顺吉拉住了。她说:"云娘想一个人和嘎乌回家啊。"说完,她哭了。顺吉知道,嘎乌不在了,云娘很快也会不在了。云娘说过，她是为嘎乌活着的。

老齐蹲在铁轨旁，点起一颗烟，默默地抽着。抽完，他对顺吉说："嘎乌病了好几个月，不知道火车提速了，还按着老点儿来接云娘，这才撞上火车的啊。"

"它要是耳朵好使就好了。"顺吉说，"听见汽笛声，就不跨铁道了。"

"嘎乌——"老齐叫了一声，哭了。

"这样有神的夜晚，以后再也不会有了！"顺吉涕泪横流，站在清冷的站台上，朝天呼喊着。

老齐和顺吉拖着沉重的腿，一步一挪地离开站台。先前为着帮佛爷岭的人赶火车，就连腿上有伤的顺吉，也是步履如飞，可现在他们往回返的时候，一丝力气都没有了。顺吉瘸得厉害，老齐也是飘摇着走，好像没了脚后跟。他们经过客运室的时候，王录提着一个网兜，追上老齐，递给他，说："你不拿回去，明天接班时，中午吃啥？"网兜里装着老齐用来带饭的铝皮饭盒。

顺吉和老齐还没到客店，就听见一阵"哇——哇——"的呕吐声。刘志站在客店的门外吐着，老刘正为他拍着背。

"他们上了车了？"老刘问。

"嗯。"老齐说。

"一定是嘎乌——"老刘颤着声说。

"是嘎乌。"老齐沉痛地说。

刘志吐完了，大家回到客店。顺吉进去后，坐在云娘坐过的椅子上，呆呆地看着火炉，那里的火奄奄一息了。

老刘对刘志说："我送你回家吧，你出来这么长时间了，孩子一个人在家,肯定担心坏了。"

刘志说:"是啊。"

"你打算怎么跟孩子说你的手指呢?"老刘问。

"我就说,我走在雪夜里,忽然,天上飘下来三个仙女,她们拦住我,对我说,她们是天宫中给王母娘娘吹笛子的,因为贪玩,笛子从手中落下,掉在了人间。她们要取我的三根手指,化作笛子,孝敬王母娘娘去。等有一天我去了那儿,再还。"

"哼,你还有编神话的本事!"老刘欣慰地笑了,说,"想往天上去的人,以后再也不能干傻事了。"

刘志含着泪,使劲点了点头,然后走到顺吉跟前,小声说:"我家豆瓣还没喝上腊八粥呢,我想给他买一碗回去,还有吗?"

顺吉说:"有啊,你不用买,今儿我请客。"

老齐把空饭盒递给顺吉,说:"就用它盛吧,我回家也没事儿,跟老刘一起送他回去。"

刘志犹豫了一下,又对顺吉说:"最好盛有狍子肉的粥,孩子长这么大,没喝过这样的粥啊。"

老刘老齐和刘志离开客店时,顺吉换下了皮袍子,去门外抱了几块柴火,说是屋子有点冷,要把火炉重新生起来。

老刘在左,老齐在右,刘志走在中间,他们并排朝别雅山下走去。先前老齐是提着饭盒走的,几分钟后,他意识到这样粥会凉了,连忙把它揣进怀里,用手托着。这个夜晚可供回味的事情实在是太多了,所以他们谁都没有说话,只听脚下的雪路发出"嚓啦——嚓啦——"的声响。夜越来越深,寒气也越来越浓,他们走得飞快,十五分钟后,已经到了别雅山下的土房。当他们正准备踏进刘志家漆黑的院落时，忽然，一团红光升腾起来！因为它出现得太突然，爆炸似的，大家都愣在了那里。

"那不是镇政府丢了的红灯笼吗？！"老齐惊叫着。

"就是！"老刘说。

红灯笼吊在门楣斜伸出来的一根铁角上，被寒风吹得欢天喜地地晃着脑袋。门下，站着一个瘦弱的少年，他的脸被灯笼映得红彤彤的。显然，他刚刚把它挂出来。

豆瓣认得老刘，他见了他，哆嗦了一下，然后从门口噔噔地跑过来，咕咚一声跪在老刘面前，抱住他的腿，哀求着："警察叔叔，别抓我！我偷了灯笼，是想让它照照我家，让我家也像它照的那个楼里的人一样，要吃有吃，要喝有喝的！"

不等老刘说什么，刘志飞起一脚，把豆瓣从老刘身边踢开。没等豆瓣站起来，刘志奋力又是一脚，直把儿子踢回到灯笼下。豆瓣趴在红光弥漫的家门前，如同卧在鲜血中一样。他低声呻吟着，就像一条中了箭的狗。

2008 年

图书在版编目（CIP）数据

世界上所有的夜晚 / 迟子建著 .—北京：作家出版社，2021.9（2024.2重印）
（迟子建作品）
ISBN 978-7-5212-1169-6

Ⅰ.①世…　Ⅱ.①迟…　Ⅲ.①中篇小说—小说集—中国—当代　Ⅳ.① I247.5

中国版本图书馆 CIP 数据核字（2020）第 217488 号

世界上所有的夜晚

作　　者：迟子建
策　　划：省登宇
责任编辑：周李立
装帧设计：好言好羽
出版发行：作家出版社有限公司
社　　址：北京农展馆南里 10 号　　邮　　编：100125
电话传真：86-10-65067186（发行中心及邮购部）
　　　　　86-10-65004079（总编室）
E-mail:zuojia @ zuojia.net.cn
http://www.zuojiachubanshe.com
印　　刷：三河市紫恒印装有限公司
成品尺寸：145×210
字　　数：200 千
印　　张：7.875
印　　数：123001-153000
版　　次：2021 年 9 月第 1 版
印　　次：2024 年 2 月第 12 次印刷
ISBN 978-7-5212-1169-6
定　　价：49.80 元（精）

作家版图书，版权所有，侵权必究。
作家版图书，印装错误可随时退换。